译文纪实

しんがり
山一證券 最後の１２人

清武英利

[日]清武英利 著

王家民 王秀娟 译

殿军
山一证券最后的 12 人

上海译文出版社

本文中的年龄、职务、地名等均系执笔当时状态。

目　录

序幕　号哭记者会的真相

在山一证券迎来创业百年之际，成为代表董事的野泽正平曾被大家背地里称为"烤地瓜社长①"。他是长野县一个农民家庭里的第四个儿子，木讷寡言，喜好农耕。

"野村证券的社长若是意大利面的话，那我们社长就是烤地瓜。"

一位董事在同客户打高尔夫球时，曾经这样调侃道。意思是说，追求国际化的野村证券的高层像意大利美食一般时尚，而自家公司的社长虽热热乎乎却土里土气。

野村证券被人们称为"格列佛②"，是日本证券界首屈一指的存在。山一证券虽一度也曾雄踞首位，但跌至业界第四，时日已久。

像这样将山一证券的头号人物置于霸主野村证券之下，不单纯隐含了谦虚之意。在这位山一公司董事的话语中，更透露出公司内部对野泽这个乡巴佬的轻蔑气氛。

野泽此人命途多舛，饱尝艰辛。父亲是一个榻榻米草席工匠，单凭手艺养活不了8个孩子，于是便靠种田维持生计。正平为了撑起这个家，从当地升学率颇高的屋代东高中（现长野县屋代高中）毕业后的 3 年时间里，一直忙于农事。后来，他才考上了法政大学经济学部。进入公司之后，走的也并非经营企划、社长秘书之类的精英路线，而是从专事国内的营业一路走来。

也有些干部会替他说话。"野泽非常认真，他可是从营业摸爬滚打升上来的。"不过，之所以被指名出任社长，就是因为他远离社内政治，这也正是出于他那淳朴的"烤地瓜"的性格。事实上，山一证券的董事里有不少人从一开始就怀疑这位在"金融大改革"的时代对海外业务知之甚少的"土包子"野泽的实力。这样的心声通常以流言蜚语的形式表现出来。

这些人活跃在证券公司密集扎堆的东京都中央区的兜町。那是一个以东京证券交易所为中心，让精明狡猾的证券人、基金经理们纵横捭阖的世界。

在这样的世界里位高权重的野泽，性格过于耿直，所思所想全都写在脸上，尤其不适合与工会组织这样的团体打交道。

1997 年 11 月 22 日是野泽就任公司社长的第 104 天。虽说这天是三连休的首日，但在位于东京都中央区新川的山一证券会议室，下午 5 点，以野泽为首的管理层和工会组织之间的谈判就要开始了。窗外阴暗的天空开始在夜幕中消融，永代桥华灯初上，它那巨大的桥身伫立于缓慢流经下町的隅田川之上，淡蓝色的拱

---

① 社长相当于中国公司的总经理。——译者
② 指斯威夫特的小说《格列佛游记》中的主人公，日语中以此比喻在同类中尤为出众的那个。——编者

形映入水中。

但工会干部们根本没时间去沉溺于伤感。工会组织长期以来虽然一直采取劳资协调的路线，可那漫长的一天，对于他们，对于一万名山一集团的员工和两万名家人而言，是一次前所未有的考验。

当天，《日本经济新闻》在早报上用了大半个版面来突出报道"山一证券将自主废业：负债 3 兆，战后最高"的消息。

恰逢周六，证券交易所休市。从大藏省（后拆分为财务省和金融厅）获得实证材料的日本经济新闻社正是唯恐证券市场陷入严重混乱，才选择在三连休的首日刊载特讯。但记者们还是一窝蜂地赶到山一证券总部，现场一片哗然。

另一方面，在山一证券，公司总部的干部和全国 116 家支店店长一大早便被敲醒。休息日里，他们四处奔走，却仍旧搞不清楚一些关键性的问题。公司真的会没了，还是能够存续下去？

所谓"自主废业"，就是证券公司主动向监管机构大藏省递交证券行业停业申请。《日经新闻》上的文章措词非常明确，"（山一证券）已明确方针，将向大藏省申请自主废业"。报道称公司将主动返还经营牌照。然而，身在山一证券的自己却无法知晓这一切到底是不是事实。奔到总部的干部们对此哑然无语，不知所措，只能在公司里徘徊。

"自主废业到底是怎么回事！突然间，怎么会有这种事！公司难道真就活不下去了吗？"

员工工会书记长西田直基摆好了阵势等着要质问野泽。

山一证券是一家老字号，1897 年（明治三十年）从"小池国三商店"起步，店铺门面只有 3.6 米宽，进深不过 9 米，借甲午战争时期"战胜国行情"的东风发展起来。从日俄战争到关东大地震、太平洋战争，再到阪神大地震，百年来山一证券在经济危机和繁荣间劈波斩浪，称雄于兜町一带。公司一方面始终保持着家庭式的氛围，人称"人文山一"。甚至曾经有一个时期，除社长以外，不分上下级，彼此之间直接用"某某桑"[①] 来称呼。公司属于前富士银行（现瑞穗银行）为中心的芙蓉集团系企业，它一个接一个地取得知名企业的上市主承销资格，成为能够永续不倒的公司之一。

这样一家百年企业就这么简单地倒闭了?! 它没有理由一夜之间就垮台呀? 工会干部的脑子里，充满了无尽的疑惑和强烈的愤慨。他们早已怒火中烧。可是，当看到社长走进房间，7 位执行委员大吃一惊。野泽是哭着进入会议室的。连续多日夜宿公司的社长，昨天晚上几乎彻夜未眠，眼里布满了血丝。西田不禁开口："哭哭啼啼算什么事儿!"

工会干部们也都小声嘀咕着。

"喂，喂，什么情况……"

"果然是真的!"

---

① 日本公司讲究论资排辈，一般以职务相称。"桑"接在姓氏之后，相当于"老张""小王"之类，虽是敬语但不失亲切。——编者

不光西田，会议室里在场的全体专职执行委员都确信了这条终日播放的新闻是事实。

工会起先还抱有一线希望，那就是大藏省或山一证券会出面否认公司正式提出了自主废业。但野泽那双躲藏在眼镜后面满布血丝的眼睛已经在说：公司真的不行了。工会干部们多么希望野泽能昂首挺胸地说出："报纸和电视新闻上的报道都是假的！""山一不会垮！"

"实在抱歉！事实上，自主废业是大藏省的……"

野泽开口说话。他不停地擦拭汗水和泪水，或许是太过激动使得他有些语无伦次。

"社长，这不合逻辑呀！……"

这是一个令工会干部们瞠目结舌的大反转。无奈之下，坐在旁边的会长①五月女正治接过话头继续解释。

"是大藏省要求我和社长自主废业的……"

但是，突如其来的自主废业通知，工会怎么可能会轻易认可？一位执行委员满脸通红。

"为什么非停业不可呢？求助于《公司更生法》不行吗？通过经营权转让之类的办法还能活下去，不是吗？"

五月女代替野泽在员工面前做了一个干脆彻底的交代。

"山一公司有大约 2 600 亿日元的账外债务。"

---

① 指董事会董事长，多由前社长就任。——译者

这是多年来一直对员工们隐瞒的一个秘密，也是将这个著名企业推向死亡深渊的真正元凶。

执行委员们倒吸一口凉气。再没有"别开玩笑了！"之类的谩骂，取而代之的是唏嘘、慨叹。

"大藏省证券局不能原谅山一公司隐瞒这一切。我们也想通过《公司更生法》，看看是否有能挽救的办法。但东京地方法院的判定是'账外债务乃非法行为，很难适用更生法'。而且，应用更生法的话，公司的规模太大，既没有财力，也没有银行支持。"

而后，五月女和野泽一起，深深地低下头，憋出了一句："能力不足，深表歉意！"

要拯救濒临破产深渊的山一证券，只有通过接受日本银行的特别融资才行。事实上，在1965年山一公司也曾一度濒临破产，当时就是靠央行特别贷款起死回生的。可五月女又补充道，大藏省的观点是"想要通过《公司更生法》维持下去的企业不能作为央行特别贷款的对象"，而且证券局局长更是强硬地表示"救济有隐瞒债务之类的违法行为的公司本就不在讨论范围之内"。

所谓"账外债务"，指的是财务报表之外的隐藏借款。这就意味着公司通过做假账一直欺骗着大约8万名山一公司的股东和员工。

不过，书记长等人逐渐恢复了冷静。

这种情况下，嚷嚷着追究不端行为，一味地责备社长没有任何意义。问题是，明天之后的日子该怎么办。

"还发得了工资、奖金吗？"

听得目瞪口呆的执行委员们陆续开始发声。

"相当一部分员工都参与了内部融资。那些融资该怎么赔？大家持有的股票该怎么办？"

"如果非要破产的话，请在重新就业方面予以协助。一定要帮帮员工们！"

野泽被愤怒的呼声镇住，低垂着眼睛，用含混不清的声音说道：

"员工们没有错。我明白这一点。这只是一部分当领导的错。"

突然，一位进公司8年的执行委员哭着站起身来。

"社长，在这儿说这些都没意义。人们都会认为是员工不好。如果员工们真的没错，我希望你能在公开场合说出来！"

会议室一片死寂。他的泪水像是一种强烈的批判："要哭的不是社长你，而是我们这些毫不知情的人。"公司就要土崩瓦解，而工会却丝毫没有办法。社长若是想要谢罪，就请向大家、向世人解释一下到底是谁的错。这应该也是全体员工的呼声。

两天之后，野泽从位于16楼的社长室出来，在东京证券交易所的记者会现场发布了自主废业的消息。在记者们的提问相对稀疏的间隙，紧握话筒的野泽突然在摄像机和记者面前痛哭着大声喊道："员工们没有错，错的是我们！拜托了！拜托大家帮他们找到新的工作。"电视机前的工会干部们看到"烤地瓜"社长信守承诺的这一幕,不禁都仰天长叹。

日本一家大公司的社长低头痛哭的照片传遍了全世界。美国《华盛顿邮报》在配发照片的同时发表了这样一篇社论:*Goodbye, Japan Inc.*(《别了,日本股份公司》)。

的确,那泪水宣告了日本终身雇用制和年功序列制时代的终结。

工会干部没有对外透露集体交涉的事。翌年,1998年3月末,他们夹杂在员工队伍中,找到新工作,各奔东西。最后,工会向野泽提出了帮助员工再就业等5项要求。但有两件事情,在他们的这些要求中被遗漏得干干净净。

其一,查明高达2 600亿日元的隐藏债务背后的真相。把山一这样的大企业逼向灭亡的"账外债务",到底是如何产生的?产生于何时?是谁的决策?又是由谁一直隐藏着?这是需要员工亲手去解开的谜团,是一项向离别的同事、自己的家人说明真相的工作。

在自主废业的过程中,不光员工,连管理人员也要踏上重新就业的道路。可就是有一些员工逆流而行,承担起这项最后的调查工作。他们中一部分人甚至整整3个月都没有得到任何报酬。

其二,就是耗时近一年半的公司破产清算业务。需要将员工们汇集的24兆日元的预存资金,切实地返还给客户。这是一项"擦屁股工程"。

在这些最后的工作中，没有看到那些权力的追捧者和精英社员的身影。尽管有些干部了解隐藏债务的秘密，早期也进行过调查，但是，他们并没有加入到调查和清算的队伍中来。

有个词叫"殿军"，指的是打了败仗撤退时，在队伍的末尾坚持战斗的一群士兵。他们是全军之盾，在他们奋力抵抗的过程中，很多士兵得以脱险以期东山再起。如果将公司破产视为企业战败，那么在自主废业之后仍在继续工作的员工，就是这样一群被称作殿军的士兵。

就山一证券而言，加入殿军的员工都是一直以来远离公司核心部门的人。他们是一些公司在礼堂集合开会时必定被安排在后排的员工。

他们当中大多是在一幢叫作"旮旯"的大楼里工作的人。

主要出场人物

嘉本隆正（54 岁）

赴任"旮旯"山一证券业务监管本部，硬汉常务。组织公司内部调查委员会，查明破产原因。人称"组长"。

菊野晋次（58 岁）

嘉本的盟友，业务监管本部的第二号人物。较嘉本年长 4 岁，外号"老狐狸"。萨摩隼人，崇拜西乡隆盛，主动承担起"战败"清算业务负责人的工作。

长泽正夫（51 岁）

仰慕高仓健，业务监管本部的第三号人物。性情耿直的业务管理部部长，挖掘隐匿资料，辅助完成调查报告书。担任调查委员会事务局局长。

竹内透（45 岁）

业务监管本部的检查课次长。彻查山一"账外债务管理人"。原高中棒球选手，性格倔强，是一名充满正义感的基督徒。

横山淳（36 岁）

业务监管本部最年轻的检查员。擅长计算机技术、制作复杂的表外化流程路线图。

堀嘉文（54 岁）

不计报酬加入调查委员会的山一公司董事。一副追根究底的关西腔让染指债务隐藏的社员感到恐惧。

桥诘武敏（54 岁）

沉默寡言的常务。统揽交易部门，成为第六位调查委员会委员。与菊野相同，也是出身于农民家庭，原长野县上田高中剑道部主将。

杉山元治（52 岁）

一直从事国际业务，曾是嘉本听证的对象之一，后批判山一国际部，成为第七位调查委员会委员。

印出正二（37 岁）

业务监管本部业务管理部企划课课长。人送外号"检察官"，调查委员会的干将，最初负责账外债务的调查，之后又负责指挥破产清算工作。

虫明一郎（35 岁）

往返于东京拘留所，负责关照被逮捕的山一公司干部们。业
务监管本部业务管理部企划课副课长。在菊野领导下与印出一起
指挥破产清算工作。

郡司由纪子

嘉本的秘书，辅助调查委员会的工作。性格上不甘示弱，在
二次就业的职场上成为了一名检查员。

白岩弘子

营业企划部下属店内课长，持有大量山一公司的股票而损失
惨重。深得菊野等人的信赖，加入破产清算工作组。

年龄均为 1997 年 11 月当时的实际年龄

山一证券组织概要图

（以 1997 年 8 月 11 日的情况为基准制作）

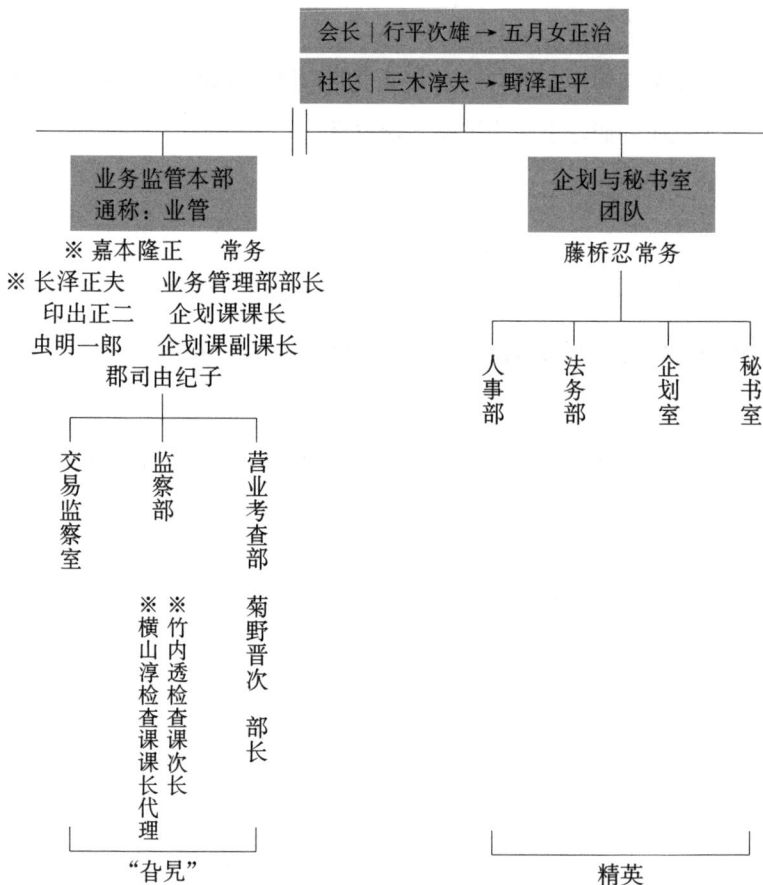

会长 ｜ 行平次雄 → 五月女正治

社长 ｜ 三木淳夫 → 野泽正平

业务监管本部
通称：业管

※ 嘉本隆正　　常务
※ 长泽正夫　　业务管理部部长
　 印出正二　　企划课课长
　 虫明一郎　　企划课副课长
　　　郡司由纪子

- 交易监察室
- 监察部
  ※ 竹内透检查课次长
  ※ 横山淳检查课课长代理
- 营业考查部
  菊野晋次　部长

"各兒"

企划与秘书室
团队

藤桥忍常务

- 人事部
- 法务部
- 企划室
- 秘书室

精英

```
法人营业团队                    营业本部团队              资  资
通称：企法         ✕          （个人客户部门）          产  产
                 对                                 本  管
                 立                                 部  理
                 关                                      本
                 系                                      部


    法人  企业                近畿  西首    营业                ※ ※  ※
    营业  法人                地区  都圈    企划                杉 桥  堀
    本部  本部                大阪  本部    部                  山 诘  嘉
                             本部  ※堀   白岩                 元 武  文
                             等        弘子                  治 敏
                                   嘉文                      董 常  董
                                   董事                      事 务  事
```

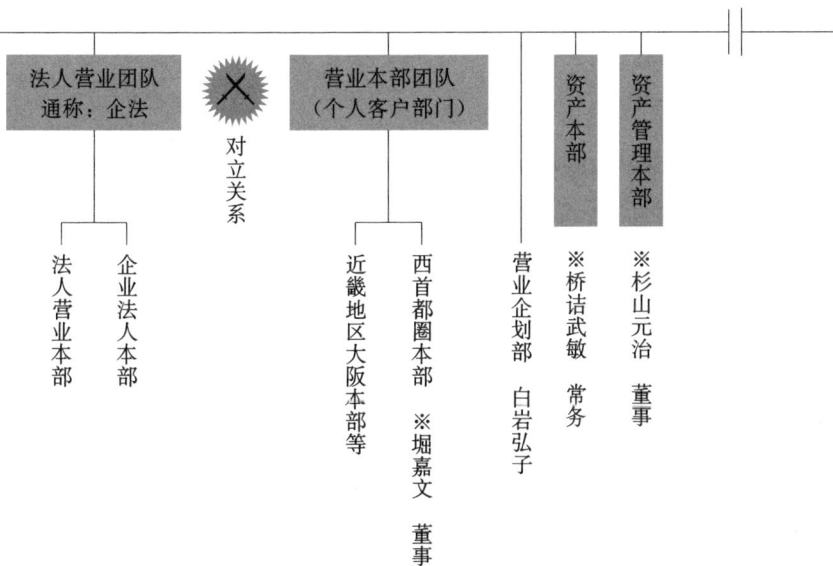

※ 公司内部调查委员

第一章

预　兆

1 "旮旯"的住民

被混凝土护堤环绕的汐滨运河，笔直地将东京下町边缘分割开。靠近深川一侧是江东区的东阳，跨过运河，南面对岸是盐滨。

位于此岸的东阳以前叫"洲崎辩天町"，这一带因"洲崎花柳巷"而闻名。明治时期，填埋东京湾对面大片湿地时，将根津和品川的一部分烟花巷迁至此地发展起来的。这里在东京大轰炸中一度化为灰烬，后来又以"洲崎伊甸园"之名重新复苏，还耸立起一道巨大的霓虹灯拱门。

这里的烟花巷也由于《卖春防止法》的实施受到过重创，如今已经完全失去昔日的风貌。江东区似乎也为曾经的扭曲时代而感到羞耻，于是将洲崎辩天町编入东阳。因为有着这样的过去，这一带没有任何规划，说它是商业街却像住宅区，说它是住宅区却又像商业街。

连接东阳和盐滨两岸的是南开桥。事实上，桥的南面并没有开通。跨过汐滨运河浑浊的河水，道路直接插入深川地铁车库。这一带越发寂静，没了人气。

在道路伸向地下的不远处，有一座 8 层高的楼房。那是山一证券在 1994 年，也就是"洲崎伊甸园"消失 36 年后兴建的。

大楼在命名上并没有任何的特殊意味，只因它位于盐滨一丁目，就直接被叫做了"盐滨大厦"。大厦里的住民略带自嘲地称之为"旮旯"。

"盐滨大厦就是个回收站，收容的尽是些没本事赚钱的人。所以才叫'旮旯'。"

总部员工的言语里也透着戏谑的味道：

"年纪轻轻就去了那儿的人，基本上就是没人要的。"

顺便介绍一下，山一证券总部位于中央区的新川，离城市中心要比盐滨大厦近 5 公里。那是一座笔直的 21 层高级写字楼，蓝色的玻璃窗熠熠生辉。乍看上去并无特别之处，但事实上从第 13 层开始，就像搭好的积木一样，呈现出犬牙交错、匠心独特的突兀造型。从楼上能够远眺隅田川和佃岛三角洲的 8 栋超高层公寓。那里就是成功人士入驻的"大川端河岸城 21"。

与之相对，这座盐滨大厦的 1 楼是一个大厅和一个开全体会的会议室，2、3 楼是山一证券的业务监管本部，4 楼以上则驻扎着山一信息系统公司和山一商务服务公司等关联子公司。8 楼是可以俯瞰深川车库的大食堂。至于都有谁在里面办公，反正分管法人经营的领导们都不在这个楼里。

"楼里没有几个是能人。"这样的话是冲着驻扎在 2、3 楼的业务监管本部的近百名员工说的，他们一般被叫做"业管"。业务监管本部是 1991 年才设立的公司内部法律部门，对于它的职责，公司内部是这样规定的："调查掌握客户及交易状况，维持正常的营业态势，为此，除提供必要的指导、建议外，可采取消除违法违规隐患的监管措施。"

对于业务监管本部一把手的业务监管本部部长一职，公司高配了常务董事[①]，整个部门由营业考查部、交易监察室和监察部等两部一室组成。营业考查部通过交易数据监视违法行为，交易监察室每日都要核查有无内幕交易及操纵市场行为，监察部负责监管总营业部及各分支营业部。

这个组织被放在"旮旯"里有两个原因，其一是整个证券公司的体制性质使然。

在证券公司这个圈子里，业绩数字要优先于人品和伦理观念。山一证券也不例外，以 1965 年的大规模组织改革为契机，公司高举"业务第一"的大旗，号召总部全体员工以支持营业部门的业务为己任。

业内有一条潜规则：即便人品上有些问题，只要是能挣钱的员工，就让他去赚，让他出人头地。倘若谁对这种氛围提出质疑，或直言不讳地指出上司的不端可疑行为，被发配的首选部门一定是这个被叫做业管的监管部。

另一个理由是，监管部自身在应对违规事件时总是异常迟钝。或许因为它本身就是在仓促之下成立的部门，关于这一点后

---

① 常务董事的职责范围为辅佐社长，负责公司的日常业务。——译者

面还会详细记述。事实上，证券界一直以来都向大企业和总会屋①等承诺只赚不赔并给予亏损补偿，仰仗着这些大客户和黑恶势力维护日常交易。1991 年，证券公司同暴力团体间的交易就曾被曝光过。当时恰逢 6 月，股东大会召开前不久，《读卖新闻》曝光了损失补偿的事实。证券公司和对此睁一只眼闭一只眼的大藏省均遭到了强烈批判。各证券公司都慌作一团。山一证券将之前分散在各个部门的监察、管理部门整合为业务监管本部，其目的就是想要避免遭受批判。

出于这种背景，公司内的偏见就更加强烈。工作中犯了错误，被要求"重新回炉"的人，或是组织内部的轻浮之流、在分公司内被认定为"业务不佳"的员工，都被集中到了这里。

1997 年 3 月 8 日，这个盘踞在"旮旯"里的组织内部发生了人事变动。

一位喜好读书、脾气古怪的男人翩然而至，走马上任新的业务监管本部部长一职。他就是从董事级别的近畿地区大阪本部部长晋升为常务董事的嘉本隆正。

嘉本不会喝酒，在酒宴上算是个废物。一被人叫板劝酒就直接跑到卫生间里去吐，颇扫现场的兴致。他还有动不动就爱

---

① 指持有少数股票出席股东大会进行捣乱的恶意股东。捣乱方式主要有：抓住公司的某些丑闻进行敲诈，从公司方面领取金钱以阻止股东正常发言等，具有黑社会性质。——译者

"急"的名声。那副架着浅酒红色的眼镜冷眼旁观的样子，给人的印象的确不像是不善喝酒的老实人。

这位新任本部部长只来打过一次招呼，随后近一个月都没在盐滨露过面。

"他根本就不来啊。"

员工们都直摇头。

"嘉本先生可是'三六高'。"

"嗯，是一个高中毕业起家的。"

所谓"三六高"，指的是昭和三十六年（1961 年）高中毕业入职的。如果是"三六大"，就是昭和三十六年大学毕业进入公司的。在山一证券不光人事部门，连工会也这么称呼。

"这个嘉本不会唱卡拉 OK，打高尔夫也不行。"

"五音不全吗?"

"不清楚，说是从小学就没唱过。"

这个说法是嘉本人为了给自己不会唱歌找个理出，向上司透露的。小学时，老师曾让大家跟着手风琴伴奏唱歌。全班同学一起合唱时也好，几个人分组轮流唱时也好，嘉本都没唱。

"接下来请嘉本同学来这里给大家唱一下。"老师把他叫到手风琴旁，他也硬是没有开口。伴奏结束后，在老师说"好了，就这样吧"之前，就直勾勾地一动不动地等在原地。

来了一位唱歌、喝酒都不行的上司，年轻的女职员尤其高兴。这样就不会再被拉去陪酒了。

"喂，我们在喝酒呢！过来陪会儿！"女职员在加班时，没有比被上司或其左右溜须者一通电话叫去陪酒更让人气愤的事了。

一位副社长半开玩笑地评价嘉本说：

"他呢，喝酒、唱歌、高尔夫，哪样都不行，作为一名公司职员这简直是致命伤。跑业务时这三重苦实在是折磨人。"

听到这些有趣可笑的传闻，盐滨大厦里的干部们踏实了不少。

嘉本调来后不久，一位爱喝酒且常陪前部长去喝酒的干部，凑到秘书郡司由纪子的座位旁边。

"这位本部部长不会喝酒，招待费都剩下了吧！匀给我呗！"

说是秘书，其实就是在日常工作之余接个电话、安排一下日程而已。生性认真的郡司一下子转过身，严肃起来。

"这我可不知道。您直接跟嘉本先生请示吧！"

那位干部当场就碰了一鼻子灰。事实上，嘉本是一个巴不得尽早从宴席脱身的男人，应酬费的确没有必要。

除了那三重苦之外，他还不会打麻将。证券行业里爱打麻将的人很多。有人甚至说，"麻将和工作之间有共通之处"。

在山一公司流传着一个出了名的段子。有职员在打麻将赌博时警察突然闯了进来。其中一人从后门逃跑，另一人被抓。逃走的那位，后来一直晋升到专务董事①，而被抓的那位后来竟当了

---

① 专务董事的职责为辅佐社长，负责公司业务的整体管理。一般情况下，地位高于常务。——译者

会长。这个故事抖出的"包袱"是："就算被抓也要打麻将"。

包括自行车比赛、赛马，凡与赌博沾边的，嘉本一概不参与。

"为什么？"当被问及原因时，嘉本便会回应道：

"赌博光股票就足够了。工作中，我每天都在赌！"

嘉本 54 岁，出生在山阴的隐岐岛都万村，当地人口最多时有大约 4 000 人。隐岐群岛整体的人口一度也曾达到傲人的 4 万。从日本高速成长期开始的昭和三十五年（1960 年）前后，岛民们就像被大城市吸走似的开始减少。嘉本也是在转年，从岛上唯一一所普通高中岛根县立隐岐高中毕业，进入山一证券大阪店工作的。

嘉本很爱自己的老家，这一点人们是在他上任之后才明白的。公司内有人会提醒、忠告：当着他的面千万别说隐岐岛不好。这起源于一次同事对他的打趣。

"隐岐那个地方通电了吗？有几个信号灯啊？文化不怎么发达吧。"

听了这话，嘉本像是猛扑过来似的回击道："混账！隐岐可不是一般的岛，是古时候被叫做国的岛。司马辽太郎就是这么写的。你小子的老家能叫做国吗？"

隐岐岛指的是隐岐诸岛，也就是位于岛根半岛洋面 40 公里至 80 公里处星星点点分布着的 180 个小岛，该群岛曾经被叫做隐岐国。

"老子上中学那会儿，老爷子收到的来信，地址写的全都是'隐岐之国都万村'，还有什么岛能成为两位天皇的流放地？"

隐岐是后鸟羽上皇和后醍醐天皇的落难之地。嘉本的老家位于群岛最大的岛"岛后"上。在离港口不远的都万村村公所（现在叫隐岐岛街办事处都万分处）的前面，一家人经营着一家商号为"嘉本商店"的百年老杂货店，那里锅碗瓢盆衣服被褥，应有尽有。在兄弟姊妹8人中，嘉本最小。他自称排行老七，是因为他有一个同卵双胞胎弟弟。

"流放到隐岐的可都是些贵人啊，隐岐拥一岛而称国，有着一千好几百年的文化。和这么一个隐岐相比，你们出生的那些破城市住宅小区算个啥。"

还有一些人被他的激烈言辞咬过，也有人见过他在总部的会议上直言不讳。有不少员工心想，"来了个麻烦难惹的上司"。

另一方面，也有一些员工对新本部部长抱以期待。郡司就是其中之一。

"那个人的话，没准儿能改变一下业务监管部。"

位于盐滨的这个部门被总部的职员看作累赘，这一点已经让人忍无可忍了。加之，职场上性骚扰的传闻也是不绝于耳。

营业考查部部长菊野晋次也厌烦了"旮旯"里死气沉沉的氛围。他事实上是业务监管本部的第二号人物，但由于遭受前任业务监管本部部长排挤，很多重要的信息都不向他汇报。

"老夫菊野也，凡事俱闻矣。"①

这是他惯用的玩笑。菊野始终满面笑容，是一个很好的倾听者。身材微胖脖子略短，一米六的小个子，圆脸蛋，长着一对有福的大耳朵。对于那些女性职员或者普通员工而言，他是一种只要待在他身边就能让人心情愉快的存在。菊野有时也会在办公桌前陷入沉思，没人知道他在想些什么，因此得了一个绰号叫"老狐狸"。

菊野出生在鹿儿岛县加世田市（现南萨摩市）的农民家庭，毕业于鹿儿岛大学文理学部法律专业。按照山一公司的分类应该是"三七大"。也就是，昭和三十七年（1962年）大学毕业入职的。58岁的他，比嘉本年长4岁。

菊野是同期入职的人当中最早被提拔为支店长的，依照他的经历和威望，就算跟40位高管齐名也不奇怪。但直到嘉本这位业务监管本部部长就任半年之后，他的待遇才终于同高管持平，晋升为"理事"。他却一直满足于自己的中层二级地位。

他很自豪地称："我手下的，因为工作辛苦而辞职的，一个也没有。"

山一公司有"夺旗"一说。超过营业指标取得出色业绩的支店会被评为"佳绩营业店"。这些营业店的支店长每半年一次，被召集到总部，由社长授予表彰奖状和奖金，还有一面绣有"第

---

① 日语原句"菊野"与"俱闻"二词发音相同，均为"きくの"（kikuno）。——译者

几期社长表彰"字样的小锦旗。大家将其称为"夺旗"。

表彰制度没过多久就只剩下奖金和表彰奖状，但即便不再授予锦旗了，"旗子"还是作为象征社长表彰的一种方式沿用下来。

在山一公司，一旦得到社长表彰，大家都会非常羡慕，"那家支店拿到旗子啦！"没取得的支店也会激励自己，"下一期一定要瞄准旗子加油干！"拿到旗子，不光是支店的营业负责人，支店长等干部也会得到晋升、提高奖金。

这就相当于在公司职员的小战争中获胜，也相当于能带来晋升的勋章。

菊野在西宫、水户、荻洼、鹿儿岛四个地方做过支店长，但从未拿到过旗子。

菊野担任支店长的最后一站是在自己的家乡鹿儿岛。公司内部将这种安排称为"归乡人事"。看上去像是让员工衣锦还乡，实际上，是让那些辗转各地即将退休的支店长级别的干部，回到家乡利用自己高中或大学里的广阔人脉，能够最后奋力一搏。这也是总部想要让大家提高业绩的一种手段。可即便在这里，菊野也没能受到表彰。菊野每次卸任离开一家支店之后，下一任支店长几乎都能获得表彰。每当这时候，他都会对自己说：

"老夫垦荒，后人收获。岂不妙哉。"

要提高业绩拿到旗子，不但得逼自己，在某方面也得苛求部下。

负责山一公司营业本部的常务董事就曾证言过："追求数字

所带来的压力可不是一星半点。我平常就饱受这种重压的折磨。"

"我昭和四十三年①入职，以前在支店经常听到啪啪扇耳光的声音。那是上司在打业绩上不去的下属。营业指标的残酷性致使很多优秀的同期入职的同事和年轻的支店店员辞职。遗憾却又很无奈。"

支店长一鞭策，营业员就得上街跑业务，低头求人直到筋疲力尽。最终导致出现一些人将股票和信托产品推销给缺乏证券知识的个人，然后随意反复交易从中赚取交易手续费。业内称之为"伤害客户"。有时，甚至是"谋杀顾客"。

这是证券行业特有的可耻行为。为了提高手续费的收入，就算预测股价走低也建议客户购买，有时甚至在客户不知情的情况下擅自买卖使客户蒙受损失。对方要是不好惹，提出抗议，才给补偿损失。而对大客户，事先必定要留有"偷手"做出获利保障，让其在某个环节赚钱，还会想办法让账目对上。损失补偿和获益保障都是背地里的私下交易。在1991年大规模损失补偿事件暴露之前，大藏省只是在没有任何惩罚措施的通告中规定禁止，相关法律也没有出台。几乎所有的证券公司都在拼命地蛮干，展开"夺旗"大战。

菊野对此颇为不满。因此，即便有机会能拿到旗子，他也没有强迫自己的部下。他对部下也对自己说，总部的指标完成得差

---

① 即 1968 年。——编者

不离就行了。

"一旦伤害了客户，便会本利皆失。要成为客户的老朋友，时刻不忘让他们的委托资产稳步增值。最终，这些会成为一个支店的业绩。"

同期入职的人员中菊野很早就担任了支店长，但终究在晋升长跑中输给了别人。最终在担任了西部地区四国本部部长之后，从营业一线被排挤到了客户咨询室室长的位置。

作为曾经的鹿儿岛人，菊野在颇具进取心的同时，更崇尚不计得失的那份清高。恬淡无欲无心夺旗的性情根植于萨摩特有的气质和菊野的家庭出身。照这个状态，菊野应该会在监管部门迎来退休的那一天。但他还是一直在想："在退休之前，要改变一下这个'旮旯组织'的面貌。"

要求员工讲求伦理操守的公司业管，一直被人嘲笑。这是因为公司本身已经歪斜扭曲了。

2 入室搜查

　　员工们都在关注上午 8 点 15 分开始的电视广播。

　　山一总部地下 1 楼有一个卫星转播站。每天清晨都会向全公司的支店播放 20 分钟公司自制的山一证券新闻、海外市场快报和市场信息。这也是驱动员工投入工作的信号。公司破产 7 个月前，1997 年 4 月 11 日，周末的一天，同样也是从社内广播开始。

　　业务监管本部的业务管理部部长长泽正夫桌上的电话突然响起。他负责辅佐业务监管本部部长，是监管部门的第三号人物，全面掌管总务工作。电话是 2 楼营业考查部部长菊野打来的。

　　"有客人来喽！"

　　这是菊野和长泽之间特有的暗语。是为了应对政府监管当局的检查，两个人提前约定好了的。不光是山一证券，所有的证券公司都会接受大藏省证券交易监管委员会的入室调查。调查虽然是定期进行，但作为证券公司方面的负责人，接受检查之前还是需要一些心理准备的时间，哪怕是一分钟也好。

　　不过，就在长泽拿起电话，应了一声"哦"，把头抬起来的那一刻，办公桌前已经站立了几位身穿黑色西装的男子。

　　"啊，已经到了！"他握紧听筒，小声说道。

盐滨大厦没有前台小姐。一帮男子一拥而上，径直来到 2 楼，向菊野询问了管理负责人的所在位置，直接跑上了 3 楼。

长泽的办公室在盐滨大厦 3 楼靠近入口处的位置。男子们自称是证券交易监管委员会特别调查课的，他们面无表情地啪的一下子亮出了搜查令。

"特调?"

长泽皱了皱纤细的眉毛，思索着。

证券交易监管委员会是大藏省下设的一个监管机构，负责确保证券交易的公正。其原型是美国证券交易委员会"SEC"，在日本称为"SESC"，即英文"Securities and Exchange Surveillance Commission"的首字母缩写。

SESC 下设两个课室，分别是总务检查课和特别调查课。总务检查课负责定期对证券公司进行全面检查，该课室的人员称为金融检查官，大多是些熟悉的面孔。业务监管本部作为山一证券的联系窗口已经习惯了接受他们的检查。公司内部出现违规问题时，业务监管本部也会进行内部调查，然后向负责管辖的大藏省和这个总务检查课汇报。还会针对 SESC 提出的要求，按指示准备好文件进行汇报。他们彼此之间已经形成了一定的信赖关系。

但是，此刻闯进来的是被称为"特调"的特别调查课，负责的是"违规事件"，也就是有可能发展为刑事案件的事件。这些调查官拥有强制调查的权力，对证券公司而言，就像是特警一样的存在。

"为什么是特调课，而不是负责定期检查的总务检查课？"

长泽茫然地望着这帮男人。此时，在楼下监察部和营业考查部的大办公室里已经有 20 多位调查官开始搜查陈列柜和抽屉了。

"入室搜查。请保持现状！不要离开座位。"

"不要触碰任何资料！"

听到这低声呵斥，想要起身的社员身体瞬间僵硬。说是"调查"，实际情况如搜查令上写的那样，是强行搜查，也就是抄家。

调查官站在入口处，事实上是在封锁现场。甚至还严格提醒道："就算去卫生间，也要汇报后才能去！"社员们开始意识到出大事了。

遭到呵斥的人里有经常到支店进行入室检查的监察部检查课的人。作为"检查员"，他们几乎每周都会大清早跑去支店进行突然袭击。"正在检查，请不要触碰办公桌和任何文件"之类的命令也常挂在嘴边。依照经验，的确会有一些公司职员因为借名开户、假名开户而藏匿印章或相关材料。

这一次，这些检查员竟也被 SESC 的调查官大喝呵斥，接受他们的强制搜查，真是一桩糟事。

就在此刻，山一公司总部也在接受特别调查课的搜查。

"该不会有些事在瞒着我们吧？"

这是长泽最初的疑惑。他万万没想到，不光是山一证券营业部，就连监管部也遭到了怀疑。

一片沉默之中，只听到墙上的钟表滴答作响。员工们在一旁紧张地看着对方强行搜查。

"联系上新任的本部部长了吧?"

菊野问道。只有像菊野这样的公司元老级人物,才会预料到这种事是迟早会发生的。

"毕竟是客人,别怠慢了。"

菊野对部下说道。他有意让突袭来的调查官听到,以便缓解一下公司里的紧张气氛。

"拿一下布局图!"

"业务分管是什么情况?"

特调接连抛出问题。不断被追问的长泽,在菊野的提醒下,迅速拿起了电话。墙上的时钟马上就要指向正午时分。

此时,嘉本正在京都出差。这是就任业务监管本部部长的调令下达后的第 25 天。为了交接之前任职地的工作,嘉本花了 4 天时间拜访了京都支店管辖的客户。"昪児"的职员们在被特别调查课置于隔离状态时,完全忘记了他的存在。

"本部部长吗?现在特调课的人来了。入室调查。请您马上回来!"

嘉本站在京都车站的月台上,将手机紧贴耳边。

"入室调查?"

嘉本望着上行东京的新干线列车缓缓驶入,瞬间感到内心空荡荡的,轻声叹了口气。

在 36 年的工作生涯中，嘉本有 30 年都是在支店度过的。从大阪店开始，辗转了阿倍野、富山、函馆、池袋、宫崎、新宿、姬路等很多地方。他自称是一个"了不起的公司职员"，也正是因为有着这样赤手空拳行走天下的人生经历。尽管喝酒唱歌都不擅长，但他也会迎合客户的兴趣通过爬山、溪钓、采蝶、摄影来交往。地方上的摸爬滚打使得嘉本练就了处事不惊、淡定自若的本领。

不过，长泽的这通电话非同寻常，给了新官上任的嘉本当头一棒。

"总部也在接受检查。业管的办公室已经被隔离封锁，大家都不能动了。"

"什么？怎么回事？什么罪名？"

"好像跟总会屋的交易有关。请您尽快赶回东京。"

——这就是我的第一项工作吗？

话到嘴边，嘉本又赶忙将其咽下。

业务监管本部本来就是个烫手山芋。它的职责是调查公司内部的可疑事件，纠正违规行为。但证券公司和金融行业的有些常识是无法用世俗的尺度来衡量的，处罚起来分寸也很难拿捏。野村证券等其他公司虽然也有类似的部门，但嘉本很清楚，山一证券的业务监管本部就是一个聚集了一群乌合之众的被称为"旮旯儿"的边缘组织。嘉本在想，这次虽说是从普通董事晋升到了常务董事，事实上，作为圈外人的自己不过是公司在非常时期抛出来的炮灰而已，故而在新的岗位可不能鲁莽行事。

身材矮小的嘉本在新干线的座位上坐稳后，暗自吐露了真心话。

"可这一上来就是个大麻烦。"

长泽提及的"跟总会屋的交易有关"，是指向总会屋小池隆一利益输送事件。最初，是野村证券负责内部监察的年轻职员发现了违规行为，于1996年向东京地方检察厅特别搜查部和SESC进行了内部秘密举报。据说，野村证券将本公司自营部门赚取的自营利润转移到了一家名叫"小甚建筑"的小池的傀儡公司。

从年底开始，利益输送丑闻便开始在报纸上慢慢发酵。翌年1997年3月25日，特搜部和特调课搜查了位于东京日本桥的野村证券本部。

违规事件的导火索是第一劝业银行（现瑞穗银行）。1989年2月该银行向小池提供了约32亿日元的免担保贷款。小池拿到这笔钱后，分别购入野村、大和、日兴和山一等四大证券公司的30万股股票。他凭借着由此获得的股东提案权，企图在股东大会上兴风作浪要挟各公司，以期获得利益输送。

继野村证券之后，就在山一证券被特调课入室搜查的前一天，业界排名第三的日兴证券（现SMBC日兴证券）也遭到了搜查。

嘉本回想起出差前不久，跟前任业务监管本部部长进行交接时的谈话。前任部长是前辈，也是常务理事，他曾这样说道：

"你应该知道东京地检搜查野村证券这件事吧。"

"关于向那个总会屋小池输送利益的事吗?"

"我们公司也有与小池相关的账户,就在东京都圈营业部。他们在做 SIMEX 的期货,不过现在已平仓交割完毕。不会有问题了。"

彼时的嘉本正忙于到大藏省和日本证券协会拜访公关。他下意识地回问道:

"有过小池的相关账户?"

事情蹊跷,却又说"已平仓交割完毕"。这究竟是怎么回事?结果被这位年长 2 岁的前任部长三言两语搪塞过去了。

"跟 SIMEX 的交易实际上是通过山一证券的现地法人①分公司来操作的。对此,公司的海外监察人员已经完成了监察工作。"

SIMEX 指的是新加坡国际货币交易所(Singapore International Monetary Exchange)。山一公司利用现地法人分公司"山一期货"在新加坡的期货市场上营利。嘉本对国际业务不熟悉,这些他是搞不清楚的。

"结果有问题吗?"

"报告上说,之前的票据存在一些问题。目前正在整改,没什么大碍。每个案子都有一线的部长在把控,就是想让你后期过问一下。"

---

① 跨国公司在他国设立分公司时,根据该国法律设立的法人。——编者

工作交接仅此而已。让人觉得似乎没有进行太深入的调查。

嘉本在新干线上反复回味着当时的谈话。

列车启动了。他走到车厢连接处，拿出手机给长泽打通了电话。最终还是没能抓住特调课进行搜查的真正用意。自从野村证券接受入室搜查以来，嘉本一直被不安的阴影所笼罩，他在想，"我们公司会如何呢？"他决定接下来自己要去调查清楚。回到座位后，嘉本凝视着眼前的椅背。

——明明说是没有问题……或许是我太天真了。

嘉本调整了一下呼吸，以排解内心的压抑。

围绕小池事件，媒体的普遍共识是四大证券公司迟早都要接受强行搜查。野村证券被揭发之后，就应该做好"接下来该轮到我们公司"的准备。可山一证券却被一种盲目无凭的乐观论所左右。

"咱们公司没问题！不会有什么大事！"这类毫无根据的言论接二连三地从公司董事的口中传出。

人在面临危险时，却深信"只有自己是安全的"，故意无视威胁的这种心理被称为"正常化偏见"（normalcy bias）。

当然，总是提心吊胆的话肯定活不下去。所以，我们的内心含有类似汽车方向盘的"旷量"部分，一种认为某种范围内的危险并非异常的结构。但如果过于相信"自己没问题"的话，便会无法做出冷静的判断，应对问题也会迟缓很多。山一证券的掌舵人就存在不愿正视危机，懦弱鲁莽的一面。他们轻视危机的后果，就是将重担压到了毫不知情的嘉本和长泽等人的肩上。

嘉本到达盐滨大厦时已经是下午 3 点多了。他向坐镇业务监察本部室的特调课的领导打了个招呼。

"有什么我能做的，一定协助。"

嘉本只能说上这么一句。他根本没有掌握任何可以提供的信息。

——首先，要弄清楚公司里到底发生了什么。但眼前近畿地区大阪本部的交接工作又不能置之不理……考虑再三，嘉本召集了长泽、菊野等部长级干部，做出了指示。

"我呢，营业那边的工作交接容不得马虎。还按之前的安排，连休结束之前我会全力以赴完成交接。我认为这最终也还是为了咱们这个部门。关于小池事件，我会在就任之后处理。在此期间，请各位部长协助应对监察委员会。同时，请你们尽可能展开公司内部调查。"

特调课的搜查结束时已经是晚上 9 点半之后了。他们把大量的查封物品放进纸箱搬走。快搬完时，一位调查官靠近疲惫不堪的长泽。

"你们公司也有哟，总会屋账户……"

在长泽的耳朵里，这听起来像是在说："别再装糊涂了！"

山一证券首都圈营业部里存在着能够证明与小池隆一相勾结的交易账户。那语气暗指这些是负责公司内部监察工作的业管理应早就知道的。

这些人之所以如此尖刻，也是出于这个原因吧？

这次搜查让长泽意识到了自己的无力。他和菊野一样，都被前任业务监管本部部长疏远。如今又被调查官怀疑是在佯装不知，长泽难掩内心的不快。

他始终还是想不通特调课的目的。不过，在仔细查看他们查封之后给长泽留下的《查封物品目录》，他还是觉察到了一些蛛丝马迹。

除了公司内部审计文件、软盘和记事本之外，他们连有关新加坡"山一期货""山一新加坡商业银行"的监察文件也拿走了。

"一定是这里出了问题！"

但长泽一直插不进手。他对于以"小甚建筑"之名与SIMEX进行的交易毫不知情，根本无法将总会屋和新加坡的业务联系起来。

嘉本实际到任是在5月12日，特调课进行入室调查的一个月之后。令人吃惊的是，公司内部调查的结果连书面文件都没形成，干部的口头报告也不得要领。

——明明下达过指示要开展公司内部调查，到底怎么回事？

光埋头于营业工作交接的嘉本有所不知，对于业管的调查，山一公司内部有人开始阻挠。长泽讲明了这一切。

"营业部的那帮家伙不配合，调查根本没法进行。小池的账户在首都圈营业部，那边直接打电话联系我说：'别（跟 SESC）说多余的话！'"

"……"

"我在电话里问'为什么？'但当时，恰巧有一位特调课的调查官过来找我，就把电话挂断了。"

打来电话的是首都圈营业部的董事负责人。在39年的时间里，他不顾一切地拼命工作，成为唯一一位从初中毕业入职一直爬到董事职位的人。这个人颇有领导风范，曾经和长泽在一个部门工作过。当年他时常邀请长泽去喝酒，或是到自家做客。作为能跟社长三木淳夫聊闲天的贴身亲信，他在公司里很有名。

但是，妨碍调查的做法，就好像在嘉本内心放了一把火。嘉本召集长泽等人一口气说完下面的一席话。

"不相干的外人闯进公司进行大规模的调查。咱自己却不调查，简直荒唐！自己公司的问题和危机还要向别人去请教吗?!这样怎么能做出经营判断？哪个家伙敢给我们的调查施压，就让我来对付他！"

——面对公司存在的问题怎能不做一个明理之人!？出人头地固然重要，但我不是梦想着出人头地才从岛上出来的。

将近40年前的一个秋天，嘉本寄宿在高中学校旁边的宿舍里。

"老师叫你。"嘉本被朋友催促着来到办公室。一个姓冈的老师对他笑了笑。

"山一证券追加招聘啦！试试吗?"

当时，证券界正掀起一股投资信托热。证券公司的广告语"银行，再见！证券，你好！"流行一时。据说，那个时代的证券公司甚至会把整个学校应届毕业生都录用了。就算是在高中，一些优秀的人才也都在第一次招募中就被录用了。

嘉本的双胞胎弟弟在考大学班，而嘉本却不爱学习。起初，他想报考国立岛根大学，但暑假一到便每天一门心思地光着脚打棒球，和别人干架。

但这个在"不能给别人添麻烦"的教导声中长大的混小子，也有一颗属于他自己的要自立的心，一种必须要独立的强烈的焦虑感。

嘉本恳求冈老师："如果有好的地方就打算工作，拜托老师帮忙。"因此，当老师一告诉他，"山一证券有隐岐岛出身的干事"，并劝他去参加考试，他便和同学一道径直跑到了大阪市中央公会堂。被当作录取考试会场的公会堂非常壮观，参加考试的人数也很多，这令他着实地感到震惊。

在嘉本的记忆中没有被公司重视过的经历。这或许是因为大量录用的缘故。高中毕业前的 2 月份，嘉本就被派去大阪店接受培训，连毕业典礼都没能参加。

经过一段时间，嘉本发现自己不合群。不光是不善交际，跟上司争论时也绝不让步，因此有人说他"太傲慢"。

嘉本 20 多岁时，曾对支店的成交销售业务非常抵触。成交销售是一种非法的营业手段，证券公司在投资者没有下单的情况下大量购入股票，再有组织地强行配售到一些客户的账户中。股价稍微上涨一点就说是"那只股票赚钱了"，将其抛售。至于已经下跌的股票，有时也会硬卖给缺乏知识的顾客。

"没有客户下委托单，这种业务就不能做。"在支店的会议上，嘉本表示了坚决反对。慢慢地嘉本就被孤立了起来，没过多久就被降了职。

在另外一家支店，嘉本还被上司责备过在工会活动中投入太多热情，被定性为"思想偏颇"。一位前辈曾对他说："毁掉你的净是些没缘由的事。"

但公司的评价，不过是在人生的某个时期，被某个组织、某些人下的定义。嘉本坚信，只要不是盖棺论定，就算不上什么人格评价。

他辗转过 8 家支店，大概也是由于这种想法惹的祸。由于频繁的工作调动，长子幼儿园转过 2 次学，小学 3 次，中学 2 次。

嘉本在担任宫崎支店长之后情况开始有所转变。就连当卜课长和支店次长时，嘉本都还怀疑，"我真的能行吗？"担任宫崎支店长之后，嘉本先后又被调任新宿站西口支店长、姬路支店长。在进入公司的第 31 年，终于被提升到总部工作。他并不清楚个中缘由。嘉本确实在个人营业部的经营中留下了笑傲全国的业绩。这或许是因为法人营业部日趋衰落，总部将经营重心转移到了嘉本他们的个人营业部。但是，面对总会屋事件，嘉本此番晋升为常务董事能否被称为"提拔"，还是个疑问。

"对恶性事件，公司不能悄悄地进行个别处理，应该开展有组织的作战。"

这是嘉本由来已久的主张。可以说，嘉本是这样被捧上了台：既然你敢如此放言，那么就让你当一次棘手的业务监管本部部长吧。

下令"严加调查"之后，嘉本对长泽说，

"我不是个好说话的本部部长，很可能会给你添麻烦。"

长泽大学时代很喜欢流行的东映公司拍摄的侠义电影。每次从电影院出来，他都会疾步走在黑暗的街道上，一副威风凛凛的样子。

在当时的明星中，相比鹤田浩二，长泽更喜欢高仓健。鹤田常用匕首，而高仓健则善用长剑。而且是在一忍再忍之后，才拔出长剑潇洒地把坏蛋除掉。嘉本的话语颇有些高仓健的风骨，因此他无意间吐露的台词让长泽感到了一种震慑。

"我跟你干！"

长泽颇有气势地说道。

总部的一部分人开始有组织地阻挠长泽等人的内部调查。那位董事对长泽所说的"别说多余的话"，很可能是更高级别的公司大人物的意思。不管怎样，出重拳查违规不正是自己本职工作的应有之义吗？既然这位新走马上任的本部部长说"彻查到底"，那么我这个干实务的人就要支持到底！

"我也不是个好说话的部长！"长泽这样想着。

3　总会屋的踪迹

十天后，在山一证券总部大楼的董事会议室召开了副社长会。被委托召集会议的是嘉本。

椭圆形的会议桌上放有题为《小甚建筑相关账户调查概要》的报告书。如前所述，小甚建筑是小池的傀儡公司，在东京六本木的高级公寓设有名义上的事务所。

副社长会是副社长以上级别的董事出席的重要会议，社长三木淳夫等 6 位领导将目光投向嘉本念着的文件。前社长、被称为"山一老大"的会长行平次雄，坐在比三木更靠上位的位置。

"这次的报告是关于根据公司内部资料和媒体的分析整理出来的问题。重点是，特调课的调查是违规案件调查，跟公司一直以来接受的总务检查课的定期检查有着本质的区别。因此，我认为公司，当然也包括业务监管本部在内，要跟大藏省和证券交易监察委员会进行硬性协商是行不通的。"

硬性协商是给大藏省等部门变相施压，具体说就是通过登门造访求对方睁一只眼闭一只眼。嘉本想强调的是这样做丝毫没有意义。

小池持有四大证券公司的股票各 30 万股的事实已经被触及。

后来才知道小池的目标是成为大股东，掌握证券公司的股东提案权，然后从各证券公司攫取利益。山一证券也是同样的情况，小池威胁的对象是公司总部的总务部。在社长和副社长的默认下，总务部、股票部、首都圈营业部联合起来让小池获利。

三木等人逐一接受汇报，还下达了指示。也就是说，虽然公司高层是利益输送的当事人，但三木却对此事噤若寒蝉。嘉本毫不知情，他的声音响彻在整个董事会议室。

"绝不能把这次的入室搜查看作以往大藏省检查的延伸。请各位务必理解这一点。"

嘉本如此肯定是有理由的。

——这个问题目前的确是大藏省下属的特调课的案子，但实质上是一起地检特搜部非常关心的刑事案件。如果山一证券存在利益输送的事实，应该尽早掌握情况、采取措施。稍有失误，公司里很可能就会出现刑事被告人。

野村证券的情况就是无视本公司监察部门职员的内部告发，被媒体报道了之后，还一直佯装不知。结果，受到特调课和东京地检特搜部的搜查，在记者招待会上不得不承认了向总会屋输送利益的事实。

然而，无论嘉本如何努力，干部们看上去并没有认识到事态的严重性。就算特调课对山一证券进行调查的事情只有部分报纸报道了，但大家所表现出来的乐观状态却出乎嘉本的意料。

会上有人若无其事地说道：

"野村证券就是因为在记者招待会上承认了自己的违规操作，才导致了现在的局面。"

副社长们觉得只要作为调查窗口的业管和社长那边巧妙应对，就没有过不去的坎。另一位董事的话语里透出了这种气氛。

"SIMEX 的交易有问题是吧。但是，有证据证明是在那个交易中向总会屋转移了利益的吗？"

"嗯，这得要大家一起努力了。"

行平和三木缄默不语。嘉本坐不住了，语气变得强硬。

"野村证券的利益输送事件，是连野村的监察与管理部门事前都知道的违规操作，尽管如此却把它掩盖抹平了。这样一来，就成了公司整体的犯罪行为，监管当局的追究也就更为严厉。相同的情形如果发生在山一证券身上的话，那势必会对山一的经营带来重大影响。"

嘉本想说，"进一步甚至会影响到法人代表"来唤起大家的危机意识。但最终还是把这句话咽了下去，转而提出了一个新提案。

"在业务监管本部成立听证组，接下来由我们自己对相关人员进行听证调查。而且，我想就由我们来对首都圈营业部实施入室监察。"

没有支持的声音。但也没有否定的发言。嘉本把这种情况理解为提案在副社长会上认可通过。

副社长会召开一周后的 5 月 30 日，野村证券的利益输送事件迎来了高潮。两个月前还是社长的酒卷英雄因涉嫌违反商法和证券交易法，被东京地方检察院干脆利落地逮捕了。

野村证券在新宿野村大厦的48层拥有自己的接待会所"野村俱乐部"。酒卷在1992年当社长时，总会屋小池曾在这里胁迫他说，"让我赚点吧！"酒卷无奈接受了小池的要求。他害怕倘若拒绝，也是大股东的小池会在股东大会上滋事生非引起纠纷，让会开不下去，从而使他和公司信用扫地。

当时金融界高层主动约见总会屋和调停人的事并不稀奇，他们反而认为与这些人巧妙周旋本身是可以掌控的。可是，他们非但没有能利用对方，反倒被对方直接要挟。酒卷款待小池就是一个很好的例子。类似的情况不在少数。公司高层与总会屋相勾结，引狼入室，导致了一连串违规违法操作和悲剧的发生。

"就只给我30分钟吗？哎呀呀。"

菊野晋次把遗憾隐藏在笑容深处。他很清楚眼前的这位比自己年轻的董事就是山一证券总会屋事件的当事人。但是，这位董事却说："太忙了，只能抽出30分钟的时间。"

菊野是嘉本成立的听证组组长。他乘坐面包车往来于业务监管本部所在地盐滨大厦和公司总部之间。

嘉本在副社长会上宣布的听证开始了。今天是和首都圈营业部的负责董事会面，他也就是给长泽施压"别（跟SESC）说多余的话"的那位董事。他们一方面防备着SESC的强制搜查，另一方面又觉得嘉本他们开始进行的听证调查碍眼碍事。

"今天谈一下和小甚建筑交易的事……野村证券已有麻烦了，他们在山一证券也有账户。而且利润赚了不少啊！"

菊野已经掌握了在首都圈营业部开设的小甚公司的账户获利有 1.07 亿日元以上的事实。山一证券的营业部门，有关顾客的买卖交易和进出款项的顾客账本以缩微胶卷的形式备份，原账本在业务监管本部存档，菊野沿着这条线索搞清了浮出水面的事实。

"我就告诉你，那是正常的交易。"

"那个建筑公司就是小池的顶包公司……SESC 和东京地方检察院特搜部似乎都这么认为。我们公司首都圈营业部的账户也被怀疑是小池的账户。"

问题的焦点在于，超过 1 亿日元的利润属于谁，此外，山一证券是否像野村证券一样将本公司的自营利润转移输送。不管怎样，小甚公司的这 1 亿日元是从 1994 年 12 月到次年 1 月仅仅两个月间获得的暴利。

不过，这位董事却硬是咬牙说"交易没有问题"。

账户的名义人，也就是小甚公司的社长，说到底是小池的亲弟弟。根据这一点，"没有理由认为小甚建筑的账户是他小池自己的"。然后，他还回答道：

"就算万一这里面有什么'甜馅'，那也是偶然的。"

"甜馅"是证券界的隐语，意思是将证券公司的盈利直接转移到客户的账户上。

让客户赚钱的手法有两种，一是提供确实要涨价的证券品种，另一种是提供已经确认的证券公司的自营利润。前者在顾客最终交易时有时会遭遇价格下跌，而后者则是更确实可靠的获利，因此更有甜头。因为只吃甜头，所以叫"甜馅"。

这位董事显然是在装糊涂。但是，约定的 30 分钟早就过去了，菊野没有更多的时间再去质询这位有嫌疑的董事。

菊野想问："既然这样，为什么要给长泽施加压力，要他'别说多余的话'呢？"

他的部下和股票部的有关人员们也像打了包票似的声称"不太清楚""不清楚是不是总会屋的账户"。

嘉本的指示是"不能一棍子把人打死似的只是一味地追问，对员工们的立场表示理解，才能问出事实真相"。但事与愿违，这些董事都在拼命隐瞒。

听证结束后，坐在回盐滨大厦的面包车里，菊野不停地摇着头。

"怎么可能？要是正常交易，不可能受到 SESC 的强制调查！"

仅仅半个月之后这位董事的谎言就被揭穿了。特调课正式启动听证调查。持续了近一个月的听证调查，除去地点是在大藏省的副楼以外，几乎与地检特搜部的严厉调查并无二致。

关于当时山一证券有组织的隐瞒情况，嘉本留下了工作笔记。他在同事们的欺骗中忍辱负重，他这样淡淡地写道：

六月初，特别调查课开始传唤小池一案的相关涉案人员进行审问。

审问极其严厉。连续多日从早上 10 点到晚上 10 点，传唤相关职员。据说调查官们又是拍桌子又是扔烟缸。

涉案员工在那里供述的"坦白"内容与之前在公司内部调查中所说的存在出入。有好几个相关人员到我这里来坦白。因此，我决定以我为中心对相关人员重新进行听证。也就是说，针对他们在特调课的招供内容，我们要进行二次听证，重新进行公司内部调查。对原专务董事等也进行了初次听证调查。

"竟然把我们给骗了。这帮家伙都是狗娘养的。"

长泽把年长自己 8 岁的菊野约到酒馆。

"崇拜高仓健"的长泽原本的志向是当记者。从中央大学法学部毕业时，目标是报社记者或出版社编辑，但面试都落选，才选择了山一证券。他体型偏瘦，戴着银框眼镜，略显柔弱，却有着一股不甘示弱的劲头。

"人的确很懦弱。一心想要保全自己。其实我也有这样懦弱的一面。这样看，人是没法一直活得清正廉洁的。所以我才不去逼迫自己和他人。但是，全公司上下一块儿欺骗确实不可原谅。"

长泽的父亲曾是东京消防署署长。他在侵华战争时被招兵，曾转战于中国北部，后来成为一名消防员，主要在下町的消防署工作。全共斗①时期的长泽就继承了父亲率直的江户消防员的性情。虽然没什么力气，但不时把心直口快的性情挂在脸上。

长泽跟妻子理惠子是在山一证券新宿支店工作时相识的。不过，调入总部人事第一课之后，长泽就有意不再谈公司的事情了。被问及时也只是敷衍过去。

"无用之辈不跟老婆谈工作。"

这样一来就会备感寂寞，只能对着菊野发牢骚。

从体型来看，长泽像是长在都市里的胡萝卜，而听牢骚的菊野像是土豆似的土包子农民。

事实上，菊野曾在故乡旧加世田市给自家种过田。可只干了一年，他终于明白那是维持不了生计的。于是乎，他放弃了农耕生活，从国立鹿儿岛大学毕业后投身于证券公司。

选择山一证券源于他在鹿儿岛大学时代曾在山一证券的一家支店打工，兼职的工作内容是将股价抄在黑板上。菊野离开家乡就是为了填饱肚子，所以他并不觉得在支店搞营销时的磨砺有多苦。

跟其他萨摩隼人一样，菊野非常崇敬西乡隆盛。江户哥儿长

① 全学共斗会议的简称，1968—1969 年大学纷争期间成立的学生运动组织。——译者

泽崇拜高仓健，而菊野则敬重推倒江户幕府的西乡。这两个不论从出身、性格还是经历都毫不相同的人，却鬼使神差地性情相投，跨越年龄的差距成了终生的朋友。

长泽对公司首脑的愚蠢、"旮旯"机构的无能感到悲哀。自己甚至被公司的前辈和朋友所背叛。然而，菊野却意外地坦然。

"唉，向上爬的欲望会让人撒谎啊！"

菊野对现实见过太多，不轻易将正义感表露出来。

"他们也是想回报领导的认可吧！为赚钱不择手段的一群人。当然也有些职员在违法违规行为面前也只能是随波逐流啊。"

公司是一个排除菊野这类与公司唱反调的人的组织。从核心部门驱逐反对者，成就同道人。在这种"不能唱反调"的公司氛围里，公司有时也会成为一台不断生产出坦然撒谎的唯命是从者的巨大机器。

菊野出生在 1939 年（昭和十四年），侵华战争爆发 2 年之后。当时，日本成了战时国家。日本军队大举侵入中国内陆。在他出生的那一年，日本关东军在外蒙古边境的哈尔哈河畔鲁莽地向苏联军队发起挑衅，那场战斗造成了约 18 000 名日本士兵战死。为了掩盖败北的事实，日本一步步地闯进了太平洋战争。

不久，父亲萨男被征兵，在太平洋战争中的激战地加达尔卡纳尔岛战死。那时，晋次才 4 岁。加达尔卡纳尔是日本军队被切断补给线、大量士兵饿死之地，也被称为"饿岛"。萨男是在军队从"饿岛"撤退时与运输船一起沉入海底的。

"父亲好像没射过步枪就死了。那也算是战死吧!"儿子常嘀咕着说道。

在菊野上的国民学校,校园里立着一个美国大兵的稻草人。校门旁边立着竹矛,学校要求一年级的晋次他们每天早上都用竹矛刺一下稻草人,然后再进入教室。说是要用竹矛,跟计划在南九州登陆作战的美军作战。

这虽然蠢到了家,但没有人去说。美军原本计划从菊野的家乡萨摩半岛西岸登陆。因此,假如8月15日太平洋战争没有结束,等待他们的或许是跟冲绳人一样的命运。但是,日本战败了,赞美英灵的亢奋如梦幻一般消失,一夜间,军国主义的宣传变成了民主教育的叫嚣。

晋次无法忘记战败后,老师命令大家在"教科书上涂墨"。写有"士兵们,冲啊! 冲啊!"的课本都被涂黑。第二年又收到油印的材料,被涂黑的那些教科书不知被扔到哪里去了。

即使人世间黑白颠倒,我们这些人也会抛弃怀疑俯首顺从。无论是大人还是孩子,抑或是爱国少年的我。再不可理喻的事情,人们都能咬牙接受。

"喂,长泽,原谅他们吧。你不也说,人很懦弱嘛!"

那天晚上,两个人在小酒馆痛饮了一番。长泽喜欢白薯烧酒,在家喝时会加冰块,在外面喝时为了不喝多了,就兑水喝。不过,那天因为太过窝火,加冰块猛喝一气也没醉。

然而，又发生了一件让什么都能忍下的菊野无论如何也不能接受的事情。

围绕山一证券的总会屋事件，菊野他们的业务监管本部隐藏事实的嫌疑越来越大，使得大藏省的 SESC 特调课接连造访。

对业务监管本部的入室搜查本应在 4 月 11 日就结束了，但却在 5 月 23 日再次进行。他们还在 5 月 27 日和 6 月 18 日连续将庞大的资料全部带走。不知何时才能结束的搜查让职员们慌了手脚。看到长泽和监察部长等人接二连三地受到特调课的传唤，大家清楚地认识到事态的严重性。

"在公司里追查总会屋事件的我们，却被认为是事件的共犯！"

此时，嘉本想到工作交接时那句含义重大的话。那是前任业务监管本部部长在三个月前匆忙交接时对嘉本说的。

小池相关的账户在山一总部的首都圈营业部。与该账户相关的交易在新加坡进行，经业管的海外监察员审计后，该交易已经整改，没有问题了……

——就是那句话！他们认为，把事件处理得"没有问题"了，意思就是把事件给压下去了。

嘉本在随身携带的笔记本上写下了如下内容。

六月中旬到下旬，特别调查课认为包括山一内部管理部门在内的山一公司整体在进行有组织的犯罪。出于这种观点，开始对业务监管本部的相关人员进行讯问。监察部部长、海外监察员等受到传唤。特别是对海外监察员，连续多日审讯到深夜。

我这才意识到他们怀疑山一证券监察部在 1996 年 9 月对新加坡实施的监察中就发现了小池相关账户的不正当交易，而后业务监管本部极力掩盖，企图蒙混过关。

希望不要像野村证券那样，发展到将内部管理部门也卷入其中的公司整体违法违规、隐瞒问题的事件，真是令人感到害怕。

长泽也被传唤到大藏省的副楼，接受特调课调查官的步步逼问。

"你们都对过口径吧！我知道关于检查结果，山一证券肯定也动过手脚！"

"不，没那事。"

"野村证券最初也这样辩解。难道不就是你指使隐瞒的吗？"

"我没有那样做的理由。说我隐瞒什么，那绝不可能！"

长泽从近 4 小时的调查中解放出来后的第 3 天，又接到特调课打来的电话："请携带公司内部监察文件来一趟。"等他亲自赶到了之后，调查官说："不说别的了，还是之前那事……"于是，调查重新开始。到了第 4 次、第 5 次，长泽终于大声喊道：

"既然我被你说得那么可疑，干脆就把我抓起来吧！"

还有人受到比他更严格的调查。那就是去年 9 月业务监管本部监察部派到新加坡的 3 名检查课次长。

尤其是针对首席检查员竹内透，他们更是连续调查，揪住不放。

第二章

大厦将倾

1 审讯

虽然算不上什么秘密，但竹内透有两件事从未在公司里透露过。一是，参加工作后不久在札幌支店时，他曾瞒着公司参加过北海道警察本部的招聘考试。

那是大约 20 年前的事情了。竹内从北海道大学法学部毕业后进入山一证券。虽然如愿以偿地进入当地的札幌支店，但严苛的营业指标迫使很多同事纷纷离职。其中，甚至出现一些职员生活放荡，随意私吞、挪用顾客账户里的资金的情况。竹内自己也在入职后的第 3 年感到疲惫不堪。

"我一定不是干营业的材料。还是跳槽吧！"

有了这种想法，竹内在看到北海道警察的招聘广告后便提交了申请。他曾经在札幌市和余市町生活过，所以这次决定要在自己喜欢的地方找上一份稳定的工作。

竹内的目标并不是成为警察厅干部候补生的职业组，而是从巡查起步的都道府县警察招募范围内的巡警。在青森县立弘前高中时，竹内在学校棒球部训练过。他有着强健的体魄，身高也和长岛茂雄①一样有 1 米 78。

小学六年级的秋天，竹内还在弘前市的相扑大会决赛中，与后来成为横纲第二代若乃花的下山胜则对战，最终将对方推出场外夺得冠军。他对自己的体力颇有信心，也不讨厌"北国警官"的称号。

然而，北海道警察本部却对这位想要从大企业转行当警察的竹内表示怀疑。初试顺利地合格后，对他进行了彻底的个人调查。竹内便开始对转行干警察感到犹豫。当时，正巧公司决定调他到大阪支店工作，他犹豫再三，最终还是没去参加二次面试。

——环境改变的话，或许自己也会改变。

但是，在大阪，竹内还是难以适应最基层的营销。这一年，他迎来了在山一证券的第 6 个夏天。

"这种日子什么时候能熬到头啊？"

一天，他这么想着，从地铁昏暗的台阶抬头看去，只见蓝色的天空已是乌云奔涌。竹内爬上车站的台阶时，一位男子正在派发举办演讲会的传单。他拿着传单随意地来到会场。讲师面对 200 位参加者开始演说。"欧洲是以信仰为中心运行的。如果不理解《圣经》，就不能理解那个世界。"

竹内因为这句话对《圣经》产生了兴趣，开始每个星期天都去参加下午的福音集会。基督教团体没有会规，没有捐款制度，这种不会强加于人的做法吸引了他。

竹内并没有把这些告诉妻子。他有其执拗的一面，生性讨厌

---

① 日本职业棒球选手、教练。——译者

一天到晚全是工作。不久，他开始听集会的录音带，一天结束时会翻阅《圣经》。这就是他的第二个秘密。

这位竹内连续几天都在接受 SESC 的讯问。现场呈现出一幅上级调查官严厉地逼问山一证券中年检查员的画面。对方是一位态度傲慢的调查官。

"你去过新加坡？为什么出差？"

"日常监察。"语气与平常无异，但对于陌生人而言却很生硬。

"啊？"

可以看到调查官脸上浮现出焦躁的情绪。

桌上放有从业务监察部检查课的三层柜子里没收来的蓝色纸质文件。第一次入室搜查后，长泽曾怀疑过，"一定是这里有问题"。文件背面写着"新加坡"，那是竹内的字迹。其中，装订有两张 A4 大小的监察报告书。仔细阅读这篇公函文书，就会察觉到竹内在新加坡发现了"移花接木"转移利益的不法操作。但竹内却没有坦率地说出来。

"那就是海外监察的一个环节。"竹内的内心夹杂着抵触和犹疑。

——虽说是民营企业，但站在公司检查员的位置上，擅自就职务上自己了解的公司秘密侃侃而谈，这么做合适吗？自己认认真真地进行海外监察，并将结果总结成报告书向前任业务监管本部部长汇报过。没犯过任何达到要被逼问程度的错误。

这一点嘉本也是认同的。不过，竹内带有"当官的要是能干那就试一下"的情绪。他的这种反抗态度愈发明显，促使调查官盛气凌人地不断紧逼。

"那就说一下监察经过吧。"

"那是去年秋天吧。SESC向我们监察部检查课询问有小甚建筑的账户的情况。我觉得不是特调课。"

"就是说那是我们（SESC）总务检查课的质询?"

"是。野村证券涉嫌向小甚建筑提供利益。山一证券也有被怀疑用来提供利益的账户，希望我们就这个问题进行一下汇报。我是从前任业务监管本部部长那里得到命令的。该交易由位于山一兜町大厦的股票本部下达交易指令，由在新加坡的现地法人分公司山一Futures进行操作。'Futures'是期货交易的意思。"

"然后呢?"

"山一Futures的交易席位，虽然只有三张榻榻米①大小的空间，但它设在SIMEX里，所以去了包括我在内的三名检查课次长进行监察。在那里，我发现他们是接受山一证券股票资本本部交易员的指令，向以小甚建筑为名开设的账户进行类似移花接木的操作。"

特调课从一开始就掌握了这个移花接木转移利益的违法事

---

① 一张榻榻米约1.62平方米。——编者

实。这是一种传统的手法，就是在证券公司买入的股票或期货价格上升时，篡改交易票据，将利益转移到顾客的账户上使其获利。转账地点选择新加坡这样的海外地区，使得骗局更加隐蔽。事实上，其操作手法十分简单，就是女操盘手接到兜町大厦二楼股票部部长等人的指令后，用热线电话传达给新加坡的山一Futures公司。

不过，调查官想问的是之后的情况。

"所以，在新加坡出差监察时，你们已经知道公司向总会屋提供利益的情况了？"

"不，我们并不知道小甚建筑的账户是不是小池隆一的。"

讯问调查是在中央联合办公厅四号馆（大藏省的副楼）的一个没有窗户的房间里进行的。讯问一直持续到晚上9点，连晚饭都没能吃上。竹内越发顽固，心想，"明天得带上饭团和茶水来"。

"我是真不清楚新加坡的期货交易会跟向总会屋提供利益挂上钩的。"

竹内这句话并没有说谎。小甚建筑的账户确实涉嫌转移利益的交易。可是，竹内等人并不知晓"小甚建筑＝总会屋/小池"这样一个架构。海外监察之后，如果不向管理账户的国内负责人提出质疑让其供认，黑匣子里的内容就不会明了。这也是公司内部监管的局限。

"新加坡的监察结果是怎么处理的？"

"现在依然如此，像对新加坡这类个别据点进行监察的结果，是不会每次都向政府相关部门报告的，而是在 SESC 总务检查课来定期检查时，汇总提交。在新加坡监察之后，还没有进行定期检查，所以并没有向总务检查课汇报。"

听上去比较繁琐，证券公司检查公司内部是否存在异常情况的工作称为"监察"，只有进行特别调查时才叫做"调查"，与此相对，政府方面开展的是"检查"。

"你们该不是要隐匿勾销监察结果吧?"

"绝对没有。监察之后，我把报告规规矩矩地提交给了当时的业务监管本部部长。"

生硬的对话，给调查官留下恶劣的印象，也让竹内陷入了更深的窘境。

一个月后，竹内到欧洲现地法人分公司进行海外监察，从阿姆斯特丹前往伦敦的希思罗机场时是在日本时间半夜 0 点左右。机场的日本航空（JAL）的柜台值机联系他说有"紧急电话"找他。那是上司打来的。

"我被东京地检传唤了。说是要你也出面。"

和特调课一同进行搜查的东京地检特搜部，终于开始公开介入山一证券总会屋事件。竹内回到国内时，东京已经是盛夏。

野村证券引发的总会屋事件，发展成了第一劝业银行涉嫌的非法融资案，进一步将四大证券公司全都卷入其中，引发了一场前所未有的金融丑闻。助长总会屋小池势力的是第一劝业银行。

他们长期以来都一直与总会屋有牵连，持续开展非法融资业务。小池凭借通过融资得到的资金成为四大证券公司的大股东，从证券公司攫取利益输送。这种空手套白狼的非法操作被顺藤摸瓜地一一揭发出来。

东京地方检察厅位于和皇宫比邻的日比谷公园正对面。连日来，四大证券公司的干部、负责人接连被传唤。掌握关键问题的公司高管到达离东京地检不远的霞之关车站之后，由事务官前来迎接。他们不从引起记者注意的正门进入，而从东京地方法院一侧进入，乘坐护送被捕人员的电梯上楼。

相反，那些不知名的相关人员、普通职员级别的就从正门进入，来到外部人员禁止入内的8楼等候室等待。

到了地检的等候室，可以说肯定能碰上兜町的熟人。后来，一些围绕等候室的风言风语便流传开来。有人说，等候室的墙壁上附着接受审讯者的"亡灵"。竹内也看到了那些痕迹。

那些等待听证调查的证券人和银行职员们会在长椅上一边唉声叹气，一边将头和肩膀倚靠在墙壁上。这时，汗水和发胶就会黏附到墙上。干了之后，第二天接受调查的人又会将头和肩靠在墙上。日复一日，竹内看到了很多的头和肩膀隐约浮现在等候室的长椅后面。

"那些的确是亡灵。"

竹内跟同事谈起这些，没有人觉得有趣。

竹内的妻子是大学时代的同学。被卷入总会屋事件后，对丈夫的工作漠不关心反倒是一种解脱。但也不能说事件跟员工的家属毫无关系。东京地检特搜部的办案负责人就曾带着搜查令闯入竹内和嘉本的家里进行过搜查。那是以涉嫌隐匿勾销总会屋事件为由进行的入室搜查。

竹内对入室搜查难以接受。当天，家里没有人，特搜部和特调课的事务官在家门口徘徊许久。特搜部把电话打到盐滨大厦，竹内这才拿着钥匙故意慢悠悠地回到家。

那天，嘉本家也被搜查了。妻子千惠子独自一人在家。7名身穿黑色西装的办案人员隐藏在公园里，突然一起闯入到对面的嘉本家中。事务官关上防雨窗，命令说："夫人，请不要跟外界联系。也不要接电话。"千惠子惊恐万分，负责人还安慰她。

"这种情况下，我们必须全部做，因为你丈夫没什么问题。"

疾风般的搜索过后，嘉本在盐滨大厦接到妻子的来电。放下听筒后，嘉本对长泽露出了一脸苦笑。

"我家里也被搜查了！据说他们拿走了我跟祇园舞伎的合影。"

SESC要求长泽提交记事本之类的文件。过了很长时间之后，东京地方检察院特搜部才还回来。记事本的封面上贴着一个标签，写有"收押扣留"的红色字样。

"还是应该好好地解释一下！"

在接受特搜部第二次调查之后的晚上，倔强的竹内跟嘉本说。检察官把证据资料和证言联系起来推理整个事件。他也只是回答了被问及的事情。

"感觉其他人已经没法忍受进一步审讯了。还是我说出来吧！"

虽然嘉本也不是那种老老实实服从政府官员的脾气，但他不能让竹内他们再继续这样孤军奋战，置之不理了。

"不用再想着庇护什么了。竹内君，你说吧！"嘉本说道。确实，竹内完全没有必要再坚持了。SESC 花时间调查出了初步事实，实际上，那些协助移花接木转移利益的女交易员已经全部供述了。

跟与 SESC 打交道不同，竹内和地方检察院特搜部的负责检察官异常投缘。这或许也是已经渐渐习惯接受审讯的缘故吧。

"检察官的工资怎么样？低吗？"

"在公务员里算是高的。当然比不上证券公司。"

"哪里，山一证券一直亏损，工资很低。"

话题由此展开，甚至还交心地谈到儿子的前途。

"我家有一个独生子，他的目标是当检察官。假如他能通过司法考试，那就拜托您啦！"

"哎呀，检察官可是个苦差！"检察官笑眯眯地听着。

竹内给检察官做了详细的讲解。

"山一证券移花接木的手法并不复杂。新加坡方面从总部接到买单的指示后，交易时只在交易票据上输入时间，不输入顾客代码。其中也分个人和法人两种。简单地说，就是在交易结束后，选择赚了钱的交易的票据，手写填上顾客编码。小甚建筑是'YS28'。但如果让小甚建筑获利的话，就会在某些地方出现亏损，这就需要在票据上做手脚，把亏损做成山一证券自营交易产生的亏损。"

碰到难理解的部分，竹内还画了图给他讲。

"在新加坡，由总部调派的员工和当地的员工两个人负责交易，并向交易所上传数据。他们按照总部股票本部女交易员的指令操作，并不了解实情。"

2　基地

在竹内接受东京地检特搜部的审讯时，一位同事给盐滨大厦的长泽打来电话。

"听说了吗？三木社长在会上还在说，'山一证券跟总会屋事件无关。我们公司没问题'。不会想得太简单了吧？"

"不可能！社长还在说那种话?!"

长泽不禁高声叫道。报纸上的报道已经暗示地检特搜部的调查直指四大证券公司的核心。长泽担当跟特搜部和 SESC 联络的窗口角色，负责将那些被称为"嫌疑人"的职员从山一公司送过去。因此，他大体了解搜查的进展情况。很明显，山一证券并非在搜查范围之外。

可山一证券的会长行平次雄，从 1997 年 7 月就任日本证券行业协会会长以来，始终主张，"山一证券与总会屋事件无关"。当然，他也一直把持着会长的位子不放。

"所有公司都被查了，也太蠢了吧……"

长泽认为公司高层的言行愚蠢至极。上司嘉本也对三木淳夫等人对问题的简单轻视态度感到焦虑。

事后，他们才从公司内部的听证调查和下属那里得知，"向小池提供的利益转移，似乎是在三木社长和白井（隆二）副社长的同意下进行的"。实际操作的职员一旦被逼问，很可能会把风险推到上司头上。面对追查，他们会说，"是上司指使的"，"得到上面批准才做的"。

白井副社长是负责财务本部和业务监管本部的代表董事、副社长，包括企划室等相关总务领域在内，掌管的业务面非常广。虽然白井是会计出身，但从管理上来说却是嘉本所在业管必须汇报调查结果的顶头上司。他是证券公司里少有的类型，知性、温和，颇具绅士风度，还会倾听下属的谈话，是一个公认的"善于协调平衡"的人物。可他却和三木一样，在一些场合显示出他也深信搜查不会波及到自己的地盘。

7月上旬，嘉本和长泽一起来到了白井的办公室。公司内部听证组组长菊野和接受过特搜部讯问调查的监察部部长也一起赶来。面对突然间从"旮旯"的盐滨大厦赶过来报告的齐刷刷的4个人，白井脸上浮现出诧异的表情。

"我们在新加坡的期货交易中发现了严重的违法乱纪现象，特此前来向您汇报。因为此次报告事关重大，所以才让各分管部长一同列席。"

嘉本依次列数了听证调查的结果、发现通过期货交易来移花接木转移利益的情况及其明显的违法性，指出由于山一证券干部们的招供，地检特搜部对向总会屋输送利益的怀疑正在进一步地加深。

"白井副社长，除了代表董事一职，您还是公司的副社长中唯一一位内部监管方面的总负责人。也就是说，您承担着日本证券行业协会的规则所赋予的职责！"

这是嘉本个人发出的具有个人风格的警告："你可不只是证券公司的一介董事啊。"

内部监管总负责人，是为了应对防范证券业界的丑闻，日本证券行业协会要求每个证券公司都要设置的一个职位。作为全面负责证券公司内部监察、管理的最高责任人，通常是由副社长级别的人来兼任。在证券界看来，担任这个职位的人应该具有一双洞察市场违法违规现象的火眼金睛。

"副社长！我来朗读一下那个规定吧！"说完，嘉本立刻取出准备好的文件，在困惑不已的白井面前开始迅速地朗读起协会规则的相应部分。

"证券公司在代表董事中选定一名内部监管总责任人，致力于内部管理工作的完善，使营业活动和顾客管理能够合理运行。在发生违法违规案件时，必须按照法令法规进行公正的处理……"

温厚的白井表情僵硬。嘉本故意无视他不悦的表情继续往下说。

"今后，请您务必站在内部监管总责任人的立场上思考，处理总会屋的问题。"

——请您打起精神坚强些！特搜部和这个社会可不是吃

素的！

嘉本在给缺乏危机感的上司敲响警钟打气加油。

在嘉本之前，没有人想过就违规问题向董事会报告。所以，才会像野村证券一样，被怀疑"作为公司内部司法组织的监察管理部门也参与了事件的隐瞒"。

白井像是猛然警醒似的甩出一句：

"我马上向三木社长报告。跟我一起去社长办公室！"

但是，当白井和嘉本来到社长室，三木一下子慌了，说道：

"这个问题嘛，必须得在副社长会上报告。"

究竟是抱团取暖才能不慌？还是想要逃避责任？这么做只是在浪费时间。

三木召集的副社长会在几天后才举行。从特调课 4 月的搜查算起，实际已经过去 3 个月了。上次缺席副社长会的白井也来了，可谓是全体成员悉数到场。

不过，被嘉本一同拉去的长泽，看到副社长们或是跷着二郎腿，或是来回闲逛的样子，很失望。他们从一开始就满不在乎。

会长、社长，以及副社长围桌而坐，人手一份嘉本整理好的有关总会屋事件的中期报告书。

"东京地方检察院没有搜查咱们。他们不会来搜查的。"

一位副社长对嘉本说。

"您从哪里听来的信息？"

"只是感觉。"毫无根据的发言。

——又是没有缘由的乐观。

嘉本不禁黯然神伤。会场上大家不愿正面认真地接受警告的气氛，使得原本没有发言资格的长泽终于忍不住了。

"副社长！这次该轮到我们山一证券了！其他公司已经有被捕的了，我们公司也有好几位被地方检察院传唤过。躲不过去的。"

即便如此，大家还在认为地检特搜部不会来找什么麻烦。会议在众人的笑语中不了了之。

"想得太简单了！这帮干部一点儿靠谱的消息都没有！"

嘉本懊恼的嘟哝声传到了长泽的耳迹。

"明明全都被查了！"

长泽双唇紧闭，好不容易将"一群蠢货！"这句苦涩的话咽了下去。

7月15日，副社长会议仅仅4天之后，地方检察院特搜部就对山一证券的全体干部展开了调查。两周后的30日，东京地方检察院和SESC以涉嫌违反商法、证券交易法为名，突击进入山一证券总部。

"看到没！"得知连行平和三木的住宅也被列为搜查对象后，长泽跺着脚说道。

搜查的罪名是，山一公司涉嫌将1.07亿日元以上的自营利润输送给小池隆一。果然，在SIMEX的期货交易中，山一证券将本公司的自营交易收益，通过总部和山一Futures的操作，转移到了小池的小甚建筑名下。白井后来对一位原山一证券的干部这样透露。

"我对不起嘉本！我骗了他！"因为他负责财务和总务方面的业务，接受过有关向小池输送利益的汇报。本应纠正公司内部违规行为的业务监管部门，其所依赖的根基已经腐烂。

——原来如此。嘉本跟前任业务监管本部部长交接新加坡监察工作时，当时听到的"不会有问题了"那句话，便是整个丑闻的焦点所在。因为既然连社长和白井自己都涉案其中，那么，下达彻底的调查、处分的指示便是根本不可能的。

不可思议的是，当时，涌上嘉本心头的不是愤怒，而是某种同情。因为他们今后会为自己的所作所为付出巨大的代价。

检察官的逼问非常严厉。山一证券的干部们又因为疏忽大意，没有采取任何有组织的应对，才一下子面临沦落为"嫌疑人"的局面。一些干部被审问到深夜，他们无法向家人坦白自己的脆弱，甚至无处可去。审问过后，等待他们的还有公司顾问律师组织的听证调查。这是在辩护和企业防备过程中必不可少的环节。

"经历这些之后，还是没完没了！我已经受够了！"有的干部大声喊道。

被卷入有组织的违法违规行为中的公司职员，做错一事便有可能引火烧身。虽然被他们欺骗过，嘉本却对他们痛恨不起来。

嘉本召集了菊野、长泽、业务监管本部企划课副课长虫明一郎等人，说道："就让我们来关照一下他们吧！"

　　三木等人聘请法律顾问，召开了强制搜查对策会议。在会议上，有人提议，"能否请业务监管本部部长为我们采取针对检察部门的防御措施？"嘉本断然拒绝了。总部里有企划室和法务部等部门。而且，野村证券和日兴证券的业务监管本部的有关人员就是因为涉嫌销毁证据而被追究。如果在山一证券的业管也成为防卫角色的话，认为公司集体犯罪的误解很可能会进一步加深。

　　"业务监管本部部长依照其职责，不能担当企业防卫的协调角色。"话虽如此，但为了防止发生不测，嘉本还是一手承担起受调查人员的精神安抚工作。

　　震撼金融界的利益输送事件已经造成了涉案人员的自杀。为小池提供巨额融资的第一劝业银行原会长宫崎邦次在连续多日接受了长时间的审讯后，于 6 月 29 日在家中自杀。

　　"人很脆弱。一旦让接受调查的人独处，他就会连自杀的心都有了。我们就来关照关照他们吧！"

　　为此，嘉本申请到了在盐滨大厦之外的山一总部 18 层的 1801 号房间，为业务监管本部所用。这个房间就在高出社长室两层的位置。

　　在总部的 18 楼有几间提供给夜间工作和来东京出差人员住宿的房间。其中，1801 室为两室一厅，里面有两张床、一台冰箱和一个小厨房。那里常备有啤酒、清酒、烧酒、杯面、干果之类的。为了进一步方便住宿，他们还自掏腰包购置了毛巾、肥皂、茶碗、筷子、刀具等。

这是一个城市中心闹中取静的所在，窗户朝向在昏暗中流淌着的隅田川。由于隅田川的关系，这里最初被命名为"隅田俱乐部"，但没过多久，不知是谁开的头，人们渐渐地把这里叫做"基地"。

下午6点过后，嘉本、菊野、长泽会依照手头的空闲情况轮班，来倾听受调查干部、职员的烦恼与牢骚。

"我的讯问刚结束，我正从地检出来。"

调查讯问结束后，神经高度紧张的干部们亢奋地给"基地"打来电话。嘉本对他们说："调查后感觉疲惫难耐的话，就来公司待会儿吧！"

"几点都无所谓，'基地'肯定有人在。顺便过来喝杯啤酒！"

从部长到副社长一个接一个地响应，来到"基地"。那种自己也很可能会被逮捕的担心，让他们希望能够寻求到亲密无间的公司同伴。

电话会在晚上10点之后打来，甚至过了凌晨12点也会有。长泽等人一直等候着这样的电话，说上一句"一整天了，真是够呛吧"。有的干部给公司打电话或顺路过来一下，就是为了获得精神安慰。这是连家人都会不了解的属于公司职员的一面。

菊野作为前任顾客咨询室长，一边把干果袋子打开摊到桌上，一边耐心地倾听这一天发生的事情。他那亲切的笑容和夹杂着萨摩方言的谈话，让干部们卸下了紧张的铠甲。

"今天很不容易吧？来，喝一杯吧！"

一位部长接过菊野倒过来的啤酒，低着头喘着粗气说道：

"我跟检察官说了。"

"哦，是吗。"

"我背叛了本应守护的上司。难受得恶心呕吐了。"部长眼里满眼噙着泪水。

"没必要那么自责。您说了些什么呢？"

"……我必须以死谢罪。"

"没必要因为公司的事情要死要活的。你不必觉得痛苦。"

"公司接受入室搜查时，我就不行了。本想把重要文件藏到储物柜里或什么地方，但就是动弹不了。"

"不，不用烦恼。公司里没什么秘密需要你拼上性命。"

"可我没能保护好上司……"

还有的干部在接受调查时一定会造访"基地"，发发牢骚。

"检察官就是揪住不放啊！"

"您累了吧？"

"刨根问底地一直问下去。同样的事情，没完没了。我已经累死了！"

他们想将不愉快的审问从脑海里驱逐出去，暂时忘掉眼前的忧愁。连随声附和的间隙都不给，唠叨起来喋喋不休。

"上司的命令，为了公司我只能服从了。"他们对于自己做了坏事缺乏意识，所以才不假思索地说些撇清自己的话。

"菊野，如果不愿意按上面的话去做，真就混不下去了。"

"喝上一杯就忘了。公司职员就是一个弱势群体。我会一直陪你到消了气为止。谁叫我是'凡事俱闻'的菊野呢。回去打出租还是坐电车？"

在"基地"，喝酒差劲的嘉本是一个配角，他没办法跟那些情绪消沉的干部对酌浇愁。不过比起菊野来，他会更多地用语言来安慰对方。

"（对检察官）说了没什么不好。你都落到了被检察官审问的地步，受苦了，公司给你惹祸了，算是彼此彼此吧。你没必要背黑锅。这也是没辙的事啊。"

接受调查的人迈着沉重的脚步离开基地，走向电梯。"我很可能会被逮捕"，"为什么会是我"，这样的不安和焦虑在深夜的走廊里化作一声未曾有过的深深的长叹。渐渐远去的冰冷的脚步声在嘉本的心中回响，他默默对自己说：

——来这里的员工中没有一个骨子里是坏人。他们常常以"我做的都是为了公司"来自我开脱，才被拉下了水。工薪阶层单靠正义感原本就是生存不下去的。公司里有些事单凭法律是没法切割了断的。这些我也很清楚。

菊野和长泽把他们送走之后，便筋疲力尽地瘫倒在床上。这样的日子有时候会持续一个星期。

　　"基地"就是"旮旯"组织在公司总部建造的一个桥头堡。不过，谁也没有预料到，之后的 9 个月里他们会一直使用这个房间。

3 叛旗

"切勿小看职员"，菊野读到这里，皱了皱眉头。1997 年 8 月 7 日是山一证券接受东京地检特搜部入室搜查后的第 8 天。

"果然有想法不谋而合的干部！"

菊野手里拿的是北海道旭川支店长发来的传真。

> 1. 公开信息。
>
> 2. 认真听取支店长的意见。
>
> 3. 明确责任。
>
> 4. 尽快确定领导人人选。
>
> 5. 切勿小看职员。
>
> 6. 杜绝人事上的暗箱操作。
>
> 7. 创建一个公平、公正、廉洁的公司。

强制搜查导致山一证券的信用更低了。8 月 6 日，菊野就经营问题向全国的支店长征求书面意见。次日开始，很快就收到通过电子邮件和传真发来的答复。

此番公司因涉嫌违反证券交易法、商法，遭到入室搜查一事，令人甚感遗憾。今搜查尚未了结，痛感未尽防患于未然之责任，在此深表歉意。

菊野给所有支店发送的文件是以这样道歉的形式开头的。借此机会，他还强调了必须致力于充实包括总部在内的内部管理，让每个人的想法都统一到公司重建上来，以挽回信任。最后，菊野是以下面的方式结尾的。

希望早日构筑起"新生山一证券"。想必以支店长为代表的诸位支店员工也有各种各样的想法。我想根据大家的意见就充实内部管理的问题，提出一些经营建议。如果有什么意见、建议，请大家通过电子邮件或传真的形式联系营业考查部菊野。

"征求建议"是菊野擅自做出的决定，并没有告知上司嘉本。他已经做好心理准备，如果责怪下来，就提交辞呈。不过，另一方面，他相信，总部的部长应该有这点权限。

菊野暗下决心，"见机行事，先下手为强"。也就是说，如果支店长级别里"让社长下台"的呼声强烈的话，就以此为推手，呼吁董事们要求"三木社长，赶紧辞职"。

这时，菊野并没有透露他的想法。他有时连直系下属都瞒着，独自思考对策。担任类似秘书工作的木户美音子等人时常急不可耐，故意用他听得到的声音大声说："真是个老狐狸……"

那段时间，山一证券的股价跌破 300 日元，因接受强制搜查的影响，山一的信用进一步受损。

有客户在山一证券的店面前随口嚷嚷："别光替大客户着想，也得替我们考虑考虑！"还有不少客户满腹抱怨："如果不给补偿，我们也去当黑社会！"

1997 年 3 月的决算报告显示，山一的经常性利润为 12 亿日元，已经跌至前一个决算期的十分之一，收益的恶化和公司的衰败已经无法掩饰了。菊野不断收到来自支店的书面文件，汇报客户的呼声。

有人问："山一证券，不会倒闭吧？"也有很多人咨询："想出货股票，能马上就卖吗？"

有人表示，"我们定期购买的产品（投资信托）大幅贬值，山一证券竟然还把资金拱手送给黑社会。山一证券不可原谅"，然后全部出货提现。

收到了这样的客户意见："山一证券不光财务状况恶劣，且不裁员重组。公司前景堪忧啊。"甚至有人要求，"谁把利润吞进去了谁就得把钱吐出来"。

然而，会长行平次雄即便在搜查正式展开之后，仍坚称"公司不存在违法行为"。他也始终不想让出董事会会长和日本证券业协会会长的位置。野村证券事件和总会屋事件的始作俑者是第一劝业银行，在接受强制搜查不久，该行拥有代表权的董事就全部下台了。山一临死之际，其丑态格外显著。

媒体大肆抨击，客户冲动的呼声四起。

"比野村证券还卑劣！""行平会长罪该万死！"

连一向保守的评论员京都大学名誉教授会田雄次的发言内容都传到了菊野手上。会田教授在电视节目中愤怒地指出："山一证券的社长和会长在记者招待会上的态度极其令人反感。他们对个人投资者真的怀有'抱歉'之心吗？"直接接触客户的山一支店长们想不通也是自然的。

就在菊野给所有支店长发送长文的 8 月 6 日，总部召开了紧急副社长会议。位于 15 层的董事会议室里，聚集了深陷窘境的行平和三木，以及拥有代表权的 5 名副社长。

行平和三木都曾效力于第九代社长植谷久三和第十代社长横田良男，在揣度上司想法方面能力超群，很早就被人称为"社长苗子""东宫太子"。作为与 MOF（Ministry of Finance，即大藏省）方面公关联络的负责人，与掌管证券行业行政大权的政府机关频繁交涉往来，他们位居经营计划方案制定的中枢，这些都加快了他们各自的晋升速度。

他们都是福冈县人，行平在"九一八事变"爆发的 1931 年出生于伪满洲国。战争结束时，返回福冈县的丰前市。他在一个贫苦农民家庭长大，经过一番苦读进入一桥大学法学部。体形消瘦，目光犀利，尖尖的下巴看上去好像在咬着什么。很多员工将这些与他返回国内时的辛酸以及少年时期的贫困联系起来，备感他极具风度和魄力。

1955 年大学毕业，先后在总部投资信托本部、金融法人部、企划室工作，一路晋升，被评价为淡定平和的一员干将。行平有幸在投资信托本部受到时任本部部长的植谷提携，又在信托业务开发部总务课接受过课长横田的指导。

三木是比行平晚 5 年的后辈，毕业于东大法学部。身体瘦，声音弱。脸型偏小，性格稳重，经常被揶揄为"公卿大人"。他是同期中最早被调回总部的，一直占据着关键重要的岗位。他曾做过山一证券最大的实力派、君临天下的植谷的秘书，走的是精英路线，被提拔为福冈支店长。泡沫经济时期三木担任副社长，后被行平指名就任社长。

山一证券以"法人的山一"为金字招牌，主要以大企业为客户逐渐发展壮大起来。因此，通常是由被称为出身于"批发派"的法人营业部门的人占据要职。他们是负责大企业的资金运用、股票发行上市、与机构主力投资者打交道的主流派，也被叫作"公司实权派"。行平本身也是在负责 MOF 事务之后，才成为法人营业部门负责人的。

相对应的，还有一些公司官员属于"零售派"，"零售"指的是"中小散户业务"。他们一个个都是在负责个人客户业务的营业部门打拼出来的。营业部门主要以资本家、不动产所有者，以及中小企业经营者、医生、律师、宗教法人为主要客户。嘉本就是其中之一，但比起"批发派"，与其说其劣势无法用语言来形容，倒不如说从势力上来看根本就谈不上派系。只是因为从支店时代开始，就经历了相似的辛苦，彼此之间关系好点罢了。

但山一证券有一条不成文的规定，那就是之前没有担任过企划室室长一职，就爬不到公司顶层。企划室有统管公司整体经营活动的司令部之称。权力在这里集中，室长还负责与大藏省证券局对接的相关工作。横田、行平、三木等历代社长都是从企划室室长晋升为社长的。

这一职务关键险要，不需要像营业人员那样辛苦流汗。因此，一线人员妒忌地称之为"内政官僚"。

回到紧急副社长会议的会场。现场的主角正是掌控内政官僚和"批发派"的行平。有人对行平死抓权力不放很是反感，称其为"院政"①。

会议议题是全体员工都关心的下一任社长人选。尽管有所抵触抗拒，但行平很清楚，由于总会屋事件，自己会不得不从会长的宝座上引咎辞职。不过，他丝毫没有放弃权力的想法。关于新社长的人选，他试探过多位董事的想法，至少必须满足以下三个

---

① 指日本平安时代后期上皇、法皇代理天皇执政。——译者

条件，不然很难轻易达成一致。

首先，与此次总会屋事件无涉，不存在被追究监督责任的问题。这是监管机构大藏省下达的指导性意见。

其次，为了给人一种体制革新的印象，必须是营业出身的。一直以来的社长都是企划室长出身，一线员工都认为"正是这种内政官僚毁了山一证券"。为了封堵菊野那种改革派和一些激进的支店长们的批判，需要一位一路从营业部门锻炼出来的人才。

第三，这一点也是对行平等人最重要的一点，那就是为了保留现行管理层的影响力，需要一个容易操控的人。

出席会议的 7 位副社长中，最年轻的佐藤清明回想起前一天在行平房间里看到的堆积如山的纸张。那些是一摞摞来自支店长和工会干部们的传真，其宗旨就是"希望能够改革体制"。

佐藤目不转睛地注视着坐在中间位置掌控会议的行平。既然是紧急召集副社长，关于下任社长肯定应该已经有相应的说法了。但是会长开口说出来的话却让人大跌眼镜。

"由于各种各样的问题，由谁来担任下一任社长目前还没有决定。不过首先，我们必须把经营扭亏为盈才行。"

财务负责人白井隆二紧跟着接过话头。

"事实上，公司负债有这么多。"他竖起右手的三根手指。

"300 亿吗?"驻大阪的副社长疑惑地问道。

随即，只听到行平低沉的声音。

"差个零。"

"是 3 000 亿日元！"

坐在边上的一位副社长大声喊道。能听出来他是在说："身为代表董事，连这都不知道吗？"

佐藤大吃一惊，无言以对。

——究竟怎么回事？找遍了山一证券的决算书，也看不到哪里记录着这 3 000 亿日元的债务呀！公司原来隐秘地背负着这些闻所未闻的债务！

现场气氛非常紧张，几乎容不下任何新的问题。佐藤很清楚，继续追问也无济于事。行平拥有绝对权威，他指示拥有代表权的 5 位副社长 5 天后，同行平和三木一起递交辞呈，就任顾问。

在新社长人选仍无眉目之际，嘉本同小自己 2 岁的董事西部地区本部部长仁张畅男在一家小餐馆里会面了。

仁张出生在京都，毕业于立命馆大学法学部。为人能说会道，略微有些散漫。但他性格开朗，就算遇到困难，这个小个子也会挺起胸来"听其自然随他的便"。他虽对顶层职位无觊觎之心，却也不愿不辨好坏盲目迎合社长们。

仁张开口说："京都人呀，是在当下权力的夹缝中求生存。"在不善权谋这方面，仁张同嘉本很对脾气。

在会议上，仁张一见到嘉本就说"山一照这样下去能行吗？"就必须撤换管理层这一点上，二人倒是非常一致的。

那些常务以上的大干部都不可靠。社长候选团里跑在前列的企划室室长藤桥忍深孚众望，且是公认的干将。但嘉本试探着暗示说，"我们可能会做点什么"，仁张一脸为难的表情。

"嘉本，你可别惹麻烦……"

嘉本下决心对仁张说出了内心的想法。

"社长互选产生，怎么样？按得票多少来决定。若真有人确实想当社长，我会投赞成票！"

仁张并无当社长的野心。他们约定，除了仁张以外，如果有谁没有野心又真心实意地想改革公司的话，那就发自内心地去支持他。

"不过，常务以上的董事都不成！当然，虽然排末位，我也是常务，肯定也不行。现在的管理层可以全部辞掉。包括我在内，管理层全体，统统辞掉，尝试着从普通董事中选出社长。你可别忘了社长由互选产生！"

如果选不出让员工喜出望外、让社会充满期待的人才，山一的改革恐怕难以实现。嘉本想过，如果有年轻一辈登上舞台，自己提出辞呈也没问题。妻子千惠子或许以后会知道这些的。

千惠子是嘉本在阿倍野支店时的后辈，小他 2 岁。在进公司 4 年后的一天，嘉本一打开自己桌子的抽屉，就看到里面整齐地摆放着削好了的铅笔。有些日子还会放些干净的草稿纸。那是有人在暗中示好。留心观察后，他发现隔着两张桌子的事务课拨算盘的千惠子每天早上都帮他擦拭桌子。千惠子身高只有 145 厘米，宛如少女一样娇小，沉默寡言。她有一张让人联想起白桃的脸和一双漆黑如夜的眼睛。

千惠子出生在泉州的一家酱菜店，她是家中 5 个兄弟姊妹中的长女。那年是她从当地岸和田市立产业高中毕业的第 2 年，年仅 20 岁。嘉本也是在有 8 个兄弟姊妹的热闹家庭长大的，所以这一点让嘉本非常中意。

"我住的公寓窗户没有窗帘。能帮忙做一个吗？"

嘉本在支店随口一说，千惠子就拿来了和母亲一起缝制的窗帘。嘉本永远都不会忘记那件事。嘉本长相酷似在近铁野牛队①当过接球手的梨田昌孝长，高中曾一度打过软式棒球，参加过山一证券大阪店的田径部和排球部。他在公司运动会上非常活跃，因此在支店也很受欢迎。

"那个人可是高不可攀。"千惠子多半不抱希望。然而，嘉本想要追求的并非那些光鲜靓丽的女性，而是愿意用白陶瓷碗给他做热乎乎饭菜的家庭型女性。在职场上，他与沉默寡言温柔体贴的千惠子相遇，并被其感染吸引，经过一场恋爱，两个人组建起了家庭。不过，千惠子却一直认为嘉本是出于同情才和自己走到一起的。即便如此，这种情况下的同情也是一种近乎爱慕的情感。

千惠子结婚后就辞掉工作，生了两个男孩。她本身喜欢活

---

① 大阪近铁野牛，日本职业棒球队。——译者

动，又善于记账和打算盘，在计数管理方面有着特殊的才能。这种能力在结婚后也不曾衰退，她在打工的土建事务所甚至连几日元的会计误差都能发现。嘉本晋升董事后，她依然骑着小摩托车到土建事务所、烤肉店、便利店去打工。

在外面本就令其他社员惊叹的计数管理能力，在嘉本家又进一步得到磨练，作为世间少有的俭朴之人，千惠子颇有成果。为了买一个东西，非要比较三四家店的价格和功能才肯善罢甘休。

"你呀，纯粹就是优柔寡断。"

嘉本也曾毒舌抱怨过千惠子。但千惠子在土地等重大消费上却能果敢地做出判断，因此她不仅仅是细致，而是必要时不惜钱财，但却讨厌一切浪费行径的那一类型的人。

零花钱另当别论，其他金钱上的往来，夫妻之间都会精算到个位。刚结婚的时候还没有"节能"这个词，嘉本就已受到了严格的教育。一旦电灯一直开着，妻子声音虽小，但也会闹得不可开交。

现如今下定决心要辞职了，嘉本很是庆幸妻子与虚荣心无缘这一点。

嘉本刚刚 54 岁。他觉得"如果自己不挑剔工作的话，还是会有就业途径的"。只不过，如果他辞去山一证券的工作，千惠子兼职的收入就成了重要的经济来源了。

当嘉本关注仁张等人从普通董事推举社长的秘密计划时，菊野手头又收到了很多来自全国的支店长的传真。在紧急副社长会的第二天收到了福冈支店长发来的注有"基于与福冈财务支局的对话"字样的传真：

1. 山一证券的收益问题。除了小池事件以外是否还有别的情况？深入查看财务报表，与其他公司进行比较，就能够一目了然。最好研究一下决算报告。重要的是推倒重来。

2. 与野村证券不同的是，山一证券半数以上的员工都在担心公司会不会倒闭。股价说明了这一切。

3. 这种情况下，同内部员工进行良好的沟通对话是很重要的。

4. 针对可能会相继出现的违规人员，更要加强内部管理。

5. 山一证券，迷雾重重。

8月7日正午过后，札幌支店长也发来传真，要求现管理层集体下台。

有代表权的董事全部下台。内部员工都对破产的可能性感到不安。

最严厉的是福山支店长。他写道，拥有代表权的董事全体解职是理所应当的，不需要支付奖金。

就事件的恶劣性质而言，与野村证券同等程度的处分是无法得到社会和员工的理解的。从这一点来看，专务以上职务的必须全部解职，常务也难辞其咎。新的管理层最高负责人最好从外部聘请。但考虑到事情紧急，只能从常务董事或从普通董事中选拔社长，新社长之前的前辈董事有必要立即一律自动辞职。

然而，过激的传真和邮件发来一批之后，支店给菊野答复的速度骤然下降。经过计算，全国106家支店，有三分之二以上都没答复。在收到的回复中，有的模棱两可地主张"这次应当以'新的山一'重新出发"，但最终真正站出来的改革派，不过是极少数而已。

——那些深感公司危机的支店长们是否都在观望？因为他们中多数都是在现任董事们的提携下才晋升的。

"究竟能做些什么？"

或许是因为沮丧，又或许是因为在"基地"持续加班，菊野感到自己身体非常疲惫。

这时，仁张正在总部18层的宿舍餐厅与四五个董事聚在了一起。这里与嘉本打造的"基地"在同一楼层。仁张等人边吃寿司，边喝酒，讨论着经营革新的事情。

其中嗓门很大的那位是西首都圈本部部长堀嘉文。他与嘉本同年，出生于 1943 年，即将 54 岁。3 月，刚刚晋升为末席董事。

"倘若不采取新体制，山一离破产就不远了。"堀嘉文满头银丝颇有魅力，高大的身材给人一种压迫感。

"客户也这么说。我觉得行平会长再这样继续当'院政'的话，于事无补，毫无意义。"

堀嘉文出生于兵库县多纪郡筱山町（现筱山市），那里盛产丹波黑大豆和猪肉。昭和三十七年从县立筱山凤鸣高中毕业，被称为"三七高"。

"现在的执行部就是行平的傀儡政权！"堀嘉文毫不掩饰情绪的波动，坦率直言，前辈们都喜欢他，戏称他为"堀哥"。

不光嘉本，仁张和堀嘉文也都属于"零售派"董事。他们曾经一度是呼吁与法人营业组的"批发派"进行对抗、壮大零售部门的一股势力。不过，这个派系遭到排挤，如今就像是断了线的风筝，成了无人牵线管理的旁系。

进行策划的正是这样一群零售派和年轻的董事。他们之所以传达改革思想，就是想要彻底打碎这个法人业务"批发派"掌权的根基。大家都认为有必要把这种信息传达给社长们，但最终没有一位董事站出来说，"我来干"。

之后过了一阵子，嘉本问仁张："怎么样？有人挑头吗？"

"还没，白忙活……"

嘉本打断了本想继续说下去的仁张：

"嗯，不出所料。"

推选拥立"零售派"和普通董事为下任社长候选人无果，针对这一情况，行平和三木在紧急副社长会后的当天晚上，将目标锁定在了两个人身上。

三木说道："下任会长，想拜托你来干。"下午7点钟，专务五月女正治正在静冈县的伊豆市。他请了暑期假，正和妻子一起在伊豆的宾馆里。听到三木的话，他僵硬地握住了听筒。

"哎？身处这么个地方，突然被告知……"

"公司的情况你应该最清楚。若是像你这样诚实的人当会长，应该能得到员工的信赖。务必不要推辞！"

五月女在东京大学是比三木低一届的后辈，原本就不喜争斗，与晋升之路无缘。长期在负责大型企业的增资和公司债发行的承接部门工作，丝毫没有出风头的一面。自己也就是这样一个人，三木竟在大晚上用电话追到了旅行目的地。三木的语气很紧迫。窗外盛夏伊豆的海面瞬时间没有了风浪，显得异常宁静。热气一下子再度袭来。

"新社长呢？"

"已经委托野泽了。这个事只有我和行平会长知道。拜托了！"

在此之前，三木刚刚给野泽打了电话。

"你来接任我的工作吧！发生了很多事，现在就只有你了！"

"唉？我可不是那块料！"野泽的回答里透出一种侥幸的喜悦。

行平也给野泽打过电话。语调异常坚定。

"拜托了。不要逃避，请直面工作！诸事繁杂啊！"

这两位最高领导所说的"很多事"，或许是指紧急副社长会议上被那"三根手指头"所道破的账外债务，但野泽并没有深入地追问下去。

五月女在接到电话委任的第二天，就离开宾馆，奔到会长室。行平刚一见到五月女就干脆地说：

"你会来当这个会长吧？"

"不……还在考虑。"五月女瞪圆了眼睛。

"跟野泽一起，你应该也能干好。加油吧！"

新会长和新社长的宣布是在第二周的星期一，8月11日。行平和三木，以及其他副社长等11位旧管理层成员均退为顾问，办公用房、配车和秘书等待遇不变。人事改革不过是形式而已。

——非常时期，才会有与野泽联手的局面。

五月女这样认为。三木本身并没有对野泽抱有期待。他曾一度推举佐藤清明继任社长。野泽和五月女不过是通过排除法剩下的组合而已。

极少吐露心声的三木，曾无意间向身边的人感叹。

"野泽居然当上社长了！"

第三章

破产前夜

1 同事被害

汗流不止的一天即将结束，菊野在妻子雅子位于千叶县的娘家酣然畅饮。这是盂兰盆节休假的第一天。

此时，电话响起。虽然菊野告诉了部下自己休假时的去向，但当雅子告诉他"是公司打来的"，一瞬间，内心还是有种不祥的预感袭来。

他担心的事情还是发生了。电话里说，他的同事客户咨询室室长在回家途中被刺杀了。放下听筒，菊野的脸色变得铁青。

第二天的《朝日新闻》的报道如下：

> （8月）14日晚上8时20分左右，119接到报警，东京都大田区大森西二丁目的马路上，一男子胸部、腹部受伤，失血昏倒。该男子被送往医院后，晚上9时许死亡。根据该男子所持有的身份证件得知，死者系居住在附近的山一证券监察部副部长兼客户咨询室室长樽谷纮一郎（57岁）。警视厅搜查一课在大森警署设立搜查本部，对杀人嫌疑犯展开搜查。山一证券等各证券公司正在推动与总会屋、暴力团断绝关系的工作，樽谷负责的是应对客户投诉。（中略）

樽谷是在大田区大森西二丁目京滨快车线铁路高架桥下的停车场被刺的。事后，他步行移动至约 40 米远的饮食店前，呼救求助后昏倒。

樽谷在神奈川县横须贺市拥有住宅，但他考虑到上班方便，一个人在工作单位附近生活。

樽谷身着西装，所持物品中有约 14.3 万日元的现金，搜查本部判断该事件并非以金钱为目的的犯罪行为。

据搜查本部消息，樽谷 14 日上班，晚上 7 时，与同事一起下班。在品川车站与同事道别后，独自一人离去。

樽谷与菊野同在 1962 年进入公司，曾任金融法人第二部副部长、青森支店长等职。之后，就任山一证券第三代客户咨询室室长。菊野是第二代。

客户咨询室室长是专门承担处理顾客投诉和纠纷的工作的。非老练坚韧者不能胜任。在菊野担任咨询室室长时，樽谷曾作为助理一起工作过 2 年。菊野调任营业考查部部长后，樽谷就任第三代咨询室室长。

盂兰盆节前夕，樽谷还对菊野说："我要回趟富山老家。"提前请了假。

"给你寄些美食吧！"

这是樽谷对菊野说的最后一句话。

客户咨询室是 1993 年泡沫经济崩溃、股价暴跌后设置的。

当时，顾客的不满和投诉大量涌进总部和全国各支店。

前一年修订的《证券交易法》明令禁止损失补偿，弥补损失不再可能。在证券公司中，出现了被有的客户以"证券纠纷"为由告上简易法庭而受到法庭追索的情况。虽然采取的是诉讼形式，但很快就会和解，然后以合法的形式进行补偿。即便如此也要向大藏省报备，想要找到一个客户能够接受的解决方案并非易事。

投诉不断增加，演变成了高声抗议和纠纷。客户咨询室室长樽谷便成了众矢之的。

被来路不明的男子威胁"我要杀了你"之类的事，已经不是一两次了。暴力团成员明目张胆地进入公司，在配有录音装置的房间里，一脸冷笑地说："这样下去，没完！"

连命都不要的人实在可怕。菊野他们曾认真地讨论过要购买防弹衣和防刀背心。

——一个受累不讨好的角色。

这种情绪偶尔会让人内心充满阴郁，又不能向家人吐露，无法排遣，只能将沉重的不安内化，神经也会变得敏感起来。或许正因为如此，只有客户咨询室，被默许傍晚可以在公司喝上一杯。

被痛骂、被恐吓到胃液涌到胸口的一天结束之后，就着干果，喝上杯啤酒或兑水的烧酒。菊野感到那心情如同男人的股间之物由于紧张收缩之后又慢慢垂下来的感觉一样。樽谷是他那时候的酒友。

从菊野那个时代开始，处理投诉的方法就有所改变了。客户咨询室室长要直接奔赴地方处理工作。此前都是由各支店分别应对，咨询室在东京等候顾客的投诉。但如果委托支店处理，支店干部会因为处理这些问题变得急躁，整个支店氛围也会变得很沉重。于是，他们自己提议出差到地方，当然结果只是增加了菊野和樽谷的负担。

有的投诉客户认为，"交易赚钱，全是靠自己的聪明才智；赔了钱，就都是证券公司的错"。于是便陷入了无休止的争吵。

菊野会间接地寻求和解，"哎呀，这么着怎么样？"哄着骗着为的是不让对方动怒，偶尔也会妥协。而樽谷是条硬汉，讨厌拐弯抹角。对客户的赔偿条件都由上司决定。樽谷思想老派，会坚守那个条件，有时就会夹在客户和上司中间左右为难。

菊野住在公寓小区，从新横滨站坐电车要 30 分钟左右。樽谷被杀后，菊野家收到他寄来的快递，里面装着富山县的鱼糕。

打开的瞬间，菊野的眼睛里不由得涌上一股热流。那位战友还记得当初的约定，"给你寄些美食"。

"就算死了，也是个守信的男人。"

菊野并非要说给妻子听。

可是，杀人事件的调查却陷入了僵局。10 月 9 日傍晚，职员们正在谈论"警察到底在干什么呢"，新的事件又发生了。

这次，是山一证券的顾问律师冈村勋的妻子真苗在家中被刺杀了。

犯人是事件发生前不久，曾闯入山一证券自由之丘支店的63岁无业男子。10月18日《读卖新闻》早报报道说，该男子自称暴力团成员，曾对樽谷等人说过很多恐吓的话。

嫌疑人于1991年通过山一证券自由之丘支店进行过股票交易，损失了数千万日元。此后，由于恐吓未遂事件受到刑事判决。服刑期间，在监狱里曾向该证券公司提出申请，要求出售所持股票，但由于文件不全被该公司拒绝。出狱后，再次来到该证券公司，开始抗议纠缠，"当初，如果能把股票抛出，就不会亏这么多了。现在股价已经跌至当初的一半了"。（中略）

面对嫌疑人如此的要求，山一证券态度强硬地表示愿意通过诉讼解决，这下嫌疑人就针对樽谷个人开始恐吓，说出"我知道你家庭地址！"等威胁性话语。这种以个人为目标含有威胁的恐吓反复进行了多次。

另外，关于妻子被杀害的冈村律师，他就曾通过电话称："事情谈不拢，我就去拜访一下冈村律师的家！"

男子把损失的愤怒撒向樽谷，最终发展为对顾问律师家属的袭击。但是，这两起事件逐渐淡出了人们的视野，樽谷事件终于陷入谜团。

——我和樽谷担任咨询室室长的顺序颠倒一下，被杀的就应该是我了。

菊野每次去樽谷家都会感到一种透不过气来的悲伤和沉重的疲惫。不久之后，他发现自己肾脏异常。接受定期体检时，被劝入院检查。9 月 17 日开始，菊野住进了昭和大学藤丘医院疗养了近 40 天。护士这样说道：

"菊野先生，或许您现在要做的工作就是躺在床上。"诊断结果是"肾小球肾炎"。

"我得休息一下，顺便治治病。不在时，拜托大家了！接下来会有不得了的事情，好好干！"菊野向部下交代了几句便离开了。

"接下来会有不得了的事情"，正如这句话所说，菊野住院后，山一证券迎来了公司创建以来前所未有的骚动。

2 相继被捕

"小菅"是东京拘留所的俗称。

在检察厅和警察那里，简称为"东拘"。因为地处东京都葛饰区小菅一丁目，所以被大家叫做小菅。乘电车至东武伊势崎线小菅站下车，穿过车站前的商业街，须步行 5 分钟左右。

这里平素是个与金融界毫不相干的地方，但它在 1997 年却迎来了财政界相关人员的相继光顾。由于总会屋事件，四大证券公司和第一劝业银行的社长、副社长、原会长等人被东京地方检察院特搜部拘留，进而发展成了日银和大藏省的贪污渎职事件，被捕人员不断增加。实际拘留人数达到 41 人。小菅已经人满为患。

针对山一证券的强制搜查是在菊野住院当天开始的。因为向小池的利益输送事件，原专务和首都圈营业部的负责董事等 5 人当天就被捕了。一周后，9 月 24 日，前社长三木被逮捕。均涉嫌向小池提供高达 1.07 亿日元的利润，涉嫌违反了商业法及证券交易法。此外，向综合租赁公司"昭和租赁"输送 3.1691 亿日元的利益输送事件也被披露，进入 10 月，原副社长白井隆二也被逮捕。

昭和租赁公司曾将近 50 亿日元的资金委托给山一投资，但出现严重亏损。昭和租赁是由松下电器产业（现 PANASONIC）的干部介绍过来的客户，而山一证券做过松下电器的上市主承销。昭和租赁强烈要求弥补损失，山一证券害怕会得罪松下公司，于是按照与小池事件完全相同的手法向其提供利益。山一证券将在新加坡国际货币交易所期货交易中获得的交易利润，转移到昭和租赁的账户上。事情在小池事件的搜查中暴露，顺藤摸瓜地就被揭发了出来。

在他们被捕之前，嘉本曾和他们一一面谈过。

在被调查阶段，检察官曾告知其中一人："离逮捕你就差一点点。"他理解为"我会没事吧！"人们总是喜欢将一些暧昧的语言做有利于自身的诠释。必须有人向这些干部们传达"被捕近在咫尺"这样一个客观事实。且有关干部被捕前必须提交辞呈，而这必须有人来接收保管。嘉本承担了这个"恶人"角色。

嘉本淡淡地告诉一位相当于后辈的董事：

"以防万一，必须制定阶段性策略。公司也好，自己也好，都是如此。被捕的话，就必须提交辞呈。"

"太痛苦了。"

董事低头听完轻声感叹，他凝视着嘉本的脸庞。

"没办法。不得不为自己所做的事埋单啊。"

统管股票部的专务表示，是副社长白井命令"这事（利益输送）就交给你办了"，自己才被卷入违规操作中的。嘉本被引到专务的接待室，他告诉专务，"你很可能会被逮捕"，并拿出两张 A4 纸继续说道：

"抱歉！请允许我简单读一下。"

那是一份由山一证券的律师整理的注意事项，题为《关于被拘留在东京拘留所时的情况》。

1. 事先准备的物品

原则上，所有物品都会被暂时扣押，出来时返还。大可不必事先准备随身物品。但以防万一，最好还是准备好内衣和一身换洗的衣服带着。

必要的物品可在拘留所内购买或让人送去。建议预先备好 10 万日元左右。要求预存，可根据需要购买物品。

读到这里，嘉本与默不作声的专务目光对视。

"这个，需要吗？"

专务应该理解了事态的严重性。默默地点了点头，将递过来的纸叠好放到西装内袋里。

注意事项上还写着如下内容。

2. 拘留所内的物品购买

一般的必需品都能在所内购买，电动剃须刀也能买到。个别物品规定了申请时间，或者从申请到拿到至少要花几天时间，不能马上到手。

最好购买记笔记的信纸和圆珠笔。圆珠笔之类的也可以向看守借用。有的看守虽然说是要求马上归还，但央求一下也能长时间借来做笔记。

3. 慰问品

白天和晚上的饭菜只需安排送餐店（拘留所门前有两家）配送便当即可。注意，食物只能从店铺里装入（家里拿的食物不可）。

内衣、换洗的衣服、毛巾之类可以送。但是，注意，不能送一些有绳子的、长的物品。脏的衣物可以吩咐让人带回家。

4. 接见

周末拘留所休息。所以一般工作日每隔一天安排接见是最大限度了。另外，检察官有时会安排在不能接见的周六周日集中进行笔录。

5. 会见家人

解除接见禁令后，可以会见家人。如果可以见面的话，建议早上一大早（8点半开始接待）办理手续。相对不拥挤，按受理顺序等待时间会很长。早上暴力团员之类的会面也少。

以上。

被捕人员中还有退休后就职于关联企业的前董事。9月17日，在该退休董事被地检特搜部传唤之前，嘉本曾请他到山一总部的"基地"来。

"请您收下这个。"

说着，嘉本将一个包裹递给这位前董事。瞬间，他的脸上浮现出诧异的表情。

"您今天很可能回不了家了。里面有内衣。"

前董事还没有意识到今天下午就要被捕，丝毫没有准备。嘉本知道这一点，他交给董事办公室女秘书2万日元，让她到商场买些东西来。那个包裹说明了前董事面临的事态之严重，比任何言语更有说服力。

"是吗！谢谢。"说完，原董事似乎想起了接受调查时的情形。

"我若是不认（罪），肯定会殃及更多的部下。"

他低头俯视，眼含泪水。

山一证券有干部主张，"他已经离开山一了，不算是我们公司的员工，没必要关心！"尽管有这样无情的干部，可这位原董事却决定要对自己当初在山一证券的时期负责。嘉本倍感身为公司职员的悲哀，不禁掏出手帕遮住了脸。随后，指示业管企划课副课长虫明一郎将这位原董事送至检察厅大楼。

副社长白井是最后一个被捕的。女秘书目睹了副社长同嘉本的交谈。

"白井先生这次被传唤，应该是去地检。"

但白井仍旧是一副不明所以的样子。

"我觉得您恐怕暂时回不来了。"

"或许是吧。"白井看上去满面愁容。

"后面拜托你了。"

嘉本百感交集，无法言语。尽管也曾有过欺骗之类的行为，但白井确实是一个愿意听取部下直言的颇有肚量的上司。泪水悄悄地滑过嘉本的脸颊。给副社长送茶的女秘书全身僵硬。看到嘉本的眼泪，她确信连和蔼的副社长也要被逮捕了。

业管往来对接小菅的工作始于 5 位干部被捕后的第二天，9 月 18 日。负责人是虫明和上司长泽等人。

虫明是证券公司里的另类，有着横滨国立大学工学部背景。年仅 35 岁的他，是业务监管本部最年轻的课长。他架着一副圆框眼镜，为人亲切热情，兼任职工工会副委员长。

嘉本安排他，"一定要做好公司内被告人的跟踪善后工作"。

结束审讯的干部们都会被迎接到"基地"，直到被逮捕为止。倾听他们的诉说，本身也是嘉本、菊野和长泽的工作。不过，有必要让虫明这样的年轻人参与其中，做些事务性的情况把握。但是，关照家人的工作却是他主动提出来的。

虫明认为："不应该让被逮捕者的家属自己往返奔波小菅拘

留所。"

——染指利益输送犯罪事件的人，到底是为了公司还是为了自己，连他们自己都很难回答。但很清楚的一点是，他们的家人没有必要低着头生活下去。

等待他们从小菅归来的家人也是山一大家庭的一员。虫明有两个女儿，妻子曾是山一证券研修部的职员。嘉本、菊野、长泽都是如此，山一证券公司内部职场婚姻很多，这也增强了公司的家庭氛围。

虫明给被捕的干部的家人打电话，让他们把换洗的衣服和书籍之类的送到总部。收到这些物品后，再联系律师事务所，然后送到小菅。

其他公司负责后勤的人员也会在拘留所的接待处排队。

彼此之间没有语言交流，只是用目光相互道声"辛苦了"。小菅拘留所里，那些公司董事要员应该也是这样默默地彼此寒暄吧！

"所谓现世火宅就是指这种情况吧？"

嘉本被一个想法所困扰。山一证券业绩下滑，总部、业监部、前社长的家宅都受到了特搜部入室搜查。客户咨询室室长、顾问律师的妻子被刺杀，前社长和副社长被逮捕。火已在公司里燃烧蔓延，但山一证券的干部们却丝毫没有察觉到迫在眉睫的危难，还在一味地埋头工作。

嘉本就任业务监管本部部长的半年里，在拼命灭火的过程中，感觉又有一种新的怀疑冒了出来。

——山一证券还有更重大的秘密。正如利益输送事件那样，只是我被蒙在鼓里而已。

或许是身处远离总部之地，嘉本的疑心越来越大了。

那时候，正在大学附属医院疗养的菊野也怀有同样的担忧。8月初向全国支店长征求改革建议时，菊野收到来自福冈支店长、仙台支店长的传真。他们就提出了，"除了小池的问题以外，一定还有什么别的情况。建议研究一下决算报表等文件"。

其他的一些记忆也一并被唤醒。大约一年之前，菊野发现了一个名为"山一创业"的子公司曾进行过1 200亿日元的国债交易。那是在彻查其他交易资料时，偶然间发现的。

"山一创业"成立于大正八年①，历史久远，在位于日本桥茅场町的山一大楼内租房办公。主要业务是运营和管理山一集团内部的小卖部，大约有20位员工，其中大部分是女性。这样一家公司竟然能够运用如此巨额的资金，简直难以置信。

——很可疑。一定是有什么情况。

菊野凭直觉感知到。"山一创业"从哪里筹措了超过1 000亿日元的资金去买国债，然后转贷他人？

"究竟是为什么？"

___

① 即1919年。——编者

"山一创业"的常务是首任客户咨询室室长。菊野是在那个男人调离公司后的第二任室长。正是出于这种熟络的关系，菊野便打电话给那位常务，委婉地询问了一下。

"那个国债交易，是怎么回事？"

听闻此言，对方说：

"你问我，我也不知道。"

"没别的意思，就是规模大了点，这个资金的出处……"

"这个你去问会长、社长他们吧！"

对方应该不会开玩笑或者说谎。只是说，这笔国债交易是"顶层机密"。菊野想到这位常务曾是会长行平身边的红人。现在的职务也是行平钦点任命的。

"这样啊。"菊野平日挂在脸上的笑容消失了。

"山一创业"这个公司后来会在嘉本追查的丑闻中心点登场。菊野在这时候就已经嗅到了绝密的气息。

3　突如其来的坦白

1997 年 11 月 18 日，一大清早就刮起了干燥的大风。真正的冬天已经临近。

嘉本在总部 13 层的一个小房间里。这里有 6 张榻榻米大小，兼作业务审查部的一间办公室。中午前后，常务藤桥忍突然打来电话。

"能来一下我的办公室吗？"

藤桥管理着经营企划室（旧企划室）、秘书室、人事部、法务部等，是社长的亲信，也是对接 MOF 工作的负责人。

他生长在东京的新宿，毕业于庆应义塾大学商学部，是"四三大"。昭和四十三年（1968 年）入社，比"三六高"的嘉本低三个年级，但因为办事能力强，一度被视为将来社长的候选人。

嘉本来到 14 楼，在沙发上与藤桥相对而坐。藤桥对嘉本唐突却又淡定地讲了起来。

"实际上，我们公司有 2 600 亿日元账外亏损。关于这个事情，昨天，野泽社长已经向证券交易监管委员会（SESC）做了汇报。"

"2 600 亿？"

嘉本一下子面无血色，吃惊得说不出更多的话。简直是一个难以想象的数字。

"因此，证券监管委员会问道：'今后，这件事的联络窗口是哪里呢？'他回答的是'业务监管本部'。社长做的是口头汇报，还需要向监管委员会提交正式的书面汇报。"

——胡说什么！

混乱和愤怒交织在一起，黑暗的预兆在嘉本胸中萦绕。社长亲自向 SESC 报告账外亏损高达 2 600 亿日元本身，足以说明事态的严重程度。

被巨大的金额惊呆了，嘉本等待着对方继续解释下去。

"关于财务改善问题，由经营企划室来应对。只是，还要向监管委员会汇报，所以想让你那里完成并上交相关的纸质材料。"

要想拉一些麻烦的人物入伙，一个诀窍就是把他变成秘密的共享者，以纠缠捕获对方。通过藤桥的坦白，嘉本比其他董事早一天了解到了巨额账外亏损的事实。这正是思维缜密的藤桥的风格，措辞考虑得非常到位。关于"账外亏损"最终还是没有解释。只是说，一直以来 SESC 的定期检查、总会屋事件等都是业务监管本部应对的，所以这项工作也希望由嘉本的业务监管本部来做。

"不，就算您命令我们整理出书面文件，业务监管本部也毫不知情呀！"

企划室竟然隐藏着这么大的秘密。事到如今，要使唤业管了？既然企划室做到了如今的地步，那就让企划室那边来应对好了！

嘉本的愤怒顶到了喉咙，他想说："把我们当便宜人使唤，没门！"可是，脱口而出的却是连自己都感到意外的话。

"向谁了解情况？"

山一证券的重建是全公司的课题。嘉本又一想，社长就是为了公司重建才去的 SESC。并且，"账外亏损"指的是所持有的有价证券因行情下跌造成的损失状态。如果价格能上涨的话，账外亏损就能得到消解。

——肯定，作为公司重建的步骤，应该由业管来撰写提交正式的报告。

"我们的项目组正在进行调查，问他们吧！拜托了！"

藤桥那事务性的话语似乎又恢复了平和，或许是因为松了一口气。在没有讲明"账外亏损"真实含义的情况下，就把难题甩给了"旮旯"组织。

嘉本走出房间，立刻给盐滨大厦的长泽打去电话。

"喂，我借用一下印出。"

"哦，好的。让印出检察官马上去总部，是吧？"印出正二是往来于小菅的虫明一郎的上司，业监本部业务管理部企划课课长。人送绰号"检察官"，为人细致，能力出众，美中不足的是对上司也非常严苛。

嘉本对赶来总部的印出说道：

"据说，公司存在账外亏损。具体情况，尽快调查！"

亢奋褪去之后，嘉本的声音恢复了平静。他认为首要的就是先冷静下来。

"调查的情况需要向 SESC 汇报。好好干！"

但是，仔细想来，事情的确有些奇怪。

藤桥所说的项目组是 3 个月前成立的，成员由从经营企划室和会计部挑选的 5 个人组成。以经营企划室副室长为代表，汇集了公司里的精英。项目组成立的时候正是嘉本等人因为总会屋事件和樽谷客户咨询室室长被害事件而忙得东奔西走的那段时间。

项目组分成 2 个小组，藤桥带领 2 名经营企划室的干部负责对绝密的"账外亏损"进行调查，研究解决方案。常务董事财务本部部长和会计部部长的小组，负责秘密地制定一次性销账的财务改善策略。

"这些重要事项难道不应该上董事会吗？为什么我们至今都一无所知？"

经营企划室之前叫企划室，负责的工作范围很广，包括从制订经营计划到对接应对大藏省，再到组织召开常务会议等公司内重要会议等。可是，就连以经营企划室为中心成立了项目组一事，都没有向董事们进行过说明。

印出同项目组成员见了面，到第二天为止共向其中的 4 位了解了情况，完成了一些简单的材料准备工作。

嘉本听着印出的汇报，感觉如梦初醒。"账外亏损"竟然从行平当社长的时候就已经存在了。而且，报告中还提到，这些"账外亏损"是由一群从未听说过的山一证券子公司承担着的。

嘉本猛地一惊。

账外亏损的事实三木社长完全知晓。所以才会在 5 个月前，提出那个奇怪的问题。

那是在 6 月底，嘉本拿着《产经新闻》报道的复印件，拜访社长办公室时的事情。当时，三木还是 16 楼的主人。

　　山一证券：巨额资产"账目转移"，承诺向东急百货付高利，4 年半交易额高达 3 660 亿日元

《产经新闻》以这样一个大标题，报道了山一证券为隐藏客户损失，反复进行"表外化"交易的事实。具体内容如下：

某企业在与山一证券交易过程中产生了巨额亏损。如果置之不理的话，决算期一到，有价证券的巨亏就会浮出水面。于是山一证券在向东急百货承诺保证利润的基础上，让其临时购入了含有浮亏的有价证券，从而进行会计处理。交易在近 4 年半的时间里反复操作，山一证券向东急百货转移资金总计达 3 660 亿日元。

该交易存在两个问题点。其一，存在问题的企业是由山一证券做中介，将损失转移至东急百货的。

所谓"表外化"交易，是指持有浮亏的有价证券的企业，为

了不让其亏损表面化，于决算期之前在企业间通过交易的方式，暂时将亏损转嫁到别家公司的行为。通常是在决算日期不同的企业之间进行，其目的就是为了暂时避免证券公司同交易客户企业之间产生纠纷。有时也是为了配合法人客户的决算，客户自己主动要求的。也被称为"暂时性代持"，目的是蒙蔽投资者和股东，是事实上的做假账。

其二，作为暂时持有有价证券的回报，山一证券保证给予对方一定的利息。这一点违反了证券交易法。

SESC 总务检查课看到报纸上的这则报道震惊了，立刻召来了嘉本和法人营业部门的董事。

"到底怎么回事？请你们做相关的事实调查后立即过来汇报！"

嘉本当时因处理总会屋事件正忙得焦头烂额。迫不得已，找到三木，报告了关于 SESC 要求进行调查的事情。

"因为是证监会①的指示，所以由我们部门进行调查。"

一般情况下，三木只会回答"好的""知道了"，当时却少有地表现出兴趣。

"你会通过什么方式来做？"

"唉？"嘉本很是诧异。

"就是那个调查。"

---

① 即证券交易监管委员会（SESC）。——编者

事实上，嘉本对公司里谁参与了这种"表外化"交易是心中无数的。更何况，他做梦也没有想到社长竟会也参与了此事。

"我想只能靠听证调查了。"嘉本也只能如此回答。

"了解了。"

交谈就这样结束了。三木大概是想要探一探嘉本内心的想法。假如嘉本等人将调查的矛头指向与东急百货的交易，很可能触及山一证券最大的禁忌——巨额"账外亏损"的秘密。惹上麻烦可就不好办了。

三木在山一证券破产后，接受 SESC 的听证调查时，曾这样坦白过。

"嘉本曾报告过，接到 SESC 方面委托，准备就东急百货的'账目转移'问题展开调查。是我让东急百货介入此事的，所以知道山一证券背负着巨额损失。但是，一旦公布于众必然会引发爆炸性危机，所以其中的实情、有谁知晓等，我对嘉本只字未提。"

嘉本对社长的这些心思并不了解。

直到傍晚，印出总算整理出 3 页 A4 纸的报告书。标题为《关于本公司及相关企业等所持有价证券账外亏损的问题》。报告只是直接披露了冷峻的事实。

晚上 7 点半。嘉本、长泽、印出 3 个人到达位于大藏省副楼的 SESC。印出在证券检查室室长面前朗读了全文。

"其一，国内股票的账外亏损。日本要素、Ｎ·Ｆ资本、Ｎ·Ｆ企业、Ｉ·Ｏ·Ｃ、Ｍ·Ｉ·Ｓ商会等5家公司，均为本公司关联企业'山一创业'的子公司。这5家公司共产生约1 650亿日元的浮动亏损……"

室长一脸失望地听着。

如此高额的账外亏损，在过去山一证券的决算报告书中从未有过记录。此事在业界风传多年，但不知为何承担检查责任的大藏省金融检查部和SESC却一直没有发现。现在他们自己也面临着被追究责任的风险。事实上，次年年初，大藏省金融检查部和SESC的检查官因接受银行的招待被认定为受贿而相继被捕，检查过于宽松的问题进一步成为社会议论的焦点。

不过，在印出朗读的报告书中，只是轻描淡写地记述了那2 600亿日元的账外亏损被转移到5家子公司和海外的事实。

细微之处能够窥见到其中存在的复杂的会计处理。至于这些账外亏损产生的原因、该损失最终该由哪家公司承担、是否违法违规等，均未涉及。前来汇报的嘉本和长泽自己也没搞明白。

长泽在汇报后返程的车里问道：

"到底是怎么回事？"

于是，印出也歪着头思索着说：

"姑且在形式上算是完成了报告书。说实话，还有很多事情没弄明白。"

事实上，在嘉本等人拜访SESC所在的大藏省副楼的19日上午 11 点半，社长野泽和藤桥也现身在了隔壁的大藏省主楼。

他们拜访的是证券局局长长野庞士。5 天前他们向长野坦白了存在大约 2 600 亿日元账外债务的事实，也讲明了在与外资合作和资金周转方面触礁搁浅的情况。当时还表示"会全力支持"的长野，这一天却突然"不掺杂个人感情地淡然开口"。于是就有了那个关乎山一证券生死存亡的重大宣判。

"讨论的结果只有自主废业。还请社长做出决断。我认为公开（债务隐瞒的）信息的最后期限已经临近。一味拖延，只会转化成现任管理层的责任问题。对这种没有信用的金融机构是不可能颁发经营执照的。我倒想听听行平先生是怎么想的。"

面对突如其来的破产宣判，野泽惊愕不已，几乎说不出话来。他大喊道："局长！"不过，长野却冷淡地继续说下去。

"就算是公司请求再缓一缓，大藏省也会在 11 月 26 日单方面发布消息。发布的同时，请贵公司宣布自主废业。"

5 天之前，长野还在说："我以为你们会早些过来。事情我已经非常清楚了。"这样的话语让人期待大藏省会支持公司的重建。野泽顾不得羞耻和体面，一直低头求情。

"无论如何，请救救我们！"

2 周之前，11 月 3 日，二线大公司三洋证券破产了。不过，该公司以延续业务为目标申请过适用《公司更生法》。

《公司更生法》，旨在不解散破产企业、延续公司主业的基础上，实现公司自主重建的目标。说到底有希望能够进行经营重建是很重要的，当然管理层的更迭是必须的。开始公司重建的申请手续被法院认可后，须在负责财产管理的财产托管人的指导下去实现重建的目标。

然而，这最后一个选择也被长野否定了。

"《公司更生法》的确是一个选项，但是可以预见海外市场会发生巨大骚动。我通过大藏省方面咨询过法院，这种选项（通过更生法重建）很难行得通。事件已经传到大藏大臣的耳朵里了。野泽社长，需要你做出痛苦的决断，但请你尽力不要让证券市场陷入混乱。"

野泽和藤桥跌跌撞撞地来到一直商讨重建策略的法律事务所求助。在那里，野泽决定向东京地方法院递交被长野断言"行不通"的企业更生申请手续。

"我们明天 20 日，早上第一时间向东京地方法院的审判长预约。"

听了律师的话，野泽和藤桥感到轻松了一些，随即回到了总部。

晚上 9 点过后，嘉本从 SESC 回来，野泽的紧急董事恳谈会正在等待着他。野泽在当时接受提问的过程中坦白了部分秘密。他告诉嘉本，既然已经向 SESC 提交了申请，就没有理由向董事们隐瞒了。

"我们公司有大约两千几百亿日元的账外亏损。具体情况正在调查过程中。"

会议室里空气十分凝重。董事们吓得说不出话来。瞬间过后，又一齐放声喊道。

"社长！为什么不早告诉我们！"

"你不是一直在说'没有、没有（转移账目和账外债务）'吗?"

"这不是在骗人吗?"

沮丧失落的野泽大声叫道：

"我也是在接任社长后才知道的！之前的管理班子太卑鄙了！不可原谅！"

退居咨询顾问的行平不是董事，所以并不在场。三木在两个月前因总会屋事件被捕，刚刚保释出来。正是因为之前的要人和前社长都不在场，这些话才能够吐露出来。

或许是被野泽那被逼急了的喊声给镇住了，董事们面色苍白，瞬间陷入沉默。没有人再去追究山一证券重大机密的责任问题。大家更关心的是如何使公司能够生存下去。

——果不其然，不幸言中。

仁张在对金额感到惊讶的同时，对"账外亏损"这个词感到疑惑。他并没有意识到公司已经濒临破产。

"山一证券还有4 300亿日元的自有资本。即使注销这些账外亏损也不会过度负债。"野泽解释道。这种说法让仁张等人觉得心里有了底儿。

大家就下一周第一时间开始的资金筹措、外资合作、股价暴跌的对应措施，以及裁员重组等问题一直讨论到凌晨 2 点。

即使到了这个时候，野泽还在继续隐瞒"账外亏损"的真正面目和数字本身的意味。野泽在拜访大藏省之后，同藤桥这样商量过。

"今天大藏省的事和转移账目的具体金额都不要在董事会上透露。"

因此，"账外亏损"实际上是利用皮包公司隐瞒起来的债务，以及由于这种违法行为，大藏省将宣布勒令公司自主废业的情况，就这样被一直瞒了下去。

被迫完成向 SESC 递交报告书的嘉本，也是 3 天之后才知道这一重大事实的。

4　走向终结

菊野晋次结束了近 40 天的疗养，回归盐滨大厦。

本就圆润的脸蛋由于治疗药物的副作用，变得像中秋赏月时的团子一样浮肿。由于饮食限制，菊野带的是人造米制作的便当。那是一种用面粉和淀粉等混合后，凝固成米粒大小的合成米，凉了之后更是难以下咽。

"这是人造米。"菊野在办公室打开小饭盒给大家看。干巴巴地强忍着往下咽的样子，看上去甚是可怜。

"真可怜。像是战争时期一样。"菊野被秘书木户美音子等人嘲弄着。

"给什么吃什么，不说话。就这么老实。我和山一都要继续加油！"

但是，山一证券那要命的股价却一路下滑。这是一只在 1987 年泡沫经济鼎盛时期，股价达到过 3 130 日元的股票。由于在总会屋事件中应对迟缓，该股股价在走完了一段下行通道后直接开始了跳水。

1997 年年初股价还在 500 日元的箱底之上整理。11 月 3 日，二线大公司三洋证券破产当日，跌至 236 日元，创下了收盘价新低。三天后，美国评级公司穆迪投资服务公司宣布"将考虑下调山一证券的评级"之后，该股跌至 205 日元，再到 18 日时，终于跌到了 108 日元。山一作为证券公司今后能否存续，市场对此已经亮出了黄牌。

"跌破 100 日元山一可就悬了，跌破 50 日元公司可就真的完了。"

木户等人闲聊时，有同事这么说道。

"听说买咱们公司股票的人能从公司拿融资。厚生科来的通知。"

"就是说，让大家一起买山一证券的股票来托盘？"

木户爽快地说道。

"不然，我也帮忙托一托？"

山一证券鼓励员工持有自家公司股票，并采取了优惠措施。购买公司股票的资金可以按低利率长期贷款，然后从工资或奖金中扣除。另外，针对公司股票的购买者，每购 1 000 日元会有 100 日元的奖励，事实上是让他们以低于市场行情的价格购入。这也是为了增加长期持股人数，鼓励员工储蓄和弘扬爱岗精神。

员工利用购买自家公司股票融资优惠和员工持股计划，每次拿到奖金之类的大额收入时都会买入增仓。这或许能成为公司股价回升或公司基本面恢复向好的契机——大家内心都隐藏着这样的心理。不过，木户内心还是清楚的，现在的加仓增持对于一只即将摘牌的股票而言，只能说是杯水车薪无济于事。

即便如此，挑起话题的木户还是以每股 102 日元的价格购买了 3 000 股。那份交割单至今仍被当作纪念保留着。她的同事以每股 83 日元买了 2 000 股，次日又以 60 多日元的价格增持了 1 000 股。总计大约投入 23 万日元。

不光山一证券，日本金融机构在对不良债权处理的问题上始终停滞不前，经济形势也完全看不出有好转的兆头。那些日子里，人们对日本经济越来越不信任。另一方面，支店员工可以通过大屏幕时刻关注股价的波动，因此相对冷静，购买濒临危机的自家股的员工并不多。

11 月 19 日，山一证券的股价一度跌至 58 日元，就在即将跌破 50 日元面值时被临时停盘。就在那一天夜里，野泽向董事们说出了账外亏损高达 2 600 亿日元。最终山一以 65 日元的价格收盘。收盘价跌破 100 日元大关也是山一公司自上市以来的首次。

这种行情下，菊野拿出自己的积蓄购买了 1.5 万股。他没有跟任何人提及。

"算是对公司的支持吧。就原谅我吧！"

事后，菊野向妻子说出了真相。加上之前所持有的，他的持股数总计达到约 5 万股。

虽然大家都在怀疑隐瞒了什么，但却不知道公司已经千疮百孔。而且山一证券作为以富士银行为中心的芙蓉集团的一员，32 年前曾经渡过了一次经营危机。因此会有人盲目地认为"山一证券不可能垮"。

1965 年，菊野进入公司的第 4 年，是证券市场很不景气的一段时期，山一证券也曾陷入危机，引起了挤兑风波。菊野在岐阜支店工作，后来成为妻子的雅子在总部电机计算部工作。岐阜支店长是雅子的堂兄，是他介绍两个人相的亲。挤兑风波就发生在前一年。

　　支店长曾经在电话里跟雅子说："公司不会倒的，放心吧！"然而，《西日本新闻》的一则报道引发客户蜂拥前来挤兑。支店长为了显示山一公司有钱，竟然将数千万日元的钞票捆堆放在了店面里显眼的地方。

　　在《西日本新闻》所在地北九州的小仓支店，营业员和摄影记者还上演了一场互相搏斗的大戏。摄影记者起劲地拍摄挤兑风波，给骚乱火上浇油。

　　营业员大喊："别搞些奇怪的报道博眼球！"

　　摄影记者反驳道："传达事实有什么不对！"

　　"你说什么！"双方在客户面前大打出手。类似的骚动在全国的支店均有发生。

　　当时，证券公司的困境并不仅限于山一证券。如果大企业山一证券倒闭，整个证券行业恐怕会全面崩溃。大藏省和日银担心多米诺骨牌倒塌，在大藏大臣田中角荣的决断下，启动了日本银行特别融资，并取得银行团的支援。这使得公司重建奇迹般地成为可能。整顿总部和支店，将一度达到 9 400 人的员工裁掉近 40％，重新开始起步，用时仅仅 4 年又 3 个月就将特别融资全部偿还。除了削减董事们的报酬，部长、支店长等管理岗位也全部返还了奖金。公司上下紧密团结，乘伊弉诺景气①时期宏观经济空前向好的东风渡过了危机。

这种经历让菊野这样的老员工依然抱有"还会刮起神风"的幻想。

次日，20 日上午 10 点左右，顾问律师的一通电话将身处绝境的野泽推向了无底深渊。对方传达了 9 点 45 分前往东京地方法院民事八部的结果。他说现在已经是山穷水尽无力回天了。

"就《公司更生法》的适用问题，我们想事先咨询一下。"

山一证券的顾问律师提出了申请，但法官的回答却是，"不能接受山一证券的咨询"。

然后，一直保持拒绝的口吻，"我私下里给你解释一下"。

"山一证券一旦存在'表外化'的非法操作，就很难通过《公司更生法》进行重建。除非是大藏省强烈要求。"对方还补充道，况且前任社长已经被捕，公司规模又很大，没有财务能力，银行的支援也不够，很难纳入到更生法的框架中。

——这就是法院的结论。

现在只能依靠大藏省了。上午 10 点 45 分，野泽主动来到证

---

① 伊弉诺景气：1965—1970 年间日本消费主导型经济大好时期。——译者

券局局长长野的办公室。同行的顾问律师代替疲惫不堪的野泽，最先开口。

"拜托您想想办法支持一下？能否推迟 26 日的发表？"

结果长野斥责了他一番。

"作为律师，关于重大事项（隐瞒债务）的及时公开披露问题，你是怎么想的？"

"现在是一个很微妙的时期，但是我觉得为了防止市场发生混乱，进而保护投资者，还是权衡之后再说明情况。"

长野有些急躁。因为前一天他和野泽面谈的内容被泄露给国会议员了。

"只能认定是山——方泄露出去的。山一证券的信息管理究竟是怎样的状况？事情已经等不到 26 日了。24 日大藏省就要公布，所以请做好准备吧！"

然后，长野继续警告道：

"不然，购买山一证券股票的投资者会要求赔偿损失的！关于退还顾客资产的资金，计划在大藏省主导下采取专门的金融措施。这些是内阁做出的决定。"

野泽因大藏省的发表提前了两天备受打击，连话都说不出来。何谈援助，相反大藏省在三连休的最后一天，即下星期一，就要向社会公布。

"破产不行吗？"律师仍继续恳求，回复却是冷酷的。

"那将无法采取保护顾客资产的措施。计划在 24 日，由大藏省对外公布'表外化'问题，勒令山一证券停止一切业务。"

次日 21 日是星期五。再过一天的清晨就将开启三连休。

长泽接到了总部经营企划室的召唤。上午 11 点之前，赶到位于新川的总部大楼时，这里已经聚集了人事、宣传、法务、会计、海外、营业企划和各一线部门的 13 位部长。经营企划室室长说：

"为了防止意外的事态发生，我们必须亲手防止员工动摇，保护顾客。"

长泽迷惑不解。

"万一"是指由于总会屋事件受到严格的停业处分吗？已经做出这种假设了吗？

因为 1991 年的损失补偿事件，山一证券曾在翌年即 1992 年受到过停业一周的处分。那时在支店也出现了骚乱。这次也是为了控制现场的混乱而做准备吗？"到底发生了什么？"每个人都摆好了架势，各自的分工职责也被布置妥当。经营企划室室长正要继续解释的时候，突然哽咽语塞。

"还没定下来，还有不清楚的事情……"突然，他面部扭曲，潸然泪下。

社长亲信的企划、会计、法务等干部们，事先已经知道账外债务的秘密和公司濒临破产的情况。这种懊悔和不安，想必化作了经营企划室室长的泪水一涌而出。可是，被召集到总部的其他部长看到精英室长的眼泪都非常吃惊，但却没能嗅到迫在眉睫的危机。

"怎么了？"

"有些不妙啊。"议论纷纷之时，响起了一个声音：

"总之，会就开到这儿吧！再联系，辛苦大家了！"

长泽一头雾水地回到盐滨大厦后，来到食堂，有人拍了拍他的肩膀。那是被派到山一信息系统公司的一位前辈。

"长泽君，听说公司已经不行了？"

"唉？！"

"我们老板说，'山一已经垮了'。"

山一信息系统公司的社长，是野泽的前辈，人们都说他是经营方面的导师。

"我……还没听说呢。"

"是吗？就当我没说过。"

那位前辈俯身扬长而去，只留下目瞪口呆的长泽。

"请在会议记录里记下我的发言。"

当天上午，董事会上，在10月的收支状况、终期奖金等预定的汇报内容结束后不久，有人唐突地说了这样一句话。那个人就是负责企业法人本部的年轻董事。

"昨天，咱们公司的股价上涨了。员工们都在买入。如果有不良债权又不公布的话，后果会不堪设想。上面已经要求公司方面尽快发布重要事实。为什么还不发布呢?"

嘉本盯了一下那位发言的人。

——不良债权?这个混蛋,还想跑!到这地步想在会议记录上留下发言,从哪儿学来的!

嘉本感知到年轻董事是在自保。"会议记录上留痕"不就是为了防备日后作为董事被追究责任,而留下对自己有利的发言吗?嘉本的直觉在说:"到了最后关头,别装好人了!"正在这样想着的瞬间,另一位年轻董事大声喊道:

"做判断的是股东自己。"

董事会议室里,每两个人配置一个麦克风和液晶屏,但是那声音清晰到连麦克风都不需要。

"公司有必要交待事实。尽快公布现状。公司职员都知道董事们开会到深夜。昨天的社内广播却没有任何信息,让员工们感到很失望。"

那双眼睛转向目瞪口呆的野泽。

"我倒要看看今天的董事会上会公布些什么。什么都不说的话,那问题就严重了。"

行平施行院政的时候,董事会被人暗地讥讽为"拍手叫好的董事会",如今开成了野泽等人的声讨会。

另一位统管东京首都圈的支店的年轻董事也跟着推波助澜:

"决算报告发表过程中,我曾巡访过法人客户,关于未公布任何信息一事,已经被强烈谴责了。支店也在不断追责。员工们感到十分不安。"

多么正确的言辞！可嘉本对年轻董事们的慷慨陈词背后的意图感到奇怪。野泽口中的2 600亿日元"账外亏损"的真实内容，已然被年轻董事们断言成了山一证券的"不良债权"。

他们凭什么就断定是不良债权？嘉本的疑惑越来越大。他们是否掌握了自己所不了解的事实？如果是"账外亏损"的话，可以理解为只是背负着顾客的损失。然而，一旦称其为山一证券的不良债权，那就意味着是山一证券自身背负着巨额债务。

本来还存有疑惑，可一旦开了头，其他的董事也开始使用"不良债权"这个词了。

正在嘉本思考这个问题时，总务部门的董事少有地开口反驳起年轻董事。

"仅是公布不良债权，公司就会立刻被勒令停业吧？如果拿不出具体的对策，公司是经受不起的。"

嘉本也对年轻丁部厉声说道：

"把不良债权摆到桌面上是必然。公之于众也未尝不可，只是在此连个对策都没有，一旦公布，公司马上就会倒闭。对此你做何感想？责任又该如何承担？"

"我心甘情愿承担！"

点燃导火索的企业法人部负责董事说道。

——怎么可能负得起这个责任？

嘉本等人与年轻董事之间，流动着紧张的空气。这时，只听到有人说了句"休息一下！"

休息时，野泽好像同公司监事们商量了一下，接着又去安抚年轻人。

"如果这样公布，资产就会被冻结，后果不堪设想。即使把不良债权跟重建策略放在一起发布，也会立刻引起挤兑风潮。有必要与当局协调一下不得已的措施。"

"今天谈到这个阶段，很难就此形成一个正式意见。"会长五月女如此说道。会场总算开始平静下来了。此后，董事会一直断断续续持续到晚上 8 点 25 分。

野泽异常憔悴。距离大藏省公布自主废业和隐瞒债务的 24 日仅剩下 3 天。如果自己拒绝停业的话，大藏省就会主动宣布停止业务！即便如此，现在在董事会上也不能说。

最后野泽以恳求的口吻说：

"不良债权的事真的不能泄露，一旦泄露就彻底完了。请大家绝对不可外泄。"

"关于公布消息的问题就全权交给社长吧！"五月女请求道。

野泽也再次强调说："不良债权的问题绝对不能说漏嘴。"

可是，账外债务的存在、被强制自主废业的事实，早已通过大藏省的干部传到了一部分政治家和山一证券老员工的耳朵里了。

山一证券的董事们正在迎接最后一个清晨的到来。

第四章

突然之死

1 "那一天"的员工们

那一天，是随着午夜 2 点的一阵电话铃声而突然开始的。

铃声一响，嘉本便冲出了被窝，穿着睡衣直奔客厅，拿起了电话。

虽然回到了阔别已久的千叶县家中，但"基地"带给他的紧张感仍然笼罩着他。

"喂，《日本经济新闻》早报出消息了，好像是'山一证券决定自主废业'。"

"什么？"

电话是一位在一家山一系证券公司就职的朋友打来的。这位朋友有一位在日经新闻社工作的朋友。名牌大报最终确版是在半夜 1 点半。当这位朋友的朋友捧着新鲜出笼的报纸读到这条消息时，便随即告诉了那家证券公司的老总。

"第 14 版！《日经》的最终确版。消息肯定有误吧。"

"肯定有误吧。"半梦半醒的嘉本鹦鹉学舌般地回答。

"刚才董事会还在开会，根本没人提这码事。压根儿就没听说过。"

"就是啊。"

"真是本世纪一大假新闻啊。"话虽这么说，但也有另外的意思：《日经新闻》会无根无据地写报道吗？嘉本心惊肉跳，马上就给总部打直通电话。公司总部18楼有一个房间，是为公司领导临时休息准备的。今天是三连休假日，不会有人接电话，嘉本刚一这么想，电话线的另一端就有人啪的抄起了电话。恰似黑墨一缕滴入水面，一股黑暗的不祥预感扩散到嘉本的心头。接电话的是常务董事桥诘武敏。

　　"喂，你怎么也住那儿了？你怎么会现在待在电话机前？"

　　"什么？啊……"

　　"《日经》早报好像登出来了。知道了吗？能否帮我确认一下？一会儿再打个电话。"

　　"这个……好，明白了。社长和会长都住在这儿呢。"

　　桥诘前言不搭后语地答道。过了一会儿，他把电话打了回来。

　　"好像是真事。《日经》早报已经登出来了。"

　　嘉本想起公司的司机就住在附近。山一证券与总会屋划清界限的时候，总务部曾对他说过："这段时间比较危险，来去公司还是用车吧。"于是他便一个劲地往司机家里打电话。

　　"这么晚了非常抱歉，什么也别问，拉我去总部，行吗？"

　　这个时候，嘉本感觉到妻子正在身后注视着他。她是那样忧心忡忡地站在自己的身后。蜷缩着身体的千惠子显得愈发矮小。赶到山一证券总部时已经快到凌晨5点了。嘉本跑上了18楼，桥诘正在那里等他。

"野泽说了些什么吗?"面对嘉本的发问,桥诘疑惑地歪着脖子回答道:

"社长说的是:'大家一起,生死与共,一莲托生。'"

菊野家的电话是在早晨 5 点刚过的时候响起来的。"《日经》早报登了一篇公司自主废业的报道。"从嘉本那里得到消息的长泽呻吟似的在电话里说道。

"这是让我们切腹自杀啊,连介错人①都不替我们安排啊。"

"连介错人都不替我们安排",这话的意思或许是指自主废业无法启动《公司更生法》。

不会吧,难道公司就真的这么倒闭了?菊野这么想着,便对妻子雅子说:

"现在还不清楚,但一定要做好思想准备。"

此时的雅子想起了一周前与朋友们一道去京都和奈良旅游时的那一幕。在返程的新干线列车里,电子显示屏滚动播出了这样一行消息:国内主要融资行富士银行已经切断了向山一证券的融资。旅游的快乐被吹得一干二净,她一回家便急切地问菊野:

"公司会倒闭吗?"

"没有的事。"

① 切腹仪式中负责为切腹者斩首的人被称为"介错人"。介错的目的是减少切腹自杀的痛苦,让切腹者尽快死亡。——编者

那时候的丈夫的确是一脸笑容。但现在，他就要飞也似的向公司赶去。

——公司还真是要倒闭了。

震惊如水波纹般扩散开来。横山淳是业管监察干部中最年轻的一位。一大早，他就在租借的公司宿舍里，接到了检查课老同事打来的电话："快看新闻！"

坐在身旁紧盯着电视新闻画面的妻子冷不防地冒出了一句："我们还能在这里住多久？"

给嘉本做秘书的郡司由纪子为了定期体检，一大早便出了门。今年是她入职公司的第 27 个年头。上午 10 点左右，她在东京都中央区圣路加国际医院缴费窗口正要缴费，看到了身边不远处电视里正在播放的新闻——山一证券决定自主废业。她顿时睁大了眼睛。她订了一份《每日新闻》，但没有什么报道给她留下了特别的记忆。

——自主废业！又不是大相扑①，到底怎么回事？

她给自己的直接领导长泽打了个电话，从蜂拥而至的记者群里穿过，跑进了公司总部。总部内干部们进进出出，走廊里嘈杂混乱，人们都想从同事的嘴里问出些什么。有人抱着头盯着桌

---

① 大相扑是日本相扑协会举办的专业相扑比赛。相扑力士或师父彻底退出相扑界称为"废业"。——编者

子，还有人对着电话听筒大声喊叫。由纪子虽然跑到了公司，但仍然问不出来到底发生了什么大事。

检查课次长竹内透从公司股价跌破 100 日元大关之时起，便做好了公司倒闭的心理准备。接受东京地方检察院特搜部的讯问，家里也被搜查，这一年让他过得无比心酸。"这样，公司破产倒闭的那一天终于来到了。"他从在通讯社工作的朋友那里也已经了解到公司现在已是末路穷途。但他认为公司倒闭可以受《公司更生法》的保护，启动员工的善后安排工作，因此对"自主废业"一词感到有些疑惑。

他没打算去公司。即便是慌慌张张地去了公司，那也是位卑言轻毫无作为。那天下午他去参加了东京大学的驹场祭。这一年独生儿子考进了东大，他和妻子很早就期待着参加这个校园庆祝活动。这一天是他们第一次去驹场。乘上了井头线电车，妻子便一直埋着头。

"坐在车里的人们都有工作，而我们却要失业了……"

她冒出了这么一句话。两个人的心沉浸在悲伤之中。午饭为了省钱，他们只买了便宜的乌冬面。几天后，竹内收到了住在北海道的大学校友寄来的快递。打开一看，是两只长毛蟹。没有任何前兆，没有任何来信。那算是朋友的一片苦心吧。螃蟹真是美味，没有什么是比这更令人感到高兴的礼物了。

公司完蛋了。这一消息该如何告诉给自己的孩子和父母呢?那一天,正好是山一总部某员工9岁女儿的生日。妻子小声地告诉女儿:

"你爸爸的公司,倒闭了,完了。"

这句话深深刺痛了性格内向的女儿的心。

还有一位骨干员工,在短短的6天之内经历了2次公司倒闭。这位员工是由北海道拓殖银行派遣到山一证券的。

他于11月17日清晨,接到了远在北海道的岳父打来的电话,被告知"拓银已经破产了"。这位派遣员工是早晚都要回拓银工作的,而那个拓银已经没有了。被派遣地山一证券的上司对他表示了同情。

上司邀请他说:"那你就留在我们公司吧,作为山一的员工你要加油好好干啊。"

"啊,终于得救了。"他这么想着,谁知刚过了5天,从山一的员工那里听说了山一证券自主废业的消息。倏忽间已无容身处。

"你知道公司垮了吗? 一大早起新闻一直在播呀。"

木户美音子在一家居酒屋里接到了同事打来的电话。一大早,她便陪着从北海道来东京的热衷于潜水的朋友喝酒。酒兴正酣,噩耗传来,大惊失色。回去的路上,她目光呆滞,脑海里浮现出干了大半辈子的父亲遭遇公司倒闭时那可怜的一幕。父女两代人，各自效力的公司都这么破产了吗？

兄弟姊妹 3 人，木户最小。大她 6 岁的大哥就职于一家金融相关的出版社，他深知山一最终会走向破产。没多久，他给木户打过来一个电话："没事吧？"

"即便是做大哥的，有些事也是难以启齿，没能说到'公司倒闭'，对不起了。"

听到大哥这番话的瞬间，木户的内心感到阵阵委屈。大滴的热泪滚落到衬衣上。作为公司的一员，自己居然一无所知。那是一种猛然间被推下山崖的感觉。

父亲一边看着山一破产的电视新闻，一边嘟囔道：

"现在的世道已经不正常了。"

山一破产之前，这世道上没人说"真没想到"，而山一破产之后，"真没想到"之声习以为常般地在这世道上响起。正常的时代已经终结。

混乱正从公司总部向各支店扩散开去。京冈孝子，这位曾经的荻洼支店代课长，为人大方，沉静的笑容仿佛能包容一切，未婚而酒友不断，气度慷慨之余，赢得"大姐大"之雅号。清晨 6 点，还穿着睡衣的她接到了前辈同事的电话，对方大喊：

"赶紧给我看电视！"

然后她便和父母、姐姐一起，呆呆地盯着电视屏幕。到了下午，支店的3名女性一个接一个地来到了京冈家所在的公寓。她们一个个面容铁青。担心与愤怒逼得她们不得不抱团取暖。

"我们该怎么办？"

"公司里那些大人物明明一直在说：'山一没问题。'"

一边看着电视，这4个女人大白天开始喝起了酒。

"太不像话了。"

声音震颤，泪飞红颜。

"我们可是一点坏事都没做啊。"

胸中之火被点燃，4人一起哭了起来。直哭得眼睑深处起痉挛。

支店的营业定额苛刻严厉。完成不了当日的销售额，柜台女销售是回不了家的。拼命给顾客打电话，直到无处可打。那样的夜晚她们忍住没有落泪，而今天却泪如雨下。第二天，她们又从早喝到晚，任泪水在榻榻米上滚落。4个女人就这样哭肿了眼睛，走出京冈的家门，直接上班去了。她们已经无依无靠。

那一天，还有一位代课长在等待孩子的出生。就在社长和会长一夜未睡东方欲晓的凌晨4点半，妻子迎来了阵痛。晚上10点刚过，一个女孩降生于世。

"在这一天降生，这可真是我的孩子。这孩子将来一定是个坚强的人。"

妻子在日记中这样写道。

2 "不可饶恕"

　　公司领导们开始大吵大闹之后的约 6 个小时。早上 8 点，临时董事会在一片慌乱中草草开场，谁知一位常务董事却姗姗来迟。他一落座便吼了起来：

　　"社长，到今天为止，会长都在忙些什么？为什么没能向员工做解释？"

　　这个发言被认为不合规矩，因此没有记录在案。几乎一夜未眠的野泽脸上毫无血色。他手端笔记本开始了辩解：

　　"我在董事会上当选任职的前一天，三木前社长对我说：'诸事繁杂，专此拜托。'之后的第 6 天，我接到了藤桥常务董事的报告，说山一现有 2 500 亿至 2 600 亿日元的账外亏损。居然会有这种事，听到数字的当时，我震惊得站不起来。"

　　西首都圈本部部长堀嘉文不由得抬起头来。他在 3 月的人事调整中当上了董事，距今仅有 8 个月。"不可饶恕！"坐在最靠边的席位上的他，此时的怒气直指前管理层的行平、三木等人。这些人的不在场更增加了他的愤怒。涌上心头的是无可奈何的悲哀。

　　——老子是背着定时炸弹去当董事的吧，那颗炸弹要开炸了!

野泽在堀等人的锋利的目光注视下,两眼紧盯着笔记本。

"大藏省的证券局局长是在 3 天前的 11 月 19 日,向我们点明公司的出路是自主废业。理由之一是'贵公司自 1991 年以来就一直隐瞒不法行为,这是不可原谅的'。还说,'其中涉及直到最近还担任会长一职的人'。"

嘉本、堀以及仁张等毫不知情的董事们的脸,因震惊与愤怒而涨得通红。他们拼命地做着记录。从社长周边得到消息的董事们则彻底心灰意冷,他们用怜悯的目光看着社长。

"人家还说:'总理要是过问该如何作答?还是自主废业吧,虽然这对野泽社长来说是一个痛苦的决断'。"

听着社长的泣泪之言,嘉本黯然神伤。

——我原来一直以为自己是管理层的一员,谁曾想一直在远离中枢的地方傻干。

在这 8 个月的时间里,他们一直在骗我。在利益输送事件中,我在被逮捕的三木和副社长白井等人的蒙骗下搞公司内部听证。账外亏损高达 2 600 亿日元的事实,也是几天前刚从藤桥那里知道的。而那时,大藏省已即将宣布"自主废业"命令了。他们没有告知我与大藏省交涉的情况,他们在拿我当便宜人一样耍。

现在的嘉本已经不再像年轻时那样血气方刚了。

过去的嘉本是一个随时都可以拍案而起的人。但他的怒发冲冠、横眉立目换来的是对方的不理不睬。在支店工作期间的一番摸爬滚打，让他练就了一套愤怒隐忍术。他的震怒很快就会平息，换来的是人们的轻蔑与同情："这个可怜的家伙。"

但是，这一天却有所不同。变化的契机来自被提升为常务董事的仁张对社长的发问：

"不良债权产生的经过……究竟是怎么一回事？"

野泽是这么回答的：

"这个嘛，已经委托嘉本常务董事开始着手调查了。"

"什么？"嘉本转过身。社长委托他来调查，那是仅仅一个小时之前的事。

在大家都在哀叹公司一命休矣的时候，嘉本被叫到了野泽的社长室。

"账外亏损的事，还是请你那儿来调查吧。"

这句话的意思是：作为山一证券最后一项工作，希望业管来对高达 2 600 亿日元的账外债务进行调查。这是社长委托交办的仅有事项。野泽看上去并非期待着一场真正意义上的调查。如此这般现在便意味着这项调查已经开始了。

——这不又是要把老子当便宜人使吗！

听到社长轻描淡写的话语，憋在胸中的怒火一下子燃遍了嘉本的全身。

——这项调查需要高超的技术，应该是全公司的工作。这怎么能是迄今为止只能参与业务监察的单一部门的工作！为什么不更早一点让我们去调查？

这是嘉本已然忘却的愤怒，是对一直被欺骗着的自己而发的叱责之火。嘉本感觉到一腔热血在沸腾。

现在董事们的视线都集中到了嘉本的脸上。他们在目不转睛地看着这个穷命的置身"旮旯"的常务董事要说些什么。但是，在这沉默的一瞬间，嘉本听到来自内心深处的一个声音：

"现在是我做最后忍耐的时刻。"

发泄愤怒的对象缺席不在场，公司倒闭的始作俑者，那些原班干部现仍逍遥法外。面对在座的二十几位董事和监察干部，慷慨激昂说东道西又有何用。莫发火，莫慌张。最重要的是，嘉本自己早就想查明破产的原因。

嘉本从小时候起便是不可思议的天生"倒霉蛋"。

上高中时，有一次想和朋友们一起组建一支软式棒球队。他和球棒、手套什么都没有的 5 位同学一道，又是帮忙干农活，又是在河里捉银鱼，赚了 2 万日元，但怎么着也不够用。

"好吧，来一顿牛肉火锅把钱全花了吧。"他们买了很多牛肉，在避开朋友家的地方大吃大闹尽兴了一把。农忙季节，很多同学要帮忙干农活，学校也因此停了课。上午 10 点多，嘉本等人沿着田埂路稀稀拉拉地正往回走，突然，校长出现在他们面前。出于上午就回家的内疚，所有的同学都停住了脚步。

"你们这帮人在干什么？知道为什么要给你们放假吗？领头

的是嘉本吧。"

气坏了的校长第二天只把嘉本叫到校长室教训了一番。

——老子从小就是个不走运的人。反正倒霉事逃不了，一条道跑到黑又怎样？查就查个底朝天。

嘉本没有站起来，他坐着宣布：

"在我的印象中，发生账外亏损的，绝大多数都是企业法人案件。这不是一个人就可以搞定的。但我现在已经接受了社长授予的全权。"

野泽并没有说过"授予全权"之类的话。社长只是在想法子把会开完。但这个"旮旯"部门的业管要想真正查明山一破产的原因，就必须予以全权授权。

"我们一定进行彻底的调查。"嘉本大声说道。

"因为转移账目而妨碍了公司寻求更生法的保护，这太不像话了。"

这是嘉本和业务监管本部向公司核心层和担当公司招牌的法人部门做出的气势汹汹的挑战。山一证券内部，不想查明公司因涉及违法而倒闭的原因的干部有几十人之多。

嘉本一回到乱糟糟的盐滨大厦，便喊来了长泽。此时，电视里正在播放大藏省以证券局局长长野的名义发表的评论。

"关于山一证券，证券交易监管委员会正在查明各种事情的真相。该公司有存在巨额账外债务的重大嫌疑。"

这番评论让嘉本清楚地意识到了"账外债务"这一说法。它指的是公司会计决算表内没有记载的债务。毫无疑问,山一证券的首脑隐藏了高达 2 600 亿日元的借款。

这些账外债务是何时、如何产生的,又是谁做的决策?应该做的不仅是要解开这些谜团,还应查找原因何在。如此巨额的账外债务藏在何处?为何能隐藏至今?

这一切全要靠没有强制权力的我们自己来亲手调查。

令人惊讶的是,长泽一直在等着这一天。

"是要进行公司内部调查吧。我们应该这么做。特别是这一次。"

长泽在黑色的笔记本上写下了"彻底进行社内调查"几个字。他从内心深处感到了愤怒。

——如此重大的事情为什么非得由《日经新闻》告诉我们。别闹了。我们自己来查!

3 大混乱

两天后的 24 日，社长野泽正平对外宣布公司自主废业。"员工们没有错!"这一天，面对着一排排电视摄像镜头，野泽兑现了向工会做出的承诺。

之后，他泪飞如雨，以至人们担心他的泪腺是否承受得起。这引得一帮大男人也掉下了眼泪。宣布自主废业的当日，业管企划课长印出正二刚一赶到总部，就看见总部经营企划室的干部们脸上挂满了大滴的泪珠呆呆地站着。

"该如何向员工们解释呢?"没有答案。印出想起了总部的卫星演播室。新川大厦的地下一楼有个演播室，那里是向总部和各支店进行 CS 广播的地方。

"这样吧，把 CS 广播停下来，我们请社长讲话怎么样?"

印出这样吩咐道。他要试着进行山一最后的内部广播。野泽泪洒宣布废业的记者会，一直到广播开始之前，他都在不停地哽咽。在他说出"全体员工"的开头语之后，才好不容易平静下来继续讲话。

后来，人们把这一天叫做"山一证券的忌日"。

第二天，三连休结束了。全国各支店人头攒动，一波挤兑潮汹涌而来，人们高喊："把股票和钱还给我们！"公司向女员工发出了这样的指令："为防万一，请穿行动灵敏的服装。"

有人高声叫骂："一群混蛋！"有人哭泣："什么时候还我股票？"还有的老年人干脆静坐："不还给我们就不回去。"有人在喊："山一股票怎么办？"电话像是坏掉了一般，无论如何挂断，都会响个不停。一抄起电话，就会听到叱责："喂！我是你们的客户。"面对顾客时只要一皱眉头便会换来更严厉的叱责："你这是什么态度！你不觉得这一切都是自找的吗！"

长泽手下检查课副部长山岸隆与同僚 3 人，前往埼玉县大宫支店增援帮忙。

刚一走进能看见支店的那条路，迎面撞上的便是支店的楼被愤怒的人群围得水泄不通的景象，不禁倒吸了一口凉气。只见支店长低三下四，跑来跑去地应对客户，细雨绵绵中连伞都没打。突然，客户中的一人转过身来，目光落在了山岸等人的身上。山岸等人的西服领子上，一枚"山一"字样的徽章在闪闪发光。

顷刻间，他们被包围了，陷进了人海的漩涡中。

"喂！喂！究竟怎么回事？""必须解释清楚。"

在四面八方传来的喊叫声中，在人们的推搡下，他们 3 人冲进了支店。

另一边，从那天起，数千家公司的招聘人员在山一所有门店前排起了长队。他们的目的是利用这个机会聘用山一证券的优秀人才。或许是野泽的嚎啕大哭换来了其他企业的同情，他们提供的聘用岗位是山一员工总数的 2 倍，达到了 2 万个。公司内的通知栏和内网都出现了招聘启事。员工们开始埋头于寻找新的工作。

人事部像是汇聚了全东京的公共职业安定所一般热闹非凡。尽管一遍一遍地过筛子，还是一下子来了不少奇怪的用人单位。只有出资才能加入的公司，诱劝加盟独立经营的企业，打着高报酬的幌子隐瞒严苛的业绩定额的风险企业，工资和劳动时间与实际状况严重不符的中小企业……真可谓鱼龙混杂。

在山一员工的电脑里，流传着批判管理层的电子邮件。讽刺最高层的换词歌以及川柳①诗层出不穷，从本部流向支店，再从支店流向关联子公司。比如 The Checkers② 风靡一时的歌曲《泪之点唱》就被换了歌词，还在"词作者"后面填上了野泽正平的名字。

> 让我们深情地祈祷那最后的股价，midnight 董事会
> 给大藏省去个电话吧，告诉它我们已经歇菜
> 调高东交所麦克风的音量，我独自一人第一次
> 喊出我的声音，说什么废业，那的确刺骨冰凉，受不了

---

① 川柳是日本的一种诗歌形式，音节与俳句相同，但没有严格的写作要求，比俳句轻松随意许多，可以说是日式的打油诗。——编者
② 日本 20 世纪 80 年代非常受欢迎的 7 人男子合唱组合。——编者

的打击一桩

　　三木赠送的巨大亏损，不知成了谁肩上的债款

　　行吧，你与行平合谋，将可怜悲哀的我尽情嘲笑

　　泪之记者会，最后的记者会

　　泪之记者会，最后的记者会　for you

　　山一员工中约四成是女性。即便是对她们而言，今后的生活也是实实在在的悲剧。不少员工辛辛苦苦买入增持的山一股票，如今成了废纸，用于养老的钱血本无归。失去的不仅仅是饭碗，还有大额的个人资产。

　　前面已经提到，山一一直推行员工持股奖励政策。总部营业企划部店内课长白岩弘子损失了 3.8 万股。山一经营出问题后，其股价仍有一段时间维持在每股 500 至 600 日元区间，有一段时期股价甚至在每股 2 000 至 3 000 日元间震荡。

　　白岩的丈夫是一位从山一转到相关证券公司的老实人，他一直怒不可遏，声言决不轻饶管理层。白岩不喜欢两口子吵架，在家里从不提及山一和股票的事。

　　她将所持股票中的 2.3 万股以每股 1 日元的价格卖掉，剩下的 1.5 万股成了对山一的念想。因为股票上印有历代社长的名字。

　　这个时候的她已有 55 岁。她对自己说："这就考虑提前退休吧。"然后就加入到菊野他们的行列，干起了清算业务。但是，

整整一星期，她在公司里总是呕吐。

有个女职员省吃俭用，买进了 16 万股公司股票。这些股票在股价高点每股 2 000 日元时，市值高达 3.2 亿日元。即便她在公司经营恶化后以每股 500 日元卖掉，也会产生 8 000 万日元的损失，而这一切都是管理层的无能无为造成的。

也有持有 30 万股以上的男员工。有个女职员在自主废业的几年前买了一套公寓。虽然她持有的股票市值足够全款买房，但却斗胆在银行办了房贷，如今留给她的只是一大笔要还的贷款。

有个支店长怒发冲冠："自主废业是谁定的？现在就找他们谈判去！"但这些人是得不到媒体和社会舆论的同情的。

同一时期，韩国也遭遇了银行和证券公司相继倒闭的金融危机，各地金融案件不断，挤兑风潮迭起。但日本几乎没有发生大的骚乱和侵吞公款丑闻。特别是山一女性的内心深处，有一种看破红尘的想法：倒霉的不止我一人。并且，她们也似乎感觉到了某种内疚，毕竟是山一人给社会添了乱。

因此，她们私下里写了一些充满悔恨哀伤的电子邮件，通过这种她们特有的方式来缓解难以忍受的心情。

在一位女职员的电脑里，保存着讥讽倒闭前三代社长的川柳。题目是《山一俳句选》。不知是哪位员工创作的，但已通过邮件传遍了整个公司。

想不明白啊　想不起来忘记啦　嘛也不知道

　　　　　　　　　　　　　　　次雄

好您了好您　好您了您了还好　好您了好您

　　　　　　　　　　　　　　　淳夫

自主来营业　竹篮打水一场空　自主去废业

　　　　　　　　　　　　　　　正平

　　"次雄"指的是前会长行平次雄。该句讽刺的是他曾多次因填补和隐瞒亏损而被国会预算委员会等追责。"淳夫"说的是那个对行平言听计从、与其紧密勾结的三木。这个与行平一道对巨额亏损的处理拖拖拉拉、置之不理的三木，毫无决策拍板能力，因下指示模糊不清，说话语焉不详而出名。

　　还有一首矛头直指这两个人的川柳："行平森林里，危然耸立枝干处，三根烂木头。"

　　"正平"当然指的是野泽。山一证券一度曾经力求摆脱设立业绩指标的营业方式，实行总部各部门及各支店完善经营目标的"自主营业"。

　　行平从自主废业即将公开明了时起，就一直没在顾问室里露过面，但在野泽于第二年召开的股东大会上取得公司解散的决议之前，他是不能辞职的。他多半是与会长五月女一起，蜷缩在

16 楼深处的社长室。

公司女职员中，流传着这样的风闻："他现在简直就是个残废。"

野泽曾对一位前副社长吐露过一句："我真想死啊。"

这位副社长当时已退为顾问，山一破产后，有一次在电梯里偶然撞见了野泽。二人都是业务出身，彼此较为亲密。

"还好吗？这段时间够呛吧。现在你得一个人对重大事项做决断了。"野泽在过去即便是去主要融资行富士银行，也总是由五月女及亲信陪同。但至少在废业万事休的时刻，野泽已不在乎周围老同事及亲信们会说些什么了，他想要做的就是担当起领导的职责。

野泽在那次宣布废业的记者招待会后，受到了老同事们的指责。

"堂堂大社长，哭什么哭。""应该还有其他的办法。"

如今听到了前副社长温暖的话语，野泽那压抑已久的悔恨一下子涌上心头。

"为时已晚，我真想死啊。"说着，野泽当场哇的一声放声痛哭起来。

当顾客们的暴怒与员工们的激愤渐渐开始变为死心无望的时候，山一证券最后的"部店长会议"在盐滨大厦的大会议室里召开了。时间是宣布废业三周后的 12 月 13 日。会议室大钟的指针指向了下午 1 点。

各部部长和支店长的面前是阶梯台，台上公司领导整齐地排成了一排。

"自主废业，大错铸成，悔恨交加，痛心疾首。"野泽在一番表达忏悔的开场白后，开始为山一存在账外债务问题辩解。

"8 月 11 日，事出突然，公司发生了社长一职的人事变动。前会长、前社长事前没有跟我打过任何招呼。三木前社长只是交代我说'诸事繁杂，专此拜托'。话中之意，不甚了了。但我上任后在与本部部长和部长们的谈话中，开始越来越担心本公司存在着相当规模的不良债权。"

野泽这是在强调他是在一无所知的情况下坐上社长这把交椅的。话锋猛然间逼近问题的核心，部长和支店长们目不转睛盯着野泽，等待着下文。

"8 月中旬，我就指示企划室长查清不良债权，同时指示财务本部部长制定出财务改善方案。出于保密的需要，成立了由企划室和财务部相关人员组成的秘密项目组，假设确有暗亏 2 600 亿日元，开始工作至今。"

会场一阵骚动。社长当着与会 200 多人的面，毫不掩饰地公开承认：总部一小撮内务官僚掌握了公司的核心机密。

支店长们在总会屋事件的风口浪尖上，对顾客们低三下四，在营业的最前线冲锋陷阵，在他们眼里，聚集在公司的企划室和财务部工作的那些精英们，走的是一条无风险的晋升之路。

"这导致了今天的结局。"这种心情使得支店长们的愤怒有增无减。当顾客们蜂拥到支店时，支店长是带头战斗的一群人。另一方面，有关与主要融资银行进行交涉的复杂过程，野泽是照稿宣读的。原稿是由秘密项目组的核心成员藤桥写就的。

"当时我们判断，只是把暗亏一事对外界公开，便不仅会导致整个市场的混乱，也会对公司本身造成致命的打击。"野泽念到这个地方，耳畔清晰地传来指责的喊声。

"你在说些什么！"

"公司就是毁在你们手里！"

野泽表示，要进行彻底的责任追究，对此已经做好了各种准备，今后，对于经营责任清晰的相关责任人，准备申请执行以私有财产赔偿等各项措施。接着，他宣布："兹特设立以业务监管本部部长为委员长的调查委员会。"但丢掉工作的支店长们仍愤愤不平，质疑声不断，竟持续了2个多小时。

"为什么会落到这般囗地？照此下去，不仅我们自己，我们的家人、亲戚，还有与山一相关的所有人，都会被这个社会视为脏东西。你们有责查明真相，并将它公之于世！"

董事堀嘉文内心暗叹，这可真是泣血之声。发言的是他分管的西首都圈辖区的某支店长。此时，部下们"查明真相"的喊声在他耳畔回荡。这成了堀日后志愿加入调查委员会的一个动机。

"有个董事，在企划室里待着，早就知道所有的一切。难道不是他们导致公司废业垮台的吗？"

某个支店长说出了这番话。这虽然没有指名道姓，但作为社长亲信的藤桥还是被纳入了"清君侧"的必清之列。

　　"为什么要隐瞒？"

　　"罪责难逃！"

　　批评的叫喊沉重地压向会场，形成了一股人民审判的声浪。嘉本与藤桥一起坐在台上，面对着扑面而来的一片骂声。突然，嘉本举起手从座位上站起来，大声说道：

　　"关于这个问题，刚才社长命令我开展调查。我将一查到底。"

　　嘉本的内心深处好像有一个拧劲儿的声音在说，"在这个场合追究藤桥又当如何？"比他更坏的家伙还有很多啊。这种心情涌上心头，使得他顾不得多想站了起来。

　　嘉本有一种在与己无关的场合硬充好汉的性格。

　　上高三的时候，发生过高年级同学把低年级同学吊起来欺侮的事件，成了学校的一大问题。负责学生管理的督导把二、三年级的学生集合到一起大加训斥。"打人的人把手举起来！"他厉声喝道。没有人会被这种气焰所镇住。现场寂静得出奇。几分钟过后，学生们的脑袋之间有一只手举了起来。那是嘉本。他熬不住了。

　　"我没打人，但都是我们不好。我们知道错了，请原谅我们吧。"现场的紧张气氛一下子被缓解，老师只是说教一番便偃旗息鼓。然而，"又是嘉本"。——此后嘉本给校方的印象愈发不好。

37 年后的今天，在"部店长会议"上，又是嘉本举起了手。他环视了一下会场，做了一个大亮相。

"调查结果我会一五一十地报告给全体员工。我会的。"

嘉本并非对调查充满自信，现场的气氛是不这么说根本就收不了场。会场上充斥着的要求"清君侧"的怒气一下子泄掉了。"真的要调查吗?""请一定彻查到底!"支店长们的愤懑变成了小声嘟囔，一会儿便平息下来。此时，嘉本意识到，自己已经做出了一个庄严的承诺。

——社长并非是在考虑要彻查账外债务的猫腻和责任。但事到如今，自己也好，社长也好，面临的只有一条路：真心实意地调查下去。

被迫自主废业的山一证券将在翌年 1998 年 3 月末，关闭所有的支店，届时将解雇包括今天与会的支店长在内的所有的7 700 名员工。"调查结果报告给全体员工"意味着，在他们胸前还佩戴着山一徽章的这段日子里，必须曝光隐匿债务的全貌，必须完成提交调查报告书。

剩下的时间不多了，仅有一百余日。

4 最后的圣战

深思熟虑之后做出的决断并非总是正确的。菊野的老家鹿儿岛有句话说得好："有深思熟虑的功夫，还不如凌空飞向远方。"

"但是……"嘉本对自己的轻率，感到有些后悔。自己能够解开账外债务之谜吗？迄今为止没听说过，也没见过民间企业进行过真正意义上的社内调查。自己来揭露自己公司内部的丑闻，这样的公司是不存在的。

"写出一个形式上的报告并不难，但要真正干起来的话，就需要成立一个级别超过业管的类似于调查委员会的组织。实施这项调查，算上自己，需要七八个人。现在就应该着手招兵买马。"

进行调查需要零售（个人）部门、批发（法人）部门、国际部门等几乎所有部门的专家。但这是一项没有任职书且无补于日后的工作。此外，还必须质询以公司元老和野泽为首的现任管理层。山一公司内部把这叫做"听证"，但涉及的对象有可能超过百人。

对公司高管级别的人员进行听证，就有必要将与他们的级别相匹配的现任常务董事或董事会成员拉入调查委员会。但是公司已经决定，从明年（1998 年）1 月起，公司高管将引咎免薪。

——高管董事当中，有谁愿意无偿地劳累流汗？

包括高管董事在内的公司员工的大部分，在公司宣布废业的同时，便踏上了再就业之路。在董事会上说"请在会议记录里记下我的发言"，向野泽施加压力的 3 位年轻董事，早早就提出了辞呈，一个月后的 12 月 29 日就已离开了公司。

就普通员工而言，举手加入费力不讨好的调查委员会本身便意味着再就业的延宕。媒体报道说，"山一证券的倒闭开辟了人才市场的新天地"，但最后接受员工的仍然是条件好的公司。1 606 名员工加入美林日本证券再就业，便是公司新型人才竞争的一幕。

"先进入美林的干部正在召集自己的亲密老部下。""为什么我没进去而他却进去了。""我没干过营业，这次是一点机会也不给啊。"——不管是否愿意，再就业将员工们驱赶到了竞争的跑道上。待在公司参加调查，真可谓是抽到了下下签。

嘉木现在面临的问题是，光是进行调查就需要不少的人才，可人往哪里找？

宣布自主废业的山一证券必须马上要做的事情有三项。

一是立即停止营业，指导员工关闭总店及各支店，也就是进行战败处理。这其中包括出售山一自有资产，为员工的再就业进行斡旋。其二是迅速准确地返还客户预存的 24 兆日元的股票及资产，也就是清算业务。三是进行查明隐瞒债务真相的公司内部调查。三项当中，棘手的是耗费时间的清算业务和嘉本承诺的公司内部调查。

但是，大混乱中，不仅仅是公司内部调查，甚至连清算业务都要业管承担起来。担起清算业务重任的是业管的二号人物，已经晋升为董事的菊野晋次。

菊野们的命运齿轮，于 11 月 22 日下午开始转动起来。也就是在企划课副课长虫明一郎跑进长泽办公地方的那一刻。

"三连休后的第一天（11 月 25 日）起，各支店明明是要开门的，却迟迟得不到公司总部发来的指示。再这样下去，顾客蜂拥而至，各支店会陷入恐慌瘫痪的。"

业管原本是与增援支店和清算之类的业务无缘的所在。但是公司总部的运转功能在废业危机与三连休中已经开始麻痹瘫痪。非常时刻，引导员工的是跨部门的现场处置能力和快速反应能力，但当时董事会尚未表决通过自主废业的决议，总部内谁都不想负责指挥清算。

"的确，总部没下指示。但不能置之不理啊。"

"我们那儿的印出课长已经疯了，喊着'这可如何是好'。现在必须增援各支店。"

长泽与虫明二人说着，脑子里有了主意。长泽给待在总部的嘉本打了个电话：

"我们该动起来了。必须得做些什么。在业管组建一个能够适应增援支店和清算的体制吧。至于清算方面的总负责人，咱们不是有菊野吗。"

被 SESC 和地检特搜部怀疑传唤，自己的家不断遭到搜查，长泽已经习惯了面对非常事态。另一方面，他和嘉本一起被社长及副社长欺骗，在调查工作中遭遇来自公司高管们的各种阻力，总算干到了现在。

"能行吗?"面对嘉本的问题，长泽回答：

"对于总部，可以使用行政处分应对小组这条管理路径。如果是面向各支店，可以通过业务监理经理下达指令。"

原本山一证券为了及时应对在总会屋事件中有可能遭到的行政处分，成立了一个以业管为主导的业务应对小组。总部腾出一间房，为该小组配置了专用电脑，规定由企划课课长印出向总店和各支店发出指令。公司一旦遭到行政处分，这里就会成为临时司令部，由精通法律的印出负责，做出"这类业务虽然可以做，但这么做是不行的"之类的法规解释。这个应对小组的联络、指示路径现在仍然有效。

况且，业管具有联系全国各支店的经常性的工作联系路径。总店及各支店都有一名负责行政事务的管理干部兼任业务监理经理一职。在"做业务的同时不能放松管理"的旗号下，作为全公司监管最高机构的业务监管本部可以在紧急情况下向他们发号施令。

长泽想以这两条路径将陷入恐慌的总店支店重新启动起来。他在负责支店工作的事务指导部、营业企划部等部门之间穿梭交涉。

"赶快建立增援支店的工作机制。业管会安排人员，你们要派出优秀人才。"

处理好外围工作的长泽，跑到二楼来找菊野。

"首先必须返还客户的股票、债券等资产。印出和虫明他们已经跟进了。菊野，你能否组建一支负责清算方面工作的团队。"

"怎么？这是想用大病初愈的老夫吗？"菊野抱着胳膊沉思。

他重新来公司上班还不到一个月。肾小球肾炎让他感到全身无力，上班对他来说是一件痛苦的事情。他本打算跟着嘉本加入调查委员会，调查一有眉目便辞职。但如果挑起公司清算的重任，那工作就不知道什么时候是个头，那是一项不能以个人原因辞掉的工作。

那天晚上，妻子这样恳求他：

"你还想活吗？那可是个要命的活儿，赶快给我辞了。"

另一方面，他也深知，没有合适的清算现场负责人的人选。

人们常说，证券行业是依靠干劲的产业，在这个行业，人才是资产，通过调动起人的积极性才能用从别人那里筹措来的资金生产出利润。但现在山一员工必须要做的工作，只是把千辛万苦筹措来的24兆日元的资金原封不动地返还。这是一项为了消灭公司而做的业务，早一天完成便早一天失业。面对这项自杀式的工作，员工们是不可能有什么工作意愿的。并且现在的员工内心充满了对导致公司倒闭的管理层及营业干部们的愤怒。必须一边安抚他们，一边尽早结束公司的生命。

但正是在这个丢掉了"信用"招牌的山一证券，才更需要一名指挥官，在现场把意气消沉的员工们团结起来。

——或许，这种工作属于老兵。

两天后，菊野来到了长泽面前。

"我还是干吧。既然你老兄发话，没辙呀。谁叫老夫是那个凡事俱闻的菊野呢。"说着，他哈哈地笑了起来。

不久，混乱的山一证券成立了由业务监管本部、事务管理部、营业企划部、法人企划部、国际企划部、法务部、总务部等七部门组成的"顾客交易清算项目事务局"，由菊野挂帅负责。第二年，该事务局更名为"山一清算业务中心"。被选为中心主任的还是菊野。

"打仗有的时候明知打不赢，也要干一场。"他对长泽等人说。

"老夫那块儿的西乡兄，并非喜欢战争才打仗的。为了杀一杀反抗明治政府的那帮小年轻的锐气，即便明知打不赢，也只能打他一仗。我们做的清算业务，也许是一场看不到胜利的战斗，但是公司没了，总得有人来认认真真地做些什么，去平息员工们和顾客们心中的怒火。"

在菊野的老家鹿儿岛，谁要是提及"那场战争"，指的便是1877年（明治十年）西乡隆盛率领士族挑战官军的那场"西南战争"。那是萨摩人的最后的圣战。用菊野的话来说，清算业务也是山一证券的最后的圣战。

嘉本一直对"老狐狸"菊野的用人技巧刮目相看。从业管的百名员工中，像印出、虫明那样的颇具实力的员工被挑选了出来，成了菊野的手下。

也就是说，今后的业管被一分为二。一方是由菊野挂帅，印出、虫明等统揽专包的清算业务部队。另一方，嘉本作为常务董事，接受菊野的有关清算业务的报告，遴选出清算委员会，去查明破产的真相。

嘉本认为，"该项调查也应该属于由破产引发的广义的清算业务之列"。

他的"贤内助"长泽就是将清算业务与内部调查连接起来的桥梁，同时也是公司内部调查委员会的事务局长。没有人事调令。当人们注意到了的时候，一切已然成形。

什么才是支撑起一个公司的力量？

当一个叫做"山一证券"的拥有 7 700 名员工的大公司即将气断身亡之际，留在现场第一线的，几乎没有那些所谓的"领导"或"精英"。

随着自主废业的推进，由受命于大藏大臣的律师们组成的"顾问委员会"进驻公司总部，与部课长级的干部们一起决定公司的重大事项。社长自宣布自主废业以后，一直处于茫然自失的状态，董事会被认为缺乏当事者能力。挟天子以令诸侯的行平失去了往日的光环，退为顾问的前副社长们销声匿迹。

公司内充满了一种"高管不足信"的氛围，现役高管离开公司后便不知所踪。甚至有董事发牢骚说，"我被部下赶出来了"。这位董事刚一表达了退任意愿，办公室便被收拾清理。

那些为数不多的正在向事业的高峰攀登的人，是向逝去了的山一做诀别最快的一群人。他们当中的一部分，早早地就找到了新单位，有的还把部下带了过去，获得了比在山一时更高的收入。全心全意为己为家，这或许是无可厚非的吧。

具有讽刺意味的是，那一个个来自背后被讥讽为"旮旯""弃母山"的组织的人，在公司破产这一非常时期，开进了公司总部。在公司清算和内部调查这个去旧的大舞台上，最后，是他们出场亮相了。

在自主废业这场惨败的战斗中，四散逃离的员工们，第一次把目光投向身不由己沦为"殿军"的两个人身上。他们是嘉本和菊野。

第五章

殿军的集结

1 挑战"不能碰"的组织

　　山一总部大楼正在被一个接一个到来的"占领军"所占领。由律师组成的顾问委员会来了，检察当局也来了。他们开始仔细调查山一的账外债务问题和实际经营状况。东京地检特搜部携手SESC，派出近十人的队伍进驻15楼的会议室，大藏省金融检查部则占领了14楼的会议室。

　　长泽一直在想，"也许我就是为了这个非常时期而生的"。当初，嘉本在支店长们面前亮相表白"彻查到底"的那一刻，长泽也在场。就是那次12月13日召开的部店长会议。

　　那天会议结束后，和长泽一起，刚一回到盐滨大厦三楼的房间，嘉本就说：

　　"长泽君，我可已经立下保证，一定完成这次调查。"

　　"知道。"一句简短的回答。

　　"我也在那儿听着呢。我一定帮你。"

　　上次调查总会屋事件，他们也是这样。嘉本与长泽间的重要谈话，总是这样，一两句足矣。

　　妻子理惠子似乎能够理解丈夫。在长泽假日加班不归的那些夜晚，她常常这样想：

"他是喜欢一个'义'字，喜欢义理人情的世界。在一个单位恋爱结婚那会儿，我还了解得不深。他看重的不是父子情深、世俗体面，而是自身的那个理儿，是能否对得起他人。随他的便吧。他真是沉醉其间难以自拔啊。"

长泽的心底里埋藏着苦涩的懊悔。

他比嘉本早三年，被分配到了公司内部司法组织业管。因此，他痛感再也无缘山一的招牌部门企业法人部门（通称"企法"）。所谓"企法"，指的是以企业法人本部为中心，法人营业本部等以企业法人单位为营业对象的整体的法人营业群。

没有谁交代过，更没有谁决定过"不要监察企法"。但在泡沫经济之下，山一证券的企业法人部门被认为是从企业法人单位吸纳无穷资金的一支营业精英部队，这支部队在急速地扩大。1984 年后的 6 年间，山一证券的员工总数由 6 504 人增长到 9 100 人，增长了近四成，而法人部门的人员竟增长了两倍。

一时间，企法成了连一把手行平都不想踩刹车的部门。其真相虽然后来由嘉本、长泽他们的调查委员会予以查明，但当时它被认为是一个用人不分善恶、"不能碰"的组织，事实上被置于了监管之外。

业管监察的，充其量也就是面向个人散户的支店与总店营业部。1988 年起的 10 年间，山一证券作为证券事故予以公司内部处分的案件达到了 1 275 起，但其中对于企业法人部门的处分仅有区区的 10 起。连长泽本人都不曾下达过监察企业法人部门的指令。这或许是他的软肋。

他在上小学高年级的时候，有一次因逃避做扫除遭到了一名女老师的训斥。

"长泽，人在做天在看，你不觉得羞耻吗？"

长泽想，"至少在公司倒闭的当口，人要活得正直"。这一点，他与嘉本颇有些相像。

"为什么我们不监察企法呢？"，业管里有人这样问。提问者是检查课的横山淳。他毕业于同志社大学法学系，1984 年加入山一。那还是横山当课长代理之前的事情，当时的上司有些愕然地回答：

"你就是问我，我也不知道啊"。

在提问前横山是知道那是上边的意思。

横山在支店干过营业工作，两年前开始负责支店监察方面的工作。他的职责是一旦发现违法违规的现象就予以指导改正。长泽也是一样，对迄今为止的工作心生疑窦，虽有工作热情但不为上司所容，在这个被叫作"旮旯"的地方待了两年。

横山的特长是电脑操作。从 4 月份以来，他因利益输送事件，经常制作要向地检特搜部和 SESC 提交的资料，出入特搜部，对调查业务日趋娴熟。这次他虽被嘉本点名进入了调查委员会，但一开始并没有长泽那样的责任义务感。

"到底是谁，非得让我做这种擦屁股的活儿。"

在"基地"里，他曾吞吞吐吐地冒出过这么一句。他一开始只是对管理层充满了仇恨。嘉本回过头来，温和地说：

"一个人突然死了，那就得做司法解剖吧。山一的废业就好像一个人的非正常死亡，我们有责任解剖一下，向全体股东、员工和客户做一个说明。"

他有些腼腆地说着，这种时候，他会用关西方言说话。

"有个词叫利益攸关方。我们有必要向利益攸关方做出完整准确的说明。我是这么想来着。"

横山感到了心头的震颤。现在的工作既不是为自己，也不是为了公司的利益。我们是为了某种与利益得失无关的东西而留在了公司。此时，离他过完 36 岁生日刚刚 1 个月。

"一定要替我们揭露真相，我们在期待！"

在同事们一个接一个的呼声中，他开始在想："如果不能查清转移债务的真相又该怎样呢？"

"业管里只有俺一人了解海外业务，这次肯定跑不掉了。"

比横山大 9 岁的竹内，已经预料到调查委员会里肯定有他。因此，当嘉本请他加入的时候，他只是简单干脆地回答"明白了"。

"要争分夺秒地干。"嘉本补充道。嘉本的意思是"这次调查你小子别想逃脱"呢，还是"调查是有时间限制的，所剩时间不多了"呢，竹内搞不太清，但他理解嘉本为什么指名道姓地要求他加入。

几乎可以肯定山一的国际部门一直被当作隐瞒不良债权的工具，业务监管本部中，最熟悉山一的海外案件的是竹内。

竹内 2 年前从山一驻伦敦的现地法人公司回到了阔别 3 年的日本，担任检查课次长一职。他语言能力过人，在加入山一的第 10 个年头被分配到公司中枢的企划室工作。7 年间，他担任了公司的收支计划与预算管理等工作，沿着精英路线一路走来。在背后操控企划室的有常务董事藤桥等人，他们参与了账外债务一案。

在企划室工作一段时间后，竹内被调到了财务部。财务部的幕后指使是副社长白井隆二，他也是账外债务一案的当事人。

竹内一直在走钢丝，险些被卷入到账外债务的案件中。

2　同志们在集结

公司高管及老员工们对调查委员会的组建反应冷淡。"旮旯"里的那帮家伙要来出风头了，这样的一种氛围笼罩了整个公司。

"嘉本兄，事到如今，解剖死人又有何用。"

有人出言不逊，满肚子不高兴。"揭露来揭露去，你们会不会被人以损害他人名誉罪告上法庭啊"，口气里带有一种威胁。

"你们的内部调查，要是引起公司领导们的诉讼赔偿该如何收场？客户们提起的诉讼已经堆积如山了。"

有的高管已经开始为生活而奔波。调查委员会的成员数量不见增加。

嘉本正在总部大楼的走廊里快步走着，一位熟悉海外业务的比自己年龄小的董事喊住了他。

"怎么样，调查有进展吗？"

他关心的是嘉本的调查进行到了何种地步。

"啊，还行吧。下一步想查清在海外的转移账目问题。你也加入我们的调查委员会吧。"

一听这话，那位董事立刻变了脸色。

"我？还是算了吧。"

说完，他落荒而逃。嘉本望着他的背影，怒吼道：

"以后别来找我！"

这时候，堀嘉文慢悠悠地来到了 18 楼的"基地"。

他被公司长期派驻在外地，现在下班后只能回到总部附近的租赁公寓居住。

"前管理层那帮人，老子决不轻饶。"

他说着，一双滴溜转的眼睛瞪得更大，将浓眉向上带起，浓密的白发反衬出一张略黑的大脸。他挽起衬衣的袖子，露出粗大的胳膊，将端坐在脸部中央的鼻子朝向天井，用关西方言开起炮来。

"3 月份当董事的时候，他们把一颗定时炸弹交到了我们手上，现在，这颗定时炸弹就在我们手里爆炸了。到今天蹦出来什么账外债务，简直是岂有此理。"

他是在单位里认识了现在的妻子。妻子礼子有时会挖苦他。那是 11 月 22 日报纸、电视等媒体报道了山一"自主废业"之后的事情，当时她和在京都大学读二年级的次子住在京都。

"公司的事你就别担心了。"

堀刚一开口说些宽慰的话，电话那头就传来礼子的声音：

"可是……"

"你明明是公司董事，怎么会不知道废业的事。"

"我就是不知道嘛。有一帮董事在暗地里捣鬼。我也觉得蹊跷，但确实不知道。"

礼子是和堀同期进入公司的。她毕业于兵库县市立高中商业科，被分配到了山一布施支店。她的工作是处理一些行政事务，干活儿时脸上总是洋溢着笑容，这让堀一见倾心。

"得了，会有办法的。"堀故作轻松地说。但礼子是一个单从脚步声就能辨别出丈夫疲劳程度的女人。从丈夫话语的细节里，她判断出公司出的事非同小可。

——在当了半年的董事高管的贵妇人后，她便被打回原形，成了大杂院里的半老徐娘。

公司的废业倒闭，颠覆了堀及其全家的生活与尊严。

堀每次在"基地"里一露面，便将怒火撒向嘉本他们。但他跟嘉本是交心知底的朋友伙伴。堀比嘉本晚来公司一年。嘉本担任西部地区四国本部部长时，堀是其分管的松山支店长。在公司董事当中，他们俩都是高中毕业，营业业务出身。

"我知道是个苦差事，你给我干一把调查委员怎么样？"

嘉本向堀发出的这个请求，具有一种强迫的力度。

"那我就干吧。"堀回答得干脆利索。

"在最后的那次部店长会议上，手下的支店长们对我说，'我们有责任查明原因向社会公布'，我们那儿（西首都圈本部）的清算业务一完成我就赶过来。不调查清楚我咽不下这口气。咱们干吧。"

堀要比看上去更柔弱一些。礼子经常揶揄他说："你这个人有些胆小怕事啊。"他在公司里摆出强势的样子，私下里常常沉思不语，情绪低落，这些都逃不过妻子的眼睛。

他把董事会开会的发言用女人般纤细的字迹详细记录在一个B5大小的记事本上。在记录下社长的发言后，他会在旁边加一个括弧，括弧里写上"我的看法"字样，随后写下自己的感想。随着山一证券破产的临近，他写下的感想里"大藏省"三个字猛然增多起来。

实际上，在他的感想里标有"混蛋"字样、充满憎恶的文字中，大藏省这个监督机关占了绝大部分篇幅。他一直在思索，大藏省这个监督机关最近一段时间做了些什么，没做些什么。

堀一直认为，大藏省长期以来对山一证券的债务隐瞒持默认态度，证券局局长难逃其咎。

前面已经提到，11月22日这一天，《产经新闻》率先披露了山一证券迫于大藏省的压力而自主废业。野泽在临时董事会上被迫汇报了这一事件的始末。堀的记事本上有关这一天的记录长达6页，密密麻麻地写着野泽的发言与堀自己的感想。

11月19日，向大藏省报告了（主要合作银行）富士银行的想法。长野局长对社长说："别再犹豫，自主废业吧。"

（我的看法：大藏省在逃避责任。在对住专指导失利导致动用财政公款来处理呆账的当口，这难道不是拿山一做替罪羊吗？另，据说部分大藏省官僚的亲属，一个月之前就放风说"山一要倒闭了，赶紧把它的股票卖了吧"。大藏省当局定是早已知情，山一破产当在计划之列。）

这里有必要解释说明一下堀在"我的看法"里的疑问。

1997年11月，继三洋证券之后，北海道拓殖银行破产，进而山一证券陷入危机。在此两年前，日本住宅专业金融公司（住专）的巨额不良债权问题亦浮出水面。金融惶恐弥漫全日本。日本政府从财政预算中拨出6 850亿日元来处理住专的呆账，总算稳住了阵脚，但对住专指导失利的大藏省成了日本国民严厉批判的众矢之的。

"市场的事应该交给市场，凭什么将国民的血汗税金注入苟延残喘的金融机构。"批判的声浪淹没了国会与媒体。从那以后，动用财政公款来救济民间企业成了不可逾越的禁区。

但是，由于大藏省对山一证券见死不救指导其"自主废业"，人们对日本金融系统的惶恐不安达到了空前严重的程度，这一禁区本身也土崩瓦解踪迹全无。"在混乱将起之时，有必要动用财政公款来支持银行等金融机构"，这次，国会及媒体舆论来了个一百八十度的大转弯。山一倒闭后的仅仅一个月，日本政府干脆决定采取金融系统稳定政策，设立头寸总额达30兆日元的财政资金救助盘子。

并且，即便在当时，虽有非金融机构不救的原则，但由于救济判断的基准不明，随后便发生了用财政公款救助日本航空公司的事态。

堀的疑惑充满了主观直感。他这样怀疑："大藏省通过将山一捧上祭坛，制造煽动起人们的不安，这是想要为将来的动用财政公款铺平道路。"

堀的这种看法是否正确，我们不得而知，但至少在日本政府推出金融稳定政策前的一个月，堀的确预测到"山一的倒闭将打开动用财政资金之路"。

堀的记事本里还有这样的记载："野泽称，长野局长对他说，'山一从平成三年起就一直在隐瞒丑闻，这是不可原谅的'。"堀在记下这一发言的同时，进一步写下了自己的看法。

（我的看法：大藏省应该知晓一切。他们在通过检查了解到存在转移账目的情况下，却要放任不理？风闻其他公司亦有类似情况。）

监督机关是债务隐瞒的共犯，我要追究下去。——堀的愤怒之火点燃了他参加调查的决心。

3 荒野里的七人组

继堀之后的第六位调查委员，也是不请自来的。他是资产本部部长、常务董事桥诘武敏。他统管交易部门，负责交易所的股票买卖。

"可以的话，我来帮忙喔。反正现在没事干，让我正经八百地干一场吧。"

"好啊。"

嘉本对这个比自己晚来公司一年的人物的出场，报以爽朗的笑声。

桥诘出身于长野县佐久的一户农家，毕业于长野县上田高中。上田高中建在以六文钱旗徽闻名的真田昌幸府邸旧址上，历史悠久。桥诘每天上学都要穿过被叫做"古城之门"的藩主居馆的主正门。

性格稳重、沉默寡言的桥诘为何加入调查委员会，原因说不清楚，但嘉本想，他大概是因为不忍心自己被抛弃才来的吧。

桥诘是剑道部主将，颇具古代遗风。

长野县以教育之乡而闻名，他也倾心于三个孩子的教育。倘有孩子反抗，他便用竹刀打孩子的屁股，然后把孩子轰出去。据说他曾经有过用胶带封死房门不让孩子出去的壮举。这个讨厌大声说话的男人把时间和精力都花在了认真训斥部下上了。

稍后会提到，一位受到桥诘质询的老员工坚持认为："坏就坏在最后一任管理层，所以才被迫自主废业。"

"是野泽君他们没把事情做好，才落得今天的地步。"

一回到房间，桥诘吐出一口长气，低声说：

"怎么能这么讲。"

——你们，你们这些前辈迄今为止又都做了些什么？

这是他想要说的。据说桥诘在 1997 年春天，独自完成了长达 50 多页的公司重建资料。他在拼命挣扎，想要夺回被旧管理层丧失掉的信誉。

嘉本想："桥诘那平静的愤怒才是可信赖的。"

桥诘与堀有着相同的烦恼。他们都没多少积蓄。

二人辗转工作于全国的支店，虽取得了良好的业绩，但养成了老一代证券人常有的特质：自掏腰包为公家办事。特别是，桥诘有一位体弱多病的妻子要照顾，医疗费是必须要花的。

而堀因不擅赌博，年轻时月薪的一半被前辈卷走了。"打麻将与做生意是相通的"，经不起前辈的诱惑，堀陷进去了。并且堀长时间过着两地生活。有一段时间竟奔波于三地。堀当松山支店长的时候，长子住在京都，次子在神户上学。

桥诘有三个孩子，堀有两个，全都是男孩。山一证券是一家即便员工只是高中毕业，只要有实力也能提拔做董事的公司。桥诘和堀便是如此。但也有过分看重学历的董事说："高中毕业的董事视野狭窄，只能看到鼻子底下的事情。"其中一位居然批评道："山一证券垮台的原因之一就是高中毕业的董事用得太多了，有段时间高中毕业的董事竟然多达十几位。"这种声音当然传到了他们的耳朵里。二人肯定有一种决心："一定要让孩子上大学，并且是一流大学。"

桥诘家的三个孩子分别从东京大学和庆应大学毕业后，进入到一流金融机构工作。堀家的两个孩子全都毕业于京都大学医学部，并且全都做了医生。父母们的献身精神终于有了回报。但在山一证券破产的时候，他们的孩子们不是正在大学里读书就是正准备考大学，老爸们叼着牙签摆出一副"武士不露饿相"的姿态是无济于事的。

堀单身住在东京，生活费每月10万日元。长子虽然已经开始在静冈县的市民医院上班，但他每月要给在京都读医的次子和在京都生活的妻子寄17万日元。

神气十足地接下调查委员的重任，这么做好是好，但一想到在窘困中操持这个家的妻子，堀的头便大了起来。做妻子的更容易体会家里的窘境，而做丈夫的则往往忽视生活的实际困难和家人的担心焦虑。

萦绕在礼子脑际的是"节约"二字。山一刚破产那会儿，她去过一趟社会保险事务所（现在叫年金事务所）。

"老公的公司破产了，二儿子的国民年金保险费得有半年左右交不了。"

"你看你，你老公还能工作吧。现在这个社会，交不起房租的、上不起大学的家庭有的是啊。"

"我没说一辈子不交，我会交的，就是让你们等等。"

山一的董事没有工资啦，还得干调查委员啦，这些，她没法向人解释。

"难啊。"在窗口被冷淡，礼子回到家里，二儿子开口说：

"不用给我交那个也行，总会有办法的。"

儿子是在严格的家教中长大。吃饭时，她要求儿子一定要跪坐，以至于儿子的屁股磨出了腼子。儿子歪倒着看电视时，她会训斥道："你的腿断了吗？"

如今，儿子反过来安慰她，这让她宽心了一些。亲戚们给她在京都的家里送来了大米、干鱼，甚至还有维他命片。在大家帮衬这个家的时候，她想让丈夫再找一份工作。"得赶紧呀！"礼了想催催丈夫。但她知道丈夫已经由着性子去干那倒霉事。全家人都知道丈夫的这种关键时刻的没头脑。

儿子曾经问过礼子。

"拍马屁这事好难啊，究竟怎么做好呢？"

"这得问问你爸。"

礼子这么一回答，儿子干脆说：

"问我爸也没用。"

"你很明白啊。"

成为第七位调查委员的是董事、资产管理本部部长杉山元治。他毕业于早稻田大学商学部，一直从事国际业务。

他曾是嘉本的听证调查对象之一。这个固执的男人遇事总想分清黑白。在接受嘉本的听证调查时，他曾严厉批判了国际部的风气。他说，国际部的一些人在总部鞭长莫及的地方，趁机做了出格的事情。嘉本感佩此言，便恳请杉山"一定要加入调查委员会"。

据说隐藏那 2 600 亿日元的债务的途径，分为国内与海外两部分。为了解开这一谜团，需要一位熟悉海外业务实情的董事高管。

"被调查的杉山现在跑到调查这边来了"，竹内对杉山的意外登场有些疑惑。

如此这般，调查委员会的阵容得以确立。

从聚集到一起的这 7 个人的年龄来看，嘉本、桥诘、堀和杉山四人，均出生于太平洋战争败局凸显的惨烈年代。嘉本、桥诘、堀三人 54 岁。嘉本生日较大，比其余二位高一个年级，但他们三人都生于联合舰队司令长官山本五十六战死的那年，也就是昭和十八年（1943 年）。那一年盟军的反攻已正式开始，日本政府强化了对 300 万中小学生的战争动员。他们生于战争年代，挨过了战败和其后的混乱期。

他们在岛根县的隐岐岛、长野县上田市、兵库县筱山市3个地方长大，进入到了在经济高速增长期大量招收高中毕业生的山一证券，爬上了董事的高位。

杉山与嘉本年龄相差 2 岁。长泽刚到 51 岁。竹内 45 岁，横山 36 岁。

喜欢侠义电影的长泽，将菊野拉进了七人调查委员会。这 8 个人被叫作"嘉本一族"。这个班子的头儿当然是嘉本，但嘉本本人却不以为然："怎么会是一家子呢。"长泽称菊野为"嘉本一族菊野组组长"。这称号或许能平添一些威严吧。

4　团队分工

"野泽，这次调查是要动真格的吧。"

社长室里，嘉本开始了正式协商。

"如果是要动真格的，那就得新聘两名律师。问题堆积如山，难以预判会发生什么。"

"但咱们公司不早就请了一批顾问吗……"

野泽的脸上浮现出一丝犹豫。嘉本则一个劲地说下去。

"以后会出很多问题，你能帮我聘请一些和山一没有瓜葛情面的律师吗？账外债务问题即便是算作过去的丑闻，也绝不能在没有律师参与的情况下让它逃脱掉。写调查报告时有必要加上法律层面上的判断。"

这并非说那些与山一交往已久的顾问律师们有问题。但他们一直受雇于旧管理层。当然，这使得他们很难对曾经关心照顾过他们的旧管理层予以严厉追究。如果调查不能进行到底的话，会让员工们大失所望，也难逃来自媒体的强烈批判。嘉本又补充说，这是深思熟虑后的结论。

"明白了。"野泽嗫嚅道。

紧接着，嘉本又径直前去拜访律师老朋友深泽直之，向他介绍设立公司内部调查委员会的经过。

"这是我们员工自己进行的责任重大的调查，还望您鼎力相助啊。"

暴力团、总会屋以及伪右翼分子常常以暴力手段介入民事纠纷，他们反向利用警察的"民事不介入"原则，通过介入企业间纠纷，以威胁的手段敲诈巨额款项。这种行为与大企业的软弱，自1980年代起发展成了社会问题，1992年伊丹十三导演的电影《民法之女》公开上映，使得这一问题为普通百姓所熟知。深泽在为企业制定针对这类"敲诈"问题的对策方面颇有声望。

充满正义感的律师是企业的后盾。山一证券也在小池事件后聘请深泽为"民法专家"，终于与总会屋彻底划清界限脱离干系。

嘉本力邀深泽作为"外部委员"加入调查委员会，同时他又做出了另一项请求。"还有一位，就是那位律师，能否也请他加入呢？"

嘉本指的是后来成为第二位外部调查委员的国广正。国广正42岁，天庭饱满，年富力强。独立开业已有4年，在东京神田小川町拥有一间小事务所，是一位普通的"街道律师"。

国广正东京大学法学部毕业后取得律师执照，后又在纽约的一家法律事务所研修了两年。虽有资格以国际派自居，但作为一名街道律师，他在为反对建设公寓的住民运动出谋划策的同时，开始感受到在民法领域制定反"敲诈"对策所带来的人生意义。

他公开宣称"我喜欢与无赖交锋"，和深泽一道，一时间投入到制定"与总会屋划清界限的对策"中。这次,他受嘉本的委托,与深泽一起决心要查清山一证券破产的原因。

不久,嘉本带着国广去拜会野泽。席间,国广看似不经意地向野泽套话。

"听说您向各支店长保证'要彻查到底'。"

"是的。"

"我也受命于身,彻查到底。"

"请一定查下去,拜托了。"

野泽在那次部店长会议上曾公开宣示,"已经做好了彻底追究责任的心理准备",不可能与"彻查到底"唱反调。

"要是日后查出了重大事实,您不会说'不予公开'吧。"

国广连将来是否向外界公布调查报告一事,都不忘要再次确认一下。这种谈话间不经意的发问,连嘉本事后都记忆模糊了。

"当然不会。请严肃认真地去做。"

后面的谈话变成了随意聊天。国广在与人初次见面时经常会说下面这番话。

"我没什么了不起,不配被称为'老师',以后请直呼我的姓名吧。"他是要以这种方式营造出亲近感。

宣布自主废业 25 天后的 12 月 19 日,调查委员会正式会议召开了。嘉本、桥诘、堀、长泽、竹内以及由两位律师担任的外部调查委员,齐聚借来的董事会议室。到会的还有菊野。

为慎重起见,嘉本首先与全体成员一起确认了调查委员会的方针。

"公司内部调查并非人民审判，不可采取高压手段。要充分考虑对方的处境，实施与其地位和处境相当的听证调查。但对于不诚实的员工，即便对方是干部，也应以坚定的态度予以应对。对公司大人物听证调查时，应请求 SESC 列席听取情况。"

"请求 SESC 列席听取情况"一句，是嘉本加上去的，含义如下：山一证券的内部调查委员会将通过听证调查获得的信息与资料积极地提交给 SESC，并以此为条件，在 SESC 对行平次雄等原董事长级别的人物进行听证之际，换取嘉本以观察员身份列席的权利。

这种手法受到了资深员工们的批评："他们虽说是个调查委员会，最终还不是为 SESC 打工吗？"但嘉本认为有必要利用 SESC 的强制力与权威讯问出公司前首脑们的真实意图。在公司内部调查使用这种方法尚属首次，这得益于嘉本等人的交涉谈判能力。

律师的加入与调查委员会第一次会议的召开，使得调查委员的作用变得鲜明起来。

首先，作为委员长的嘉本负责对高管及资深员工的听证调查，同级的常务董事桥诘则负责部课长及资深员工的听证调查。操一口关西方言的堀，一边辅佐桥诘一边负责对复杂麻烦的法人营业部门的相关人员的责任追究。半路加入的杉山被委以了调查国际部门的重任。

给调查委员会起名"嘉本一族"的长泽，担任事务局局长，负责记录、资料查找等工作。增派基督徒竹内参与与海外业务有关的调查，厘清在册的企划室和财务部人员的人脉关系。横山发挥他的电脑特长跟踪调查国内法人客户的账户。——一切布置妥当。

律师方面，国广负责修改7人撰写的调查报告，指出不足部分，最后整理成形。深泽担任总顾问一角。

眼下他们把目标定在2月末。他们发誓："不能等到山一员工被解雇的翌年3月，要以2月为目标，向社会公开调查报告。"

至此，殿军正式集结成立。

有人在关照着成为殿军的这群男人。

其中之一是嘉本的秘书郡司由纪子。她一出现在"基地"，便会准备好从便利店买来的盒饭、饭团和三明治，其间，她会按照嘉本的指示，开始传唤被调查人。

也有同事问她："调查一个破产的公司是要干什么?"但她一直认为，自己也有了解公司破产原因的权利。

郡司是在工作一段时间后进入山一的。她短期大学毕业后，做过幼儿园教学督导，由于工作过分紧张劳累把身体弄垮了。身体恢复后，一个偶然的机会，她在报纸广告栏看到山一正在招聘办公事务员。

她的父亲当过警官。她认为自己进入了一个不三不四的炒股赌徒的世界，想干个两三年就离开。但她言谈强势，性格爽快，在证券公司这样一个男性世界里招人喜欢，找到了自己的位置。

在公司里她被归为漂亮之列。一杯酒下肚，她那双丹凤眼便温柔带笑，茶褐色的大眼睛愈发有了光彩。不知是由于脸妆化得好，还是由于举止落落大方，她 1 米 58 的身材看上去显得略高一些，即便在年轻员工中也颇受欢迎。

她每天从千叶县的娘家往返公司上班。她与父母和双胞胎妹妹相处得很好，活得心情舒畅。她并非一人生活，没有体会过那种心被掏空似的感觉。有过几个男人凑近她，说是要好好照顾她，但她不想离家独立，也没有非结婚不可的焦虑，岁月流逝，惊回首时已是青春不再。

父亲辞去警官一职后，在东京下町的一家公司工作，活得平稳踏实。在她 30 岁那年，父亲永远地离开了她。生前父亲曾劝导过她："存钱的话，你会花光的。存股票，即使股价下跌股票还是在的。你就长期持股吧。"父亲是考虑到女儿的性格才说这番话的。

乘着经济高速增长的东风，工资也直线上涨。她自 1971 年进公司以来，积攒了 2 万股本公司的股票。她盘算着，老了以后把股票一点点地卖了，去周游世界。可如今公司倒闭，股票成了一张张废纸。"我想知道公司为什么倒闭"，这个念头由此萌生。

自主废业后，郡司一直住在盐滨大厦，从那里前去本部给嘉本他们帮忙。

16 层是董事高管们办公的地方，走廊里铺着厚厚的地毯。调查委员会的办公地点就设在该楼层。郡司走在柔软的地毯上，她有时会去使用社长室里的冰箱。在那里，她遇见了野泽和五月女。这两个人正像夫妇般地凑在一起。野泽没有了往日的神气，向她打招呼："你还挺精神，可以啊。"

公司倒闭的打击和紧张繁重的工作搞坏了她的身体，郡司感到浑身无力。

"不是的，社长。我是硬挺着装的。"

这好像是一位赋闲的老人在和邻居大姐说话。后来郡司对同事发牢骚说：

"社长与会长凑在一起像是互相安慰抱团取暖，可怜啊。但一想到我们的命运曾经掌握在他们手里，真是可悲啊。"

虽然可能不大，但郡司曾经希望嘉本能当上社长。老实认真的员工有很多，性格开朗的人也不少。但既认真又开朗的人是罕见的。嘉本是个有骨气的上司，郡司一度希望他能从员工群体里脱颖而出。

有时，郡司会想起嘉本的风趣幽默。

有一次，她在总部附近看到一个人长得很像嘉本。把这事跟嘉本一说，嘉本说，那肯定是他在商社工作的同卵双胞胎弟弟。

"我也是双胞胎。我是异卵双胞胎。"郡司这么一回答，嘉本狡黠地笑了：

"郡司君，那我们就来个双双约会怎么样。"

真是想不通，笑得那样爽朗的人如今却要落魄沉沦。得知嘉本他们发誓要做最后的调查，郡司仰望天井，决心再跟随他们一程。

第六章

内部调查

1 物证收押

让我们回溯至 12 月 19 日，殿军正式集结的 20 多天之前，有一个传言在公司里不胫而走。

那就是，"公司里每次发生总会屋事件或有报纸、杂志报道过后，都会将全部秘密资料隐藏起来。这次也不例外，为了防备 SESC 和东京地检特搜部的追查，已经开始销毁资料了"。

过去负责企业法人的前专务的证词证实了这一传闻。面对调查委员会的听证质询，他承认已经将部分绝密文件投进了碎纸机。

听到传闻后，长泽火急火燎地开始在公司和仓库里搜索。他必须抓紧时间。公司里的权利指挥系统已经陷入瘫痪状态，需要尽快确保那些绝密资料不被销毁。

他在检查仓库同时，依次叫来了企业法人本部的业务监管经理和相关知情人员。正如前文所说，业务监管经理在支店和总部的各个部门完成本职工作的同时，还要负责法律风险控制方面的工作。他们就是调查的线索。

"我呢，被安排做内部调查，正在寻找有关账外亏损的资料。"

为了不引起对方的戒备心，长泽说话的口吻就像是来取备用品。

"如果您有什么资料，那就太好了。"

长泽对偶然在楼道里碰到的一位职员搭讪道。谁知对方轻松地回答：

"有啊！我知道。"

"唉？"长泽大吃一惊，目不转睛地盯着对方的面孔。

"放在哪里呢？"真有这么幸运吗？

"我带你去，悄悄地跟我来。"

在楼道仅走了十几米远，长泽却倍感漫长。对方把他带到10楼企业法人本部的储物柜前。长泽感觉大家好像都在注视着自己一般，心里怦怦直跳。

"这里。就在这里面。"

对方低声说着，打开储物柜。柜子的一角排放着脊背标签空白的卷宗和山一证券的纸袋。打开卷宗，里面是装订成册的文件复印件，都是山一证券同客户企业就收益率达成的相关秘密合约。纸袋里塞满了一捆捆的交易合同文件。卷宗多达数十部，匆忙间准备的纸箱很快就塞满了。

长泽惊呆了，将公司逼到破产的炸弹竟然还放在企业法人本部的中心位置！

——这些资料真就这么轻而易举地到手了？

长泽抱着这些材料乘上了电梯，兴奋又激动，像中了彩票似的笑容满面。这是调查委员会的初步战果。总算是找到追查账外债务的头绪了。

带路的那位员工已经从企业法人本部调到其他部门。他偶尔还会跑来总部帮助调查。配合调查的心情战胜了要保守企业法人部门秘密的想法。

之后，他也时常来调查委员会的办公室走走看看。他是一位幕后英雄。

长泽的发现带来的经验是，想要寻找的机密文件出乎意料，就藏在身边，未必在警备森严的大金库或总部之外的仓库里。企业法人部门曾是公司的神圣禁区，而今，调查委员会的各位也能够涉足其间了。

取得这次辉煌战果后不久，一位企业法人本部的骨干领导给"基地"打来电话。

"我想上缴自己保管的资料。"

拿起听筒的嘉本爽快地答道：

"知道了。是你拿过来？"

第二天，那位干部双手拎着沉重的纸袋，找到嘉本。

"我放在家里了。"

隐藏地点是自己的家。或许是放下了"账外债务"这颗炸弹，心踏实了，对方一副如释重负的样子。

"太宝贵了，这些材料。真帮大忙了。非常感谢！"嘉本紧紧地握住他的手。

　　另一方面，也有就是不肯提交资料的部长。从那人的经历判断，他手里肯定藏了些什么。嘉本决定把那位部长叫到房间里直接交涉。

　　"你那有'表外化'的相关资料吧！希望能够配合我们。"

　　"没有，我怎么可能有那种东西。"

　　嘉本沉下脸来，只能吓唬吓唬他了。

　　"我们从未想过要去追究营业负责人个人的责任，或是将其作为损害赔偿的对象。不过，要是隐藏、拒绝提供资料，那就得考虑追究了。"

　　"就算你这么说……"

　　"我会报告说，我们要求你提供材料了，但被你拒绝了。这些都会被公之于众。"

　　终于，那位部长泄了气似的回了一句："明白了。"

　　"我去拿。"

　　"如果是在自己家里的话，现在就可以一起过去。"

　　"别了，这个就饶了我吧！"

　　"我这边能马上安排车。"

　　"我肯定会拿过来的。对不起，今天就算了吧。"

　　争论一番之后，那位部长终于说了实话。"实际上不在我家，是放在别的地方了。"

那是个什么地方？一个不可告人的地方吗？嘉本有些不解，但他想："给对方点时间，也是武士之仁。"

"明天，务必给我拿来！"

第二天，嘉本一大清早就赶到公司等候。这时，那位部长用车送来了两箱资料。

除了已经被当作旅馆的"基地"以外，嘉本等人还征用了总部16楼的一间副社长办公室作为工作室。房间里并没有标志调查委员会存在的牌匾或贴条之类的。窗边搭起了一个架子，摆放着两张桌子，配备了电脑和打印机。桌子前面又用4张桌子拼成一个田字形的工作台。工作室满满当当的，连休息用的沙发都放不下。

有余力的话，他们应该把那些资料整好卷，严加管理。可是房间虽然上了锁，但他们并没有足够的时间。于是那些箱子也就整个儿堆放在了架子上，一共约有40箱。分类好的资料一组一组地放置在另外的架子上，贴上标签，等待进一步解读。

长泽他们打听到"法人营业部门在一家酒店举行了秘密会议"，便迅速来到会计部，找到该酒店给公司发来的支付单据和"宴会明细清单"。不仅力证了召开秘密会议的事实，甚至能从明细记载的咖啡、盒饭和啤酒的数量上判断出席会议的人数。事实上，后文提到的秘密会议策划者也是通过会计部所提供的资料得到证实的。

"这次，我带来了这个！"

每次有新发现，长泽都会高兴地大喊，竹内和横山就会围到资料周围。

"是什么？"

"什么呀？什么呀？"

"山一证券做中介的'表外化'交易资料！他们把与山一交易中产生的账外亏损，陆陆续续地转移到了别的公司。通过这些可以了解到账目转移的所有目标企业。横山！去把这些都输入电脑做成一览表，那样就能搞清楚'表外化'的全貌了！"

横山拿着资料来到电脑前。随即开始整理"表外化"的整个经过。可是，经过一个多星期的努力打出来的表格里，仍旧存在多处空白。账目转来转去的，中途就有一部分不知道被转到哪家公司了。这份残缺不全的《"表外化"操作明细表》，不足以说明事情的全过程。于是，长泽和竹内反复多次找到前后两任法人交易负责人谈话，继续寻找资料。

有一份资料，当律师国广看到它时，脱口冒出了一句："太出圈了！"

"把它作为调查报告书的附件吧！这才是物证。"

那是由企业法人本部员工在 1990 年 11 月 5 日完成的一份"表外化"一览表。

按照上司的指示总结出来的这份资料，有 4 页 B4 纸。其中，用文字处理机列出了企业法人部负责人的姓名、客户企业名称、基金种类、金额、决算日期、损益情况、约定的利率和利息，以及交涉情况。

每只基金的投资金额在 25 亿至 272 亿日元之间，是这样记载的：

157.74 ▲120.50 保有有价证券利息额 ON，JUMP

138.10▲77.87 利息已加 疏散

247.69▲123.41 ENDLESS 循环

108.79▲74.81 每 6 个月 roll-over

（单位：亿日元）

"JUMP""疏散""roll-over（他方接管）"都是账外债务转移到别家企业的符号。例如，第一行的"157.74 ▲120.50"的意思是说"约 157 亿的基金含有高达 120 亿的账外亏损"。这些亏损是以附加利息为条件，用暂时由对方接管（JUMP）的方式实现转移的。

危险的游戏就是这样以"JUMP"和"疏散"的方式无休止地（ENDLESS）一直玩到了今天。

2　"管理人"的告白

每到晚上，长泽、竹内等人就会聚集到 16 层的工作室来。他们每天都思考着同样的问题。

那个最根本的问题：究竟是谁在实际管理着 2 600 亿日元的账外债务？

"账外债务"不是一下子就产生的，那些亏损的有价证券、买卖交易文件等肯定被隐藏在了某个地方。而且一定有人在某处每天关注着价格的变动，管理着那些有价证券。

"也就是说，一定有一个总负责人在每天管理着账外债务这座大山。而且，这个人一定是山一证券总部的人。"

找到这个关键的"账外债务管理人"，让他坦白一切，谜团自然就会迎刃而解了。

那个人究竟是在企业法人本部？会计部？还是在经营企划室？那个人肯定对数字非常敏感，规规矩矩，深得上司信任。假如从 6 年前的 1991 年开始，一直由一个人来负责管理账外债务，那一定是部长，或者是接近部长级的人物。而且，绝对是一个口风很紧的人。

其中，一位干部的面容浮现在竹内的脑海里。公司里没有任何人了解他的私生活。

莫非那位"鬼才"知道些什么。

他就是原企划室关联企业课课长大槻益生。现任关联企业部负责理事，总揽山一证券国内关联企业的管理工作，制定关联企业业的方针，负责会计处理业务。竹内只是下意识地想到他而已，这只能说是一种直觉。

经营企划室掌握着账外债务的秘密。如果是这样的话，竹内觉得，大槻作为其中一个重要人物被选出来也没什么可奇怪的。

大槻毕业于长野县诹访市的长野诹访清陵高中，1959 年进入公司，已经 55 岁左右了，但他仍然是单身，在公司也是独来独往。说好听了是独立自主，说不好听了就是埋头工作不与人交往。经营企划室的负责常务藤桥曾评价他，"那家伙可是一个嘴巴很严的人"。也就是能守住秘密的意思。

竹内在进入公司的第十个年头，曾接受过当时企划室下的课长大槻的直接指导。那个人从不主动教些什么，但只要求教，他总会认真解答。不过，他从来不会谈个人问题，也从不会喝酒。在公司的年会上，也是只要喝一杯啤酒就脸红。不过，竹内并不讨厌这个有点奇怪的男人。尽管周围的年轻人都在使用电子计算器，他却很享受地拨打着算盘珠儿。他还会把会计用的独特数字认真地记到账本上。望着他的身影，竹内知道了在个性突出的证券人里，还有这样的用算盘默默地与数字打交道的人。

12 月 1 日，竹内突然来到了大槻狭小的办公室，壮着胆子来会一会对方。不成也没有办法。

"业管正在调查账外债务。大槻先生，像您这样的人物应该有所了解。告诉我们吧，只说您知道的就行了。"

大槻那双深藏在眼镜镜片后面的眼睛紧紧地盯着竹内。

"你想了解哪方面？"

"账外债务是由哪里管理的？哦，不，请大槻先生，把您所有了解的与账外债务有关的都说出来。拜托了。"

"嗯。"

犹豫片刻之后，大槻把竹内带到旁边的接待室。或许是他不想让同屋的女事务员听到。两个人面对面在沙发上坐下，大槻淡定地说：

"是我，在每天记录、管理着。包括股价。"

瞬间，竹内的身体里仿佛有一股电流般的东西淌过。大槻那清晰的口吻，让竹内不禁注视着他的脸。大槻一直以来跟比自己地位低的人说话也很客气。

"当初找我谈这个事的是延命隆副社长还是木下公明来着？对，是当监事的木下。那时候木下是企划室的副室长。"

延命是主管企业法人部门的实力派大人物，现在人已经作古了。而木下是东大法学部毕业的法务负责人。木下作为"特命员工"名声显赫，人们都说他"直接听命于大人物延命"。

竹内按捺住急躁的情绪问道："那是什么时候的事？"大槻便一五一十地说开来，似乎瞬间已经打定了主意。

"那是平成三年（1991 年）11 月的事吧。延命副社长跟我说：'咱们公司内部能找出一个处理表外坏账的接盘公司吗？'他的意思是说，想把那些讨厌的产生浮亏的券种从合作企业的报表中剥离出来，转移到山一的报表里。"

副社长的这番话实际上说的是一个违规的决策。过去山一证券曾使一些企业产生了亏损，如今要找一家接盘公司来承接这些从合作企业剥离出来的亏损。

"那后来呢？"

"虽说是找个公司来接盘，但事情比较急，没有时间注册新公司，因此我就提议使用'日本元素'这家公司。"

"日本元素？"

"山一融资创立的非银行金融机构。是会计部和企划室于平成三年 3 月注册成立的。山一的坏账被转移到这家公司，像做罐头一样被封存起来。股东是山一创业。"用平淡无奇的语言将偷梁换柱的把戏和盘托出，他这样说着，多少有些得意。

"为什么……"听到的全都是不知道的事。竹内无言以对。

"山一总部自不待言，就连山一融资他们也想脱离干系。就是要保持一定距离规避监管。"

这是竹内第一次听到将一家公司形容为封存不良债权的罐头。这就是通过将不良债权转移到子公司来使得山一证券本身的财务报表干净靓丽，以此来逃避监管机构和股东的追责。

"除了日本元素以外，还有别的接盘公司吗？"

"嗯，那次商谈后的转年2月，成立了'N·F资产'和'N·F企业'两家公司，同年11月又注册了'I·O·C'和'M·I·S商会'。"

所有的这些公司都是皮包公司。当初嘉本迫于藤桥常务的压力，虽内心愤懑但仍整理出了一份上报SESC的文件，该文件列出了这个公司群。日本元素是3月份决算，'N·F资产'和'N·F企业'是11月，'I·O·C'和'M·I·S商会'则是10月。

——究竟是谁成立的这些公司？

竹内抬起头，还没等开口，大槻就直接地说："是我成立的。"

"浮亏集中在一个地方太明显，所以才做的分散处理。我们都知道，一家企业负债总额如果不到200亿日元，就不会成为审计的对象。分成小的部分在监管上也不会出问题。"

皮包公司的监事是由大槻自己来担任的。名副其实的"账外债务的管理人"。

"将决算期错开的方法也是我想出来的。考虑到要做'表外化'处理，税务上也要掩人耳目。"

"哦……"竹内发出一声感叹。

这么说来，机关算尽太聪明只是为了隐藏不良债权。决算期临近时把不良债权转移到别的皮包公司，那边的决算期临近了再转回来，或者再转到另一家皮包公司。这种操作其实就是在决算期不同的几家公司之间，踢皮球似的反复转账，以防止亏损的表面化。

"税务上"这个提法也颇有深意。税务当局的调查能力远在警察和检察机关之上，堪称金融机构的天敌。

1991 年 6 月证券界亏损补偿问题的暴露，最初也是源于东京国税局调查部持续两年的税务调查。情况被《读卖新闻》报道之后演变成了一大丑闻，只在政府公文里禁止的亏损补偿后来在《证券交易法》中也被明令禁止了。重要的不仅仅是秘密成立接盘账外债务的皮包公司，还必须让秘密成立的皮包公司与证券公司母公司及其周边的关联企业保持一定的距离，以免引起国税局的注意。

"哪些部门参与其中了？"

"企划室、会计部、法人营业本部，还有商品联络部。"

的确是公司整体行为。竹内不寒而栗。倘若他是业务监管的外行，听到大槻的坦白恐怕会震惊得一次又一次地叫出声来。竹内在恢复冷静的过程中，感到探究真相的道路正变得清晰起来。

"都是谁参与了？"不良债权转移时必定需要筹措资金。不是有组织地开展根本不可能完成大规模的'表外化'操作。

"有延命、三木、法人营业本部部长……"

——有这个人，也有那个人。

这竹内在笔记本上记录着，那些人的脸孔一张一张地浮现在他的眼前。

能列出名号的总计 9 人。除了木下以外，其余都是董事。三木从当副社长时起就已参与其中了。

大槻轻声感叹："当初决定让接盘公司代持账外债务时，我就想过这种事是早晚会发生的。"

"这种事"指的是"毁灭性的事态"。为了不打断大槻的话，又不漏掉参与人员，竹内迅速慎重地在笔记本上不停地记着。

竹内在想，为什么大槻会坦白得如此详尽呢？大槻是一个既不会炫耀自己的工作成绩，也不会随便发牢骚的人。

6 年来的坚守随山一证券灰飞烟灭，大槻匠心独出的骗术就要接受审判。在他内心间突然裂开一道缝隙时，眼前正好出现了竹内。

听了竹内和大槻的谈话内容，菊野晋次陷入了沉思。

——原来是这么回事啊……

在他记忆近处的角落里停留着山一创业这个名字。一年前，菊野在公司内部检查中发现这家公司进行过荒谬的金额高达 1 200 亿日元的国债交易，于是他打电话质询该公司的常务董事。

这位常务董事是菊野的老相识，他当时的回答刻在了菊野的脑海里：

"这个你得去问会长或社长。"

在高层的应允下，不花本钱的点金术按照如下机制在山一证券施展开来。

大槻等人的债务隐藏小组亟须做的是让山一证券秘密接收并封存不良债权。为此，山一证券首先必须收购大客户的不良债权。点金术是大槻等人为了筹措这种收购所需的资金，精心设计出来的一种机制。

一开始，山一证券贷给山一创业公司 1 亿 200 万日元的国债。然后，山一创业公司再把国债转贷给 5 家皮包公司。皮包公司再将这些国债卖给山一证券实现融资，去购买大客户的不良债权——

点金术就是这样让国债转上一圈，而山一创业便是这一圈的开端。当国债流入山一创业的那一时节，被菊野抓了个正着。只因对方的一句"这个你得去问会长或社长"，就追究不下去了。

那时被高层封印的谜团，如今被一个叫竹内的部下解开了。

3　证据保管处

竹内再次造访大槻的办公室是在两天之后。既然发现了账外债务管理人，本应转天就要进行听证调查，却因竹内有事在身无法安排。那一天公司要为他的后辈，因过劳而猝死的山一会计部课长北口胜雅举行公司葬礼。

北口比竹内小七岁，他从在伦敦山一国际工作时起就是竹内的高尔夫球伙伴。两个人都是美式橄榄球粉丝，喜欢 NFL（美国美式橄榄球联赛）的竹内跟他特别合拍。

北口负责的是山一海外店的资金筹措和撤收工作。从自主废业之前就一直在向日本银行报告各地资金筹措情况，由于跟国外的时差关系，他平时的工作时间往往也很不规律。加之破产后公司状况急转直下，他已经连续两周没回过家了。北口是下了豁出去的决心从富士通跳槽来到山一的，而这个山一公司如今倒闭了，这让他心灰意冷。在停业一周后继续处理善后工作的日子里，他走了。

葬礼那天天空一片阴沉。殡仪馆外面放了两台取暖炉，却没有员工过去取暖。两个孩子还不能理解父亲的去世，到处跑来跑去。去世当天是刚上小学一年级的长子第一次汇报演出的日子。

长女刚刚过完五岁的生日。北口直到深夜才回到家中，第二天清晨妻子伸子发现他已经昏迷不醒了。

竹内赶到医院时，北口已经长眠于太平间。走进冰冷的楼道，他看到伸子的父亲还在颤抖着肩膀。曾是地方电视台干部的那位父亲，看到竹内，向他投去愤怒的目光，大声斥责。

"年纪轻轻还有大好前途的一个人，就这么被你们山一公司给杀了！有这么混蛋的事吗！"

竹内无言以对，在这种愤怒面前，他低垂着头一直站在原地。如今，他只能接受这位父亲的责骂了。北口的过劳死不是就这么算了。竹内护送北口的遗体前往监察医院，在那里要进行尸体解剖。

第二天早上，东京迎来了一个晴空万里的冰冷的冬日。竹内和伸子一同来到监察医院的北门。

——一定是有什么需要，神灵才把他召唤回去的。

基督徒竹内努力让自己这样想象。但在遗休告别仪式上开始宣读悼词时，他知道泪水正在滑过自己的脸颊。

"在山一证券倒闭的那一天，与你同期来的原田曾说过'这不是世界末日'。我也觉得这不至于要了人的性命。可你却真的走了，这怎能让人相信呢。

"我们一起出差到伦敦的日子里，三洋证券倒闭了，虽不是本职工作，但出于'担心'，你一直在当地帮助海外支店筹措资金。我听说，从当地回来之后，你周日也是不眠不休地在做海外店资金筹措的工作。是因为除了你以外很少有人能胜任这项工作，也是出于你强烈的责任心，才那样超负荷地工作。

"会计工作到了中期决算时，你也是熬到很晚。因为没有时间陪孩子玩，你曾感伤'大儿子只喜欢妈妈，不亲近自己'。

"人在纽约的金井说：'我听到的你说的最后一句话是：太让人痛心了！至今还萦绕在耳边。'身在伦敦的安田君哭着说：'该走的不是你啊！'今天，身处世界各地无法到场的朋友们都感到悲痛不已。你也曾跟我说过，'自主废业太让人痛心了'。而如今，失去了曾经说过'太让人痛心了'的你，大家更感到太让人痛心了。"

伸子慢慢地向到会人员行礼。"北口的一生虽然短暂，但很充实，我想他是努力地活过来的。"葬礼刚进行到一半，现场便沉浸在一片抽泣声中。

死亡是谁都无法抗拒的。一个人正是因为被需要所以才活着，也因此被召回。但是，不只是北口的家人，竹内也无论如何不能接受这种蛮横无理的死亡。

葬礼的第二天，竹内继续咬住不放。他在大槻的办公桌前，自顾自地说着。竹内的眼里丝毫没有大槻的几位部下的存在。还有一些情况必须要从大槻那里问出来。

"东西"——也就是发生巨额亏损的有价证券——到底藏在哪里？竹内直截了当地说出了这个疑问。

"'表外化'的那些股票，现在在哪里保管着？"

"地下金库。在证券管理部的金库借有储物柜，就保管在那里。一直就那么大大方方地摆着。"

所谓地下金库指的是山一证券兜町大厦的大型金库。地下一层整体都是金库，客户存放的股票、债券的大部分都在那里被严密保管着。厚度达25厘米的铁门背后是一间两个网球场大小的屋子，配备了19排可移动式储物柜。其中一排柜子里就藏着大量没有任何包装的股票。

"果然藏在金库里了。"竹内心想。

同长泽在"能够涉足其间的神圣禁区"企业法人本部的储物柜里发现的合同文件不同，掌握着山一证券命运的秘密股票被保管在金库里。

现在距离这个金库只有一步之遥了。竹内提出了最为核心的问题。

"钥匙在哪儿？"

大槻指了指眼前的办公桌。

"就在这里。我在保管着。不过储物柜很少打开。"

通常，托管的担保品都是由证券管理部来保管的。但这些股票却被全权委托给了大槻，静静地躺在那个大金库里。

大槻从自己的办公桌里取出了一个B4大小的信封，里面装有几十张纸，上面密密麻麻地手写记录着股票名称、数量和每天的股价等。

"我就是这样记录股价变动的。"

他每天都会在自己制作的管理簿上，记录下从客户企业转移到山一证券的庞大的股票群里的每一只股票的价格波动。6年来，他不停地记录、核对，然后放到办公桌里锁上。这是一项没有任何上司会检查的孤独的工作。

存放"东西"的金库、钥匙，以及管理簿……解开破产谜团的线索已经凑齐。竹内看见了山一证券的深渊，心情备感沉重。"人文山一"难道就是一家将这样的犯罪行为强加于员工的企业？

他想象着自己这位以前的领导一个人背地里记录账外管理簿的丑恶画面。

存放账外股票的那座金库由于清算业务的开展，就要归入菊野的管理之下了。

金库的电脑系统是投入数亿日元开发的最新系统。只要在计算机上输入顾客管理号，存放该顾客股票的不锈钢箱子就会从轨道上滑出来。它的每小时处理能力为800件。但这里的预存资产高达24兆日元，有160万个户头。宣布自主废业的第二天，接到的顾客解约申请就高达20万件以上。人们不断紧催："还我股票！"负责干部深夜里苦恼至极，就给长泽打电话。

"使用那个系统，根本就来不及。这该如何是好？"

"毁掉电脑系统不就行了？返还客户资产优先。你也明白，不是吗？"

"这样啊。"

长泽不太了解电脑系统。但当人被为人服务的电脑系统反制且必须去迎合它的时候，那就只有毁掉它了。更何况现在还是非常时期。如果相关领导能够理解的话，两三句话就能搞定。

另一方面，被委任为清算负责人的菊野也在同一时期，对部下虫明等人说过这样的话。

"责任由我来负。现在这种状况，只能采取人海战术了。"

菊野等人暂停系统，对检查课的下属员工实行总动员。他们亲手从金库的陈列架上直接取出股票和有价证券，送往支店。事实上系统是安全解除了，还是几乎被毁了，菊野和长泽并不关心。破产后的山一需要的只是金库里的东西。

经过一番骚动，大型金库已经置于"嘉本一族"的监视之下。而且，由于账外债务管理人的坦白，那个神秘的储物柜就要被打开了。

4 泥沼

"我现在受命调查山一证券的破产事件。既然如此，就必须整理出个所以然来。请您给我讲一讲账外债务的背景概况。"

嘉本正在向一位公司里人送外号"学者"的精英低头求教。他就是大槻在谈话中提到的专职监事木下公明。这天是 12 月 1 日，也就是竹内突然造访大槻的那间狭小的办公室的同一天。

嘉本第一次将木下选做听证调查的对象，是因为风传他了解账外债务机密的特殊存在。嘉本的直觉似乎也在起着作用。竹内和嘉本偶然间，分别向两个与他们各自的职务相对应的极其重要的人物发起了突然袭击。

木下是山一证券原法务负责人，一位游走于调查部和审查部的商法专家，人称"老师"或"大师"。

木下和嘉本住在同一条街道，上下班会在同一座车站上下车。但是，木下是一位理论家，也是出了名的酒豪，与营业部出身且不会喝酒的嘉本是不同的两类人。

身为公司监事的木下，现在被置于了媒体的采访攻势之下。媒体猛烈抨击他"没有发挥监事的作用"。他似乎在等待阐明真相的时机。

木下仿佛回忆往事一般将目光投向远处，慢慢地开口讲述。

"我记得那是在 1989 年的春天。打完高尔夫球，在回来的车里，以前企划室的同事藤桥室长跟我讲道，'企业法人本部那边亏得不行了'。"

冷不防提到藤桥的名字，这让嘉本吃了一惊。他一下子想起十多天前，藤桥交代他"就账外损失整理出纸质报告提交给证监会"的事情。早在 8 年之前，在藤桥还是企划室副室长时，就已经了解部分秘密了。

木下同菊野一样也是来自鹿儿岛县。他是县立川内高中的学霸，还是被母校请回去做演讲的人物。他记忆力超群。

"法人全权委托基金，说是有 600 亿日元左右的亏损。这应该就是我参与其中的开端。"

"然后呢，您是怎么做的?"

表针刚刚走过上午 10 点半。时间还很充裕。

"我也是被吓了一跳。于是就向企业法人部的相关人员询问情况，完成了大概 3 页左右题为'关于法人基金的问题'的记录，提交给了行平、三木、高木和永田 4 位。内容就是'公司存在着"握手基金"，已有大概 500 亿到 600 亿日元的亏损，情况非常严重。管理层再不加以控制，后果不堪设想'。"

行平是当时的社长。三木时任专务兼企划室室长，对下一任社长职务虎视眈眈。高木真行是常务、企业法人本部部长。永田是指担任股票本部部长的永田元雄专务，已经去世。一个不属于公司首脑系统部门的副室长就这样直接地提出了警告。

山一证券是一个类似官僚组织的地方，沿着社长、副社长、本部部长、部长、支店长的路线逐级下达指示，相反，报告时就要逐级上报。但是公司里传言，只有颇受延命副社长器重的木下能够越过上司直接向社长、副社长呈报。

只不过，那份木下的记录似乎并没有被认真地讨论过。据说，负责法人业务的专务这样对木下说过：

"公司在某一个时期为了快速飞跃，必须横下心去冒险。现在就是这个时机。"

后来，他们开始对"表外化"基金的善后问题苦心焦虑起来，在社长室里开会专题研究。据木下说，社长行平在会议上曾不断地叹息：

"早知如此费劲，就应该早些处理掉。"

"两三年前我就曾经提出来过。"木下指出这点后，行平嘟囔着说：

"如此说来，你过去就提过这个问题。"

公司首脑对问题的认识，也就是这种程度而已。

之后，木下又多次接受嘉本的听证调查。不仅如此，还主动将记录事情来龙去脉的论文提交给调查委员会。木下在论文里，详细地描述了证券界和山一公司的泡沫经济。他首先写道，早在1980年代前期日本整体呈现泡沫景气时，山一证券就已经存在烂摊子了。

据延命副社长所说，在 1984 年 9 月的人事变动中，委任高木真行为第一企业法人部长时，他就表示"我不接烂摊子（产生巨大亏损翻身无望的全权委托基金）一大堆的企业法人部"，拒绝上任。经过当时总管企业法人本部的行平副社长出面游说，他才勉强同意接任部长一职。由此看来，早在当时法人部门就已经背负着由"握手基金"而产生的巨大亏损了。

"握手"指的是一种劝诱行为：为了得到为法人客户理财交易时的事实上的全权委托，强烈暗示可以给予对方一定的利息回报。即便在旧的《证券交易法》中，对证券买卖交割行为的全权委托就有一定的禁止限定条款，保证利息收益更是被明令禁止的。因此，现实中的劝诱为了避免直接抵触《证券交易法》，大多采用以下方法来操作：设立特定的货币信托基金，完善相应的步骤，使得交易看上去像是法人客户在下单，以双方相互认可的收益预期来取代利息收益保证。

这种"握手"不光增加了违反证券交易法的风险，也隐含着经营上的巨大隐患。

这里多说一句。双方进行口头约定时会握手，"握手基金"的"握手"由此而来。

山一证券破产后，木下就任札幌学院大学法学部、骏河台大学法学研究生院教授，教授证券交易法。他成了一名名副其实的"学者"和"老师"。他对账外债务的分析冷静客观，看不出他曾是账外债务的参与者。

股价倘若保持牛市一直上涨的话，"握手基金"可谓是一石三鸟，能给法人客户、证券公司客户经理和证券公司三方都带来收益。法人客户出于高利率的收益预期，从银行等金融机构以低利率贷入资金，然后以这种方式进入证券市场交易就能获得一定的利差收益。

事实上，在泡沫经济时期宽松的金融政策下，很多金融机构在开展不动产融资的同时，还积极地推动用于证券投资的企业融资。对于开展"握手基金"业务的证券公司营业员而言，由于可以全权运作巨额资金，所以能够通过频繁的股票交易的方式赚取不菲的手续费，还可以因业绩优秀来提升自己在公司的人事评价。

当然，证券公司也能够由此获取高额的手续费。在80年代后半期，在股价只涨不跌无限上扬的氛围中，"握手基金"业务有如"送到嘴边的美食"，一种"不吃白不吃"的心态在证券公司弥漫。

木下所指出的"握手基金"业务在各支店也大行其道。

"8％（的回报率）签约也成，去给我筹钱！"

有的支店长就是这样来激励营业员的。嘉本后来听说后愤怒地说道："日后肯定会找齐的！"

嘉本曾听周围朋友说过："有自信的投资推荐一年也就一两次。"投资预测准的还是少数，大多是落空的。但是，证券行业的本质就是一种重复业务。它是通过让顾客不断地投资来获取利益的。

在这种矛盾之中，嘉本等人形成了自己的市场行情观，并有意识地将其传达出去。"握手基金"业务尽管在公司内得到了一时的肯定，但将来必定会咎由自取。

但是，总部特别是以大企业为客户的法人部门却罔顾这一正确的主张。这是因为公司高层以及他们的接班人一直在挥动着这面大旗。

木下的证词说道："通过'握手基金'获取全权委托运作资金的法人部门营业员，在公司里被看作明星，可是高傲自大得很。"

"那不光是因为赚取了超额的手续费收益。即使全权委托交易基金的运作带来了高额收益，只要按当初约定的收益回报率兑现给法人客户就行了，超出的那部分收益的裁量权事实上是掌握在基金经理手里。这时如果同事的运作基金出现损失，就会以原价收购，用自己的基金的超额获利部分来抵消其亏损。这是困难时期战友间的相互扶持，经常被称为'借贷关系'。"

当然，借方自然感恩于贷方，由此也会产生特殊的人脉关系。这种借贷关系不仅限于营业员之间，有时为了调整决算期末的损益，也出现在商品部和法人营业部之间。

"法人部营业员中也有人强烈地批判这种反常的营业态势。也有一些人没有参与这种谋取手续费收益的游戏。但是，他们大多业绩相对落后，最终带着痛苦的记忆离开了法人部门。"

那个时候，在山一证券总部附近的一家小餐馆里，就任常务董事企业法人本部部长的高木和木下正在推杯换盏。木下经常在对酌时，酒劲一上来，便会吐露心声，那是对这种营业手段露骨的批判。

"让烂摊子越摊越大的法人部门就是万恶之源！"

于是，性情刚烈的高木就会勃然大怒。

"你这个不了解营业现场的家伙说什么呢！给我住口！"

高木就是在就任第一企业法人部部长时，批判"企业法人部烂摊子一大堆"的那位。随着升迁，如今已经变得容不下别人批判"烂摊子"了。因此，木下这样说道：

"总之，握手基金运作的扩大，扭曲了原本应有的证券业务模式，结果给法人营业部门带来了恶劣的文化。"

但问题是以握手基金推动的营业方式退出之后会怎样。1989年年初日经指数整体仍处于上升趋势，同年年底日经指数创下38 915.87点的历史最高纪录后，泡沫开始破灭。结果呢？再次引用一下木下的论文。

"握手基金"是建立在股价永远上涨不跌的前提上的。股市一旦进入长期熊市，全权委托投资基金就会产生亏损，无法满足客户的收益预期。于是法人客户和客户经理间就会围绕着是否守约产生矛盾纠纷。

纠纷了断的方法有两个：一是法人客户自己认赔出局，二是由证券公司补偿其损失。不论何种方式都会给当事人带来痛楚。

这时候，一种可以拖延问题解决的苦肉计，即"表外化"操作，粉墨登场了。但这只是缓兵之计而已，它将给证券公司带来更大的问题。

"表外化"期间，由于股价下跌导致浮亏进一步扩大，再加上要付的利息，更是雪上加霜。

而且，由证券公司做中介，从 A 公司转移到 B 公司的有价证券，又会转移到 C 公司，甚至是 D 公司，再让它转回 A 公司已经无望了。

当时法人营业部把这种断了线的风筝似的"表外化"账目称为"太空漫游"。

很明显这种"太空漫游"式的基金最终只能由充当中介的证券公司来接盘。最终结局也只能是把它们隐藏起来。

国广律师对木下的论文很感兴趣。他甚至提议在《内部调查报告》中使用"太空漫游"这一说法。但读过木下的论文,调查委员们都深深地叹了口气。

——木下,你既然看得如此透彻,那当初你干什么去了?你不是公司监事吗?!

不断有董事们的证词表示,"木下在公司最高层的指示下承担了具体的债务隐瞒工作"。

原副社长白井隆二和一些干部也说,木下是债务隐瞒的智囊。

据他们讲,账外债务由皮包公司接盘的架构一开始就是木下想出来的。

依照白井的说法,"法务部部长木下,同时也是债务隐藏团队的智囊人物"。

第七章

最后的倔强

1　揭发检举

一沓发票哐的一声被放到了工作室的桌上。来人应该是潜入仓库回来的长泽正夫。

"查一下这些，或许是最后的机会了。"

长泽的视线落在一脸诧异的横山淳身上。他命令横山用EXCEL软件在电脑上统计一下。

那些是原副社长们在公司报销的账单发票。几乎全部都是用于餐饮和打高尔夫球的费用。横山将发票上的金额一张一张地输入电脑，发现全年总额超过了 500 万日元。

甚至有董事以"接待客户"之名，一年内公款打了 50 次以上的高尔大。风传董事们花着公家的钱享乐。长泽等人稍作调查便坐实了传言。

"这不是开玩笑嘛！"

横山的脸气歪了。发现这些发票的长泽更是惊呆了。

"太过分了！"

在场的竹内抓住了另外一个疑点。

有的部门，律师的委托费用存在着虚报。该部门私吞利息差的干部，或许是为了堵下属的嘴，奢侈地在都内一流酒店举办部门联欢。山一证券破产后，他们带着伙伴一起跳槽投奔到了别的金融机构，成了他们心目中的英雄。

"我们部门的干部到海外出差买回来很多领带，也算作经费报销了。这样的事允许吗？"

"事到如今说出来也罢，有的干部收回扣！能否查查？"调查委员会不断接到这样的内部揭发。除了隐藏债务问题，一些员工和退休人员还期待着追查一些其他的违规行为。

"有人让酒馆的女人赚钱，卖给她们肯定会上涨的CB（可转换债券）。""有员工以客户的名义伪造账户，发现即将上涨的品种就用那个账户来炒作获利。"

这些都是证券公司特有的检举信息。堀也发现了公司干部掌管的可疑账户。据说，交易利润高达上亿日元。

"公司里有人建老鼠仓获利。是否应该查查结算总账？"

结算总账是指证券公司的客户结算总账，记载了客户买卖交易和资金进出额。堀决定要彻查业监本部备份的结算总账缩微文件。

员工们的电话甚至打到了嘉本家里。

"除了账外债务的问题，还有一些家伙不可原谅！"

"……"

嘉本默默地听完，答道：

"您鼓励我们好好干，我非常感谢。但是，您把调查委员会想象成了公司特搜部了。"这句话或许在电话另一端的人听起来有些冰冷无情。

"这个时候，我们希望能够告发一切不端行为。"

"如果时间充裕，也许能够处理这些问题。但是，我们急于要做的是查明债务隐瞒的真相。至于其他，如果有证据，您还是亲自去检察院举报吧。"

嘉本能够理解这些内部揭发人员的心情。每次接到违法举报，他都会犹疑"这些干得了吗？"但他跟长泽和堀反复强调，"我们不是特搜部"。

"调查委员会的目的是什么？就是要搞清账外债务问题，做个交代和了结，绝不是报仇雪恨。"

话虽这么说，但嘉本还是就收到的部分信息，单独联系了相关人员询问情况。只不过并没有搜集到能够告发的证据，委员们没有强制调查的权限，只能做到这些。

"混蛋！"工作室里时常发出这样愤懑的声音。

2　即便被疏远

调查步入正轨后，嘉本和桥诘等人开始住到山一总部的 18 楼。那个在总会屋事件时曾被称为"隅田俱乐部"，亦被叫做"基地"的 1801 号房间。

嘉本的一周始于周一的清晨，他从千叶县的家出发上班，路上要花去 1 个小时。蓝色系西装搭配素色衫衣，与往常无异，只是手里还拎着一个大波士顿包，里面装着供 5 天之用的内衣和衬衫。到达公司，先把包放到"基地"，然后下到 16 楼的工作室。

中间的操作台上堆满了记录和资料。他们在这里交流信息，对旧管理层成员进行听证，以及列席 SESC 的调查询问并负责记录。

嘉本等人的听证调查对象涉及各类干部员工共计百余人。这些人当中，有的回答措辞微妙，有的证言与他人相互矛盾，仅对法人营业部的原负责干部就进行过两三次听证。像对大槻、木下这类关键实力人物则多达四五次。

夜里，他们整理听证调查记录，听取其他委员以及他们的主心骨国广等律师的意见。长泽等人在 1801 号房间的厨房里喝上杯啤酒或烧酒，嘉本则钻到一旁床上的被子里。然后，到了周五晚上或周六一早，回到家中换洗。嘉本以前很长一段时间都是在支店过着单身赴任的生活，所以并不觉得住到公司有多苦。

但不同以往的是，这次再怎么努力工作，从 1998 年 1 月开始工资都将会是零。

嘉本常常表情严肃，面色苍白，有时胸中还会涌起一股莫名的波澜。心情稍稍放松的周末，或是回家走在圣诞节前夕的纷乱人群中时，这种感觉会猛地跃上眉头。

自主废业的事态，不仅仅让身为工薪阶层的自己和全家今后的日子过不下去，甚至让他感到自己 54 岁的人生已经就此崩溃。

行人在眼前匆匆走过，他们的明天还有公司可去，可他自己的明天将是无路可走。公司呼啦啦似大厦倾，这个靠工资吃饭的人被抛弃在了陌生的街道，成了举目无亲的异乡人。疲惫不堪的星期五，拥挤电车上的回家路，嘉本突然感到天上有人正用凄凉寂寞的目光注视着自己。

"夸张一点地说，自己的人生像是被 个集团组织带向了人生的终点。这个叫做组织的电车曾经守护过自己。自己所了解的只是山一这辆狭小的电车。不，或许就连这个山一，自己都从未真正地了解过。"

年关喧闹中的寂寞凄凉，是永远的伤痛在心头。

随着时间的推移，员工们开始渐渐地远远观望起调查委员，不再有支店打来电话、发来电报激励他们，或是进行内部揭发检举。忙于清算业务和再就业的员工们很快就不再关心复苏无望的山一证券的内部调查。那些想要了解山一破产原因的支店长们也将调查工作完全推给了嘉本等人。一些干部、员工偶尔碰见调查委员，也只是打声招呼，说上句"加油啊!"

这是因为在过去倒闭的公司中，从没有过管理层追踪调查倒闭真相的先例。迄今为止的"公司内部调查"只不过是搜集一些使社长能够为丑闻辩解的材料，从而减轻其被批判指责的压力。

"山一也不过是在装样子罢了。内部调查也就是为了缓解压力。"

多数山一员工都是持这样的看法，他们更期待搜查当局的追查。

但有些事情是只有同为公司员工的他们才能够完成的。

有时，部分旧管理层成员、上司、同事会平静干脆地坦白一些核心秘密，让七位调查委员颇感意兴阑珊。嘉本等人并没有采取像律师或检察官那样的备上录音机煞有介事的讯问方式。

原本就没有身着权威的铠甲，所以他们始终注意保持一种聊天的气氛，一只手拿着记事本，从闲聊开始切入。说话人会有一种由嘘寒问暖带来的安心感，彼此有着"证券人"的共同语言，以及自主废业后的失落之感和悔恨之意。

也有一些老员工对这种调查风格持批评态度。他们说谈话内容有些信口开河。

"说是内部调查，还不都是些依据传闻搞出来的东西。"

嘉本每每听到这种声音都会强烈地反驳。

"传闻才是调查的命根子!"

在殿军正式集结前不久,1997 年 12 月 16 日上午 9 点 30 分开始的听证调查中,桥诘和堀听到了一些生动的讲述。对方是企业法人第三部的干部。

"企业法人第一部和第二部错综复杂。1987 年、1988 年这两个部门之间竞争非常激烈,那时候就已经烂摊子一大堆了。"

"烂摊子……就是指那些回本无望的基金吧。"

桥诘轻轻地催促对方继续说下去。

"是的。行平的心腹高木真行当上企业法人本部部长之后,竞争变得更加激烈了。"

前文提到的高木,1980 年就任第一法人部的营业次长,8 年后成为董事、企业法人本部部长。走的是"法人的山一"的王道——法人营业的主流路线。1991 年四大证券的损失补偿事件暴露时,他作为负责企业法人业务的专务董事,成为行平社长麾下不可撼动的存在。

"高木命令:'拿不来握手基金的部长全给我开了!'他还说:'有的是人取代他们。凡事只要牵扯到上面,通过公司的整体运作就不会有任何问题!'"

性格刚烈的堀负责稍微恐吓一下,桥诘则在一旁平静地劝慰。有时候这两个人就是这样,一个唱红脸一个唱白脸。但大体上,堀只要在桥诘旁边瞪瞪眼睛发挥他的震慑力就足够了。

"也会有人反对吧？"

"也有人主张'浮亏应当账面化'。但说这话的人都被行平排挤掉了。后来，也调查过那些浮亏基金'太空漫游'后的情况，但我们都不清楚了。1994、1995 年前后就更加疯狂，让人根本看不过眼！"

实际上，账外债务真正进入不明状态是由于行平、延命等人成立了特别团队，将其从法人营业部门隔离，置于"账外债务管理人"之下集中管理的结果。

就在同一天，恰巧有人说出了证明这一切的证言。他就是退休后返聘到山一的关联企业做管理人员的原企业法人本部副部长。

"高木就是一个政治犯。他说过，'如果能够保住主承销的地位，就算拿出一个亿为企业填窟窿也行'，'最后只要把公司全扯进来，就不算事故'。操盘握手基金的营业员的手续费收入不断提高，其他人却累得臭死。"

嘉本和堀等人听到这些话都感到非常愤怒，同时也感到了一种不合情理的错位。

——行平和高木为何如此地一意孤行？

的确，曾经有过一个客户迫切需要握手基金业务的时代。但那只是一线员工或普通董事们的事儿，而肩负经营责任的社长和拥有代表权的董事级别的高管则未必非要涉身其中。

一般情况下，坐上公司头把交椅的决策者都是要给违法行为及违规业务踩刹车的。可在行平 1988 年当上社长之后，他的心腹们强迫企业法人本部的营业员开展全权委托基金业务，手握大权的行平对此却毫无制止之意。

其中缘由，在原副部长做证言约一个月之后，才同山一证券的一起最大事件一道浮出水面，呈现在嘉本等人的面前。

3　清算人员的骄傲

"每个人都要保持一种热忱。让我们自己亲手去结束山一证券的百年历史吧。"

约180位员工怀着复杂的心情倾听着菊野晋次的致辞。菊野以热情的口吻所要讲述的中心要点，概括起来就是要为公司的解体努力工作。

公司破产后的第68天，1998年2月1日，山一证券清算业务中心成立仪式在盐滨大厦的大会议室举行。第一阶段的对象是19家支店，已于1998年1月末摘除了山一证券的招牌。2月末关闭57家，3月末关闭40家。之后山一全体员工按程序被解雇。

年轻员工大部分都已经离开了公司，剩下的多为上了年纪的人。清算业务中心里聚集了其中的工作认真但尚未实现再就业的人。他们当中既有接手残局业务的支店职员，也有法人业务部、个人业务部、投资咨询课和证券储蓄课的员工。他们被称为"清算人员"。

担任中心主任的菊野事先跟大家说：

"谁要是找到了再就业出路，谁就可以马上辞职。"

但是，他内心还是希望这些能够信任的人留下来。员工们的内心早已翻滚着对无能的管理层的强烈不满。如果这不满情绪被点燃，愤怒爆发出来，后果不堪设想——

清算中心启动 5 个月后，在信任危机日益蔓延的邻国韩国，三家城市银行和两家地方银行被勒令停业并进入破产程序，理由是经营恶化。这遭到了工会组织和员工们的激烈反抗，他们在店铺门前筑起路障，不让相关人员进入。

据《产经新闻》报道，员工们封锁了金库、计算机室等重要设施使它们无法使用，之后宣布集体休假。各银行的业务自然都陷入了瘫痪状态。有些银行的计算机密码被随意更改，支店长等干部不知所踪。其中一家地方银行，在宣布公司进入破产程序的前一天，取出了 520 亿韩元（约 52 亿日元）作为职员的退职金。无视顾客利益的极端混乱状态得不到有效控制。

山一证券的股票等委托管理资产都被保管在大金库里。一旦丢失或被盗，必将引发严重事态。所以即使牺牲员工的再就业也要确保人才，在关键岗位必须安排值得信赖的人。菊野在酒馆里恳求正忙于找工作的员工。

"戏演完了该有人干拉幕的活儿了吧。"

"嗯。"

"能否暂时跟着我再拼它一把？"

"既然菊野你这么说，那我就给你搭把手！"

另一位公司的老人说的一番话让菊野非常感动。

"清算中心的成立我算是参与了，我已经是一条腿往棺材里迈的人了。山一证券既然已经这样了，我就权当自己调进了一个新成立的部门，继续干清算工作也无所谓。"

——清算工作一旦有了眉目，一定要帮他们找到工作。

菊野向自己发誓。

清算中心正式在盐滨大厦启动是在转年的 2 月 2 日上午 8 点 40 分。一按下电话的启动开关，总机电话 10 部、内线电话 50 部一齐响起，直到下午 4 点电话接待时间结束为止，电话铃声就一直没断过。那一瞬间，战场从各支店转移到了清算中心。

就算是走出房间，去趟洗手间，在楼道里溜达溜达，不管身在何处都能听到电话铃声。其中大部分都是顾客的投诉和即将关闭的各支店打来的咨询电话。第一天打来的电话就有 360 个，2 月份的电话合计是 6 921 个，三月份竟然打来了 32 628 个。

"我都糊涂了。"有的员工塞住耳朵。据说，铃声响起时已经判断不出是中心的电话在响，还是自己的耳朵里在响。另外一位女士这样描述：

"电话的铃音已经渗透到身体里，简直快疯了。"

员工拿起听筒："您好！这里是山一清算中心。"

"混蛋！"瞬间从听筒里传来骂声。还有客户表示有事要问支店的营业员。

"把他给我交出来！那个混蛋！"

"您说的那位不在这里……"

"那就告诉我，他去哪儿了！"

"已经从公司离职了，所以我们也不清楚。"

"不可能！你去查，告诉我他去哪儿了！"真可谓气势汹汹。

"定好的 11 月份返还，股票至今还没送来！这股票还有吗?!"

有客户叫嚷："把钱还给我！你们让我损失了几千万。"也有家庭主妇哭着说："我是背着丈夫投资的，现在他全知道了。"

"现在我就去东京的那个中心，你们给我等着！"一个客户说完，咔嚓一声就把电话撂了。破产已经过去 2 个月了，依旧是这种状态。

眼睛疲惫，肩膀酸痛，清算人员的耳朵也开始红肿起来。那是一整天被电话听筒压的。

菊野每天都会请大家去盐滨大厦附近的酒馆。与中心只隔了一条走廊的房间里，设立了美林日本证券筹备处，准备大量接收山一的员工。

"菊野，那边干的是筹备成立，这边干的却是破产清算。真是没劲啊。"

"是啊。但总得有人来干吧！"

"生产和清算，汉字不同而已①，含义却天差地别。这些可是我们拼了命，好不容易才积累下来的资产呀！"

---

① "生产"和"清算"在日语中发音相同。——编者

"嗯。让人心酸!"

"只是把这些还回去,这工作本身就很荒谬。不可悲吗?在听吗?菊野。"

"是很痛心!跟我说,我什么都听着呢。"

接着,他没有忘再跟上一句"因为我是菊野"。

隆冬季节的盐滨大厦,四周树篱环绕,那上面依然可以看到红艳艳的山茶花。走出大厦,站在横跨在汐滨运河上的南开桥,透过远处六本木方向的高楼大厦的间隙,能够望见东京塔高高耸立,掩映在橘色的光辉中。这是属于"旮旯"的惊艳美景。

穿过盐滨大厦前面的人行横道,沿小巷走上百米左右,有一家餐馆,叫做美铃食堂。

员工们把独身一人的老板娘看作母亲一般,经常光顾这家餐馆。菊野之前的秘书木户美音子也因在清算中心干得疲惫不堪,经常被菊野等人邀到这里。

"在这调整调整再回去。"

这是菊野另外一句口头禅。木户连续几天,喝上1到1个半小时再回家。

她也曾被丈夫叱责:"够了吧!每天都喝这么多才回来!"即便如此,人总得想办法保持一下精神上的平衡。

美铃食堂的女主人没有孩子。据说,她丈夫跟一个年轻女人有了孩子,跑了。

大家彼此之间不会谈及破产的话题。但老板娘却偶尔冒出一句：

"以前有山一公司在，那才叫心里踏实啊。"

美铃食堂失去了常客，不久之后也关张了。大家都是一点一点地陷入到不幸之中。

不过，在清算人员中也有人在日记里把这段生活记录成了"人生中高度浓缩的充实阶段"。菊野听说后征集到原稿，在中心关闭时作为手记保存了起来。一位名叫中村的男性员工这样写道：

我最喜欢的一句话就是"勿悔过往，莫忧前程，无惧一切"。意思就是说，不去后悔已经过去的事，不去担心未来会发生的事，不去畏惧一切事情。人生在世塞翁失马。我的人生还未下定论。

睿智、仁爱、诚信的翅膀

在舞动飞翔

世界市场的广阔天地

是我们的前方

明日的凯歌，胜利的欢唱

在你我耳边震响

山一，山一

山一证券

我们是你年轻的骄傲

哼唱起这首山一之歌，不知何故总会不知不觉鼻子发酸，热泪盈眶。我怀着山一证券的自豪，一直发自肺腑地热爱着她。

对已经被消灭了的企业所持有的那份情感，是否也能被称为"爱社精神"？交上来手记的有 30 位。大多都是踏着一成不变的轨迹一路走来的中老年人。若是没有发生自主废业的事态，或许他们不会察觉到沉睡在自己内心深处的"爱社精神"，会安安稳稳地结束终身雇用的职员生涯。但是，面对公司倒闭谢幕，不管情愿与否，每个人都会去花时间认真地考虑一下，对于自己而言，公司是什么，工作又是什么。

换一种说法就是，他们是在驻足思考人生和劳动的意义之后，再重新踏上征程。

下面这则手记出自一位年近 50 岁的女性。

公司的倒闭就像是一个人生命的结束。悲伤过后，不久便是守夜。接着就是葬礼——清算业务。

一开年，就有一两个人离开了。我也已经身心俱疲，几次想过要离公司而去，但面对自己度过了大半个人生的公司，不忍心看到她潦潦草草地咽气死去。所以我决心参与到清算业务中，坚持到 3 月份。

在公司迎来了倒闭死去的时刻，我从未如此强烈地意识到自己是山一证券的一员。因此，当公司咽下最后一口气的时候，我希望自己能守在她的身边。

忙碌的工作到 5 月中旬逐渐接近尾声，人员和证券与日俱减，公司变得越来越凄凉。这时候，一家银行接收了我。本打算坚持到最后的，但还是在 7 月末办理手续离开了公司。

1998 年 7 月傍晚，我双手拎着东西，从设有警卫室的后门离开了公司。（中略）

历经世事沧桑，山一证券永远地走了。但我发誓将以曾就职于此为骄傲，永不忘怀。就这样，我告别了 28 年零 4 个月从未离开过的山一大厦。

标榜"不忘山一证券"的这位女性最终还是把视线投向了都内的大银行。对于走过人生转折点的女性们而言，清算中心也算是破产后再就业的一个去处，但事实上还是要失业。若不告别过去接受现实，连活下去都很困难。

因此，收集上来的手记，大部分超出了菊野所想象的"怀旧回忆录"的范畴，变成了让失业后的自己积极思考"接下来会有怎样的生活等待着自己"之类的文字。

当然，手记里也有"绝不原谅大企业的部分干部中饱私囊的行为！"这样的愤慨之声。

他们说："破产的责任究竟何在，由谁来负？这绝不能不了了之！"

但这样的呼声日渐衰微。

4　焦虑不安

堀加入听证调查 3 个月后，妻子礼子打来电话。

"孩子他爸，已经没钱了。"

作为董事的堀手头也只剩下股票。按当时行情不过 60 万日元。内心的焦虑无意中就会表露出来。

公司破产之后，大家都说堀"少了爽朗，变得易怒"。很多时候，在言行上总让人捏把汗。

他一直处于一种激愤的状态。据说，礼子得了感冒去医院，医院办事员瞥了一眼她的健康保险证，冷冷地说：

"这是破产企业的健康保险证，用不了。"

这或许是医院方面的误解吧。但嘉本等人还是担心堀这种难以发泄的无名怒火会不会带到听证调查中去。

听证结束后的堀在"基地"咆哮："那种愚蠢的握手基金业务就能吃得开！"

嘉本委婉地劝他。

"我说，小堀哥，我能理解你的心情。但你若整他一顿，这贝壳恐怕是要闭上嘴巴了。"

"简直是气死我了。"

"这贝壳的嘴巴硬扒也扒不开。大家都在一家公司，都有个自尊心，注意不要在这方面伤了对方。"

不过，嘉本自己也曾想要扒开贝壳的嘴巴。那是他和原专务在总部的接待室里对峙的时候。

那个人是前会长行平的一个亲信，不仅地位比嘉本高，年龄也比嘉本大很多。根据木下和大槻的证言，了解到这位原专务早在担任董事、债券本部副部长时就是债务隐藏团队的一员。利用外国债券来隐藏债务的主意也是他提出来的，还出席过与隐藏债务有关的重要会议。听证调查的一项重点在于不仅要说出自己的问题，还要说出有谁参与了隐藏债务，参与到了何种程度。

嘉本退后一步，开始提问。竹内在场做记录。

"当时，都说了些什么？"

"嗯，不记得了。"

"是吗？"

"虽说是参与了，但也只是做了些分内的工作而已。好像是那些人来要求协助的。"

原专务一直以第三人称"他们"或"那些人"来指代行平、三木等干部，且非常慎重地回避"我"这样的措辞。

为了明确破产责任，社会舆论要求锁定野泽、嘉本等最后一届管理班子中参与隐藏债务、持续非法分红的责任人，并提起要求损害赔偿的诉讼。如果主动坦白承认了这种参与，就会成为确凿的证据。原专务的真实想法就是想要避免这种结果。

越是接近核心问题，这位原专务就会越发闪烁其词，明显地在兜圈子。嘉本的声音一点点抬高，瞪着眼睛一直盘问。竹内知道嘉本在抑制胸中的激愤。

"山一破产是不可避免的！"原专务已经抗辩数次了。

"少废话！"

嘉本突然拍着接待桌，大声喊道。竹内惊讶地抬起头，看到嘉本的双眼仿佛燃烧着怒火。

"山一的破产是自然现象吗?！那你怎么看待自己的责任？你不也是管理层成员的吗！"

嘉本虽是一位让人害怕的上司，但竹内还是第一次听到他怒吼。

随后的周日，嘉本在饭桌上对妻子千惠子说：

"干这种工作，有时会遭人嫉恨。在法庭上我自己可能也会被扒个精光审个底儿掉。"

"那也是没办法的事。"

虽然嘴上不说，千惠子还是为自己的丈夫感到骄傲。她知道，公司破产之后，家里收到过一张传真，丈夫把它珍藏起来。那是山一老员工发来的，上面写着："这就是你的命运，好好干！"

——即便是步履蹒跚跌跌撞撞，丈夫还是把调查干下去了。

千惠子决定不去过多考虑接下来的事情。丈夫的再就业也只能等一切都结束后再做打算。

第八章

破产的全部真相

1 失控的开端

解答嘉本疑问的人物的出现，是在公司破产后快到 2 个月的时候。

他就是在行平麾下爬到专务、法人营业本部部长位置的小西正纯。他最后任山一系统下的证券公司社长一职。当嘉本为听证调查一事造访他时，小西把他请到社长室的沙发上，回顾了泡沫经济时期的营业情况。

"我以前的上司永田曾这样说过：'只要不干让公司破产的事儿，怎么着都行！给我去提高市场份额！'"

前文提过，永田就是行平的心腹永田元雄。行平担任专务、企业法人本部部长时，他担任的是副部长，后就任股票本部部长。法人营业团队可以按"行平—永田—高木"的谱系来讲述。

"我问过永田：'为何非要下这么大的赌注？'于是，他解释说：'因为必须要让行平当上社长。为此就必须拿下股东大会。要拿下股东大会就必须提升业绩。'"

嘉本认真地倾听着小西的自白。那尘封已久的秘密就要被解开。他想要挖出法人营业团队失控的真相。行平等总部的核心干部们为何不想制止企业法人部门的失控的经营模式？不断强行开展握手基金业务的理由始终未见明朗。

"那是让行平官复原位必须走的一步策略……就是这种感觉。"

"策略?"

嘉本在心里反复回味小西的这个用词。

"永田为了这一步,吹响了筹措资金的集结号。就是要吸揽基金。"

"企业法人部的握手基金?"

"是的。这样一来基金总额一下子就膨胀了。"

"那结果后来发生了什么?"

"行平开始放纵企业法人部门了。"

于是小西讲起了尘封了十几年的那次事件。

"放纵的原因,我想在三菱重工的 CB 事件中已经露出了端倪。"

嘉本心里一惊,看了一下小西的表情。CB 事件已经铭刻在老员工们的内心深处。那是一段痛苦的回忆。

"三菱重工 CB 事件"发生在 1986 年,包括山一在内的四大证券公司受三菱重工的委托,向财政界和总会屋定向配售肯定能获利的 CB(可转换公司债券)。所谓 CB,是 Convertible Bond 的简称,就是附有可按指定价格转换成股票的权利的公司债券。泡沫经济时期,作为一种可以坐地赚钱的金融产品被投资者追捧，企业只要通过担任承销团成员的证券公司来发行，CB 立刻就会升值。

当时，行平就是负责三菱重工业务的企业法人本部部长。可转换债券定向配售的风声传开之后，随即演变成了行平的企业法人本部与重视个人业务的反行平一派之间的公司内部争斗。结果行平左迁，调任设在伦敦的山一国际的会长，而反对行平的第一副社长成田芳穗在事件最为激烈的时刻自杀身亡。虽然东京地检特搜部介入调查，但由于成田之死，事件最终不了了之了。

这一事件究竟给山一证券的经营带来了什么样的影响呢？

小西继续说下去。

"三菱重工的 CB 事件发生在行平担任企业法人本部部长、永田担任副部长的时期。在此事件中，真正操盘三菱重工发行业务的是永田。行平作为老大出头扛下了一切，这让永田和高木感到人不能不讲义气，不能有所亏欠。"

"……"

"所以，他们强烈地意识到他们自己有责任做出些努力让行平官复原位回到总部。"

事实上行平并没有真的奔赴伦敦，而是一直待在山一社长室旁边的山一国际会长室，静观永田等人的行动。对他的处置算是宽容的了。

行平以代表董事、副社长的身份官复原位，是在事件逐渐平息下来的一年后，那步策略大获成功了。有干部反对行平官复原位的人事调动，说"仅一年时间就让他回来太不合情理了！"结果被排挤到下面的关联企业里去了。行平在就任副社长9个月后的1988年9月，终于如愿以偿地登上了社长的宝座。

"因此，行平觉得自己又欠了企法的情。'让自己官复原位，把自己推上社长之位的是企业法人本部'，这一想法一直缠绕着他。"

小西在说"一直"这个词的时候，加重了语气，接着又说：

"这一点呀，就是行平纵容企业法人本部的理由。"

之后，原公司干部们相继道出了三菱重工CB事件背后的故事。

首先，在小西向嘉本坦白的4天之后，一位企业法人本部在编干部坦言："你们去调查一下成田副社长的自杀，一切就明白了。"

"永田、高木等主流一派无论如何都要保行平当社长，这就与有意让成田副社长坐上社长位子的势力发生了冲突。在那之前，横田社长和成田副社长之间本来私交很好。可结果横田社长和植谷会长却指责成田副社长：'是你把三菱重工定向配售（的名单）泄露出去的吧！'之后不久，成田副社长就自杀了。那时候要是能改革企业法人部门就好了。"

3天之后来接受听证调查的，是年长行平1岁的前辈、前公司首脑，山一代表董事、副社长小松正男。选定他为问询对象的是 SESC 的室长。嘉本作为旁听人员负责记录。

"1965 年经济萧条，公司濒临破产。之后，新生的山一证券同野村证券等公司在争夺发行承销团成员资格的竞争中失利，成为了失败者。即便如此，山一始终没有摒弃'法人的山一'这一形象，反而朝着更加强调法人业务的方向发展。"

不能彻底放下大公司的架子，是公司一开始遇到的挫折。

"另一个发生挫折的背景，就是三菱重工 CB 事件的发生。"

听到这句话，两位 SESC 调查官不禁探起身。

"那是山一证券面对过的最大的事件。为了让 CB 事件中被追责的行平专务官复原位回到总部，永田元雄常务做出了极大的努力。他意识到，营业部门营利能力弱，法人营业部必须拼命干才能弥补回来。那个时期营业特款（委托证券交易员全权进行操作的资金）得以扩大。横田社长是个没有决断力的人。他明知永田在蛮干，却视而不见，就是因为不够果断。"

追根究底，CB 事件成了山一证券职业道德沦陷的最大契机。

为了后嗣者，麾下党羽疯狂行动，社长对此却视而不见。后嗣者行平继任下一届社长之后，感念恩情又继续纵容这种事态。

日本的职业观念中，曾经有过一个概念叫做"务正业"。大多数人敬重始终从事正经生意的人，因为对方"务正业"才去信任对方。但是，原公司领导口中所讲的 CB 事件，以及由此引发的失控的经营模式，并非在务正业，而是"股票贩子"世界里的黑道投机交易。经营破产就是其最终的归宿。

2 不端行为近在咫尺

被视为"失控经营当事人"的高木真行是一位精力充沛的证券人，他嗓音粗犷，始终保持一副严肃的表情。退休后任职山一融资公司的社长，他居然能厚着脸皮对报社记者说"在我们做营业的人来看，损失补偿之类的就跟随地小便（轻微的违法）一样。"在山一证券的干部中，他是最后一位接受 SESC 听证调查的。关于他证明 CB 事件幕后情况的听证记录一直保存在 SESC。

三菱重工的 CB，原本是由日兴证券和我们山一证券共同做承销团成员，后来野村证券横插一杠，成了主承销商。配售名单由野村证券分配名额，其中野村负责政界，山一证券和日兴证券则被分配负责总会屋。我们公司分到了几十个名额。

据高木所说，三菱重工的总务部曾对山一证券方面说过：

"总会屋他们也从日兴证券那里拿配售额度。政治家和官场的客户由主承销商野村证券负责。这事你们别闹，一直都是这样的。"

东京地检特搜部想要追查的，是这份定向配售名单中的政界人物都是谁。原特搜部检察官称，1986 年当时，防卫厅打算购置喷气式战斗机，是买国产的还是买进口的，这一问题引发了社会的关注和议论。

以下也来自高木的证词记录。

这件事（三菱重工的定向配售名单）被成田副社长泄露给了工会组织和总会屋，结果公司受到这个总会屋的恐吓。他要求更换社长、辞掉行平，三位副社长前去协调都不行。于是委托总会屋上森子铁从中说合，结果还是摆不平。

上森当时是总会屋里的大佬，影响着四大证券公司的股东大会。总会屋抓到了公司核心层的某些把柄，这位大佬被安排来到植谷久三会长的办公室以求问题的解决。

最后结果就是企业法人本部部长行平作为责任人，被调任海外。直属部下永田副部长非常懊悔，定向配售出事明明是自己的责任，却害得行平专务被追究。他觉得要让行平成为社长回归总公司，就必须提升公司业绩，于是扩大了营业特款的规模。行平明明知道法人营业部的失控经营，或许是出于"是法人营业团队让自己当上了社长"的想法才没有叫停。

所谓的"法人营业部的失控经营"，事实上是那个时候高木说出来的一句话。

法人营业团队在失控经营的路上狂奔，渐渐地夺取了公司的实权，在这个过程中，与之对立的成田及靠近他的零售派的干部们相继被"清洗"。

嘉本觉得，"了解真相是一种寂寞悲凉"。事实像是一个老顽固，会一直等待着调查者的到来。但纵然能相遇，历史不会重来。失控的经营最终毁掉了公司，原公司高层正是因为公司的消亡才终于开口说出事实。出离愤怒的嘉本感到了一种难以忍受的痛苦。

"一帮自以为是的家伙倒发迹了！这不混蛋嘛！"堀勃然大怒。

竹内原本觉得谁来做最高领导是无所谓的事情，但听到这些，也无法再保持沉默了。他向上司长泽他们宣泄了一番愤怒。

"简直不可原谅！竟然借这种业务扩大势力！"

"就因为这些，法人部那帮家伙才趾高气昂！绝对不能原谅他们！"

"CB事件中，那份记录卖给哪个总会屋、具体多少份额的名单，我之前确实在身边看到过。"竹内说道。

那是竹内调职到企划室的第二年。他并没有直接经手，只是听前辈们在那儿小声议论。一名前辈指着那份总会屋名单的复印件说，"CB 已经给他了"，"这个还没给"。与其说是在商议机密业务，倒不如说像是整个公司在向总会屋配售 CB。他还听到过这样的谈话。

"我们头儿好像拿到了三菱重工的 CB 额度，赚了不少!"

"哦? 有多少?"

"听说投进去 1 000 万，翻了一倍。"

"都能盖房子了!"

有传闻说，三菱重工划拨来的 CB 定向配售额度有富余，山一证券的干部就利用职务之便拿到了额度，借用他人的名义交易获利。

律师国广并不相信染指违法行为的山一管理层"所做的一切都是为了公司"。因为国广觉得那都是为了他们自己的地位。

"从这里就能看出他们的狡猾。所以，一旦有谁发声，觉得'不妥'，必然会被清除出局。太过认真的人就会想不开去死。"

CB 事件以及由此引发的失控经营等内容，最终并没有被写进调查报告书里。因为公司内部调查的重点在于隐藏债务的原因、操盘者是谁，以及皮包公司的架构之谜。就算不是因为这个原因，调查的范围从国内扩展到海外，直至大藏省，而时间却在无情地逝去。

关于 CB 事件的黑幕，嘉本等人也只能将其深藏于心。每念及此，顿感心痛。

3　前社长的道白

　　嘉本走出了"基地"，他没跟别人说要去哪儿。从早上开始他就有些紧张。

　　他约好了同前社长三木淳夫的会面。为了避开员工和媒体的目光，他们将地点选在了新宿一家酒店的小房间里。

　　如今，三木的身份是犯罪嫌疑人。4个月前的9月末，他因向总会屋输送利益事件被捕，被拘留了50多天。保释出狱后，这次又因账外债务问题受到SESC和特搜部的追查。媒体报道说，他很可能会作为山一破产的责任人因账外债务事件而再次被捕。

　　"请您接受公司内部调查委员会的听证调查。"

　　嘉本托人向三木提出了请求。不管怎样，三木从担任董事、企划室室长之日算起，11年来一直都位居管理核心层。要是能让这位三木在被搜查当局再次逮捕之前开口说些什么，想必内部调查会一下子向前推进不少。只要数一数出席会议的人数，就知道可能了解隐藏债务的山一干部多达30名左右。债务隐藏事件很可能是有组织的犯罪。但原干部里有人想把责任全部推给行平和三木，自己一逃了之。三木前社长肯定也有他本人想说的话。

嘉本感到自己有义务代表员工们去质询一下这位前社长。

三木因总会屋事件被捕后，不仅媒体，连曾经的部下和前辈都在落井下石。他们好像认为只要指责三木，自己的罪责就能够减轻。批判三木的言辞极其辛辣。

一名担任过副社长的前辈评价说："三木比一个跑腿儿的好不了多少。"

另一位曾在三木手下干过专务的说："不知道三木到底是个气度豪爽的大人物，还是一个小人物。不管我们说了多少，他都不会认真听进去，那感觉就是'你看着干吧'，这一点倒能够看出大人物的风格。行平也是这样，但他那态度是'我可不想听到什么不好的'。"

嘉本和桥诘没有像他们那样翻脸不认人，去声讨三木。公司里围绕三木等人曾有一个联谊组织叫"福冈会"。作为其中一员，桥诘在这一切都过去了之后，还邀请过财权尽失的三木来自己的家乡予以款待。

另一方面，如果不能抛开这些个人感情，嘉本独自一人去调查听证就没有任何意义。没有 SESC 参与的听证，不是在公司而是在酒店，这些决定都是嘉本一个人的主意。

"受累啦！"三木寒暄着走进房间，这让嘉本稍稍松了口气。三木看上去举止非常自然，像是做好了充分的思想准备。

短暂的闲聊之后，三木突然提及：

"自主废业的时候……"

"哦?"

"行平说了些什么吗?"

"没有。我想他可能没来公司。"

"是嘛……"

三木似乎轻轻地叹了口气。行平对他来说是绝对的领导。三木很在意那个人在决定停业时是怎样应对的。

嘉本没有继续这话题,转而开始发问。

"说一说泡沫经济时期的情况吧……"

三木望着放在小茶几上的笔记,开始了自白。

"那时候,迎来的是一个资金过剩的理财时代。山一证券业也乘势而上,一下子开始了圈钱运动。领头的就是永田元雄专务。"

永田专务是几位干部多次提及的一位行平的亲信。1993 年,在DDI(第二电电株式会社)的股票上市交易炒作中大获成功,颇具实力。

"这种圈钱运动的本质是……您觉得无法制止法人营业部失控经营的理由是什么?"

"主要还是永田专务的性格和思维方式吧。他有一种强烈的信念,那就是在牛市行情之下,就算亏损了,只要实际损失不暴露,持续'表外化'处理,市场是迟早会出现一波解套行情的。

"在我看来这种思维方式和他的性格导致了对问题基金清盘

的滞后。他若是个胆量小、气量窄的人应该就会早早地收手了。正因为不是这样，反而才会'为了账目转移，去筹措更多的资金'。"

嘉本像往常一样，没有使用录音机。即便一个人真的说了些什么，其所使用的话语未必就是真意的表达。重要的不是他说了些什么，而是他想要说些什么。嘉本认为，他们的听证调查想要问出的正是这种真意。这么想着，话锋转到了一个奇妙话题上。

三木突然提道："'表外化'其实是财产保险公司那些聪明人想出来的点子。"然后，他说出了业内几家财险大公司的名字。

"那些财险，为了使决算报表的数字好看，从一开始就设立了两个决算期不同的基金，以便能够期内调账。原本只是一种内部运作，后来却慢慢地变了形，发展到去借用别家公司的财务资源了。"

"'表外化'事实上就是做假账，为的是蒙蔽投资者和股东的眼睛。"三木说，这种操作是财险想出来的，但不光是证券公司，银行等整个金融界都将其视作方便好用的策略。不过，嘉本试图不让这个话题谈得过深。

以三木为代表的原公司首脑们一致主张"在失控经营中起中心作用的是永田"。他们之间应该没有串通过，但众矢之的永田已经亡故，自然也就无从问询了。为了宣泄这种懊恼无奈的情绪，嘉本继续提问。

"三菱重工 CB 事件给经营带来影响了吗?"

该事件应该是法人营业团队取得公司统治地位的分水岭。

"自那时起，再也没人能挟制法人（营业团队）了。"

"您是说，行平开始纵容法人团队？"

"正是如此。"

三木说着，目光转向了别处。

果不其然，三木也是知道法人营业团队的疯狂行径的。

嘉本没有向行平提出听证调查。关于行平，SESC通知会在大藏省相关机构对其进行情况问询，嘉本被允许列席现场。行平在担任会长时就一直没和嘉本会过面，因此嘉本不认为他会敞开心扉，吐露心声。

窗外的世界已经上冻。淅淅沥沥的雨点很快就会变成雪花。天气预报说明天东京都会遭遇一场大雪。倘若知道暴风雪将至，每个人都会做好准备的。而当一场大震荡向公司逼近之时，三木和行平等人又是准备如何应对的呢？

"有报道说，一名副社长因为批判握手基金业务，离开了公司。"

"他有没有正面批判过，这一点不清楚。"

三木卖了个关子，然后目不转睛地望着嘉本。他的目光中含有一丝嘲讽。

"从结果来看，他的批判是应予以肯定的。不过，他只是批判，事实上什么也没做。其实，就是因为他模棱两可的态度，结果白白地浪费了宝贵的时间。我觉得这也是清理（账外债务）滞后的一个原因。"

"那么，你们又是打算如何收场的呢？"

若是地检特搜部的检察官，肯定会急得咚咚敲桌子了。但嘉本却还是耐心地等着他说。

"1989年年底，股价冲顶，绩优热门股早在半年前就见顶了。但那时候，公司还在拼命地集资。当时的状况是，虽想过要缩小基金规模，但资金链几近断裂，便不断地（向交易企业）借钱。直到发现这样下去是不行的，才开始了实际情况调查。"

尽管度过了一段时间的牢狱生活，但三木的谈话中却感受不到疲惫。

据三木所说，调查结果表明，1990年2月的企业法人部门的理财运作资金是1.8兆至1.9兆日元，浮亏达到了相当于总额7%的1 300亿到1 400亿。之所以理财资金和浮亏都有较大的变动幅度，是因为没有人管理掌握这些基金。又不能对法人营业部门进行管控，只好让其每两周汇报一次，结果幅度数字在1 000亿和2 000亿日元间变动。

"其中内情似乎相当混乱。基金的交易方式也是五花八门，根本看不出一个一贯统一的方针。我和负责管理的副社长遗憾地被称为不懂业务的'内政长官'，根本没有条件提出任何意见。"

1990年那时候，山一证券就已经处于崩溃的状态了。

用三木的话来讲就是"刹不住车了。败局已定，已经不是努努力就能调整过来的情况了"。

追查山一破产的真相时，1990 年有着重大的意义。1988 年
9 月就任社长的行平，迎来了 1990 年元旦。但是，去年的股市
飞涨，变成了今年的见顶回落，利率高企不下，东京股票市场新
年一开盘就开始快速下跌。那是日经指数刚刚创下史上新高后不
久，行平的心情就像是急转而下的过山车。

1990 年 3 月的决算期，山一推出了"历史上最好的年报"，
从表面上看，山一创造了 2 336 亿日元的经常利润。但那时股票、
债券、汇率三者加速齐跌，谁都可以看出，经济上的泡沫就要破
灭了。

但那时，社长行平和候任社长三木等人都在干些什么呢？行
平让出社长的位置是在 1992 年 6 月。

嘉本从原副社长小松正男口中听到过下面一席话。小松就是
前文中提到的，那位就三菱重工 CB 事件做证言的企业法人部
门里的实力派人物。

"行平出任社长不久，说过要'全面清理营业特款'，还成立
了整顿委员会。真要解决的话，其方法只能是让客户接受损失，
或是通过补偿来了结。但是，关于法人业务问题，行平也没能拿
出一个结论。既不补偿对方，也不去跟对方发生冲突。说到底，
证券公司的经营者不够强势是干不来的，行平只是在期待市场行
情的恢复。"

在等待刮起行情恢复的"神风"的过程中，"平成萧条"愈演愈烈。时机丧失，等到的是意想不到的局势。

1991 年 6 月，四大证券的损失补偿被曝光，大藏省亲自出马对各证券公司展开专项检查。甚至还修订了《证券交易法》，宣布对损失补偿单设处罚规则。设立 SESC 的决定也是在那个时候做出的。

"我们要改变自我！"

1991 年秋天，山一在主流报刊上打出了一个版面的广告。

那是在宣告，山一将不会重蹈握手基金业务和损失补偿的覆辙。同时，还制定了山一道德纲领，增设业务监管本部负责内部监督。但是，管理层的思维意识和行动方式却丝毫没有改变。

那段时间，山一证券的领导人曾召开过两次秘密会议。为了避开员工的耳目，会议每次都选择在周六或周日在东京都内的酒店里秘密举行。后来，调查委员长泽通过酒店寄来的付款单据等材料证实了曾召开过这些会议。以下还是三木在听证调查时的证词。

"为此，1991 年 8 月在新大谷（酒店）集中汇报了浮亏的实际情况。同年 11 月，由于新修订的交易法即将实施，大家再次聚集在东京太平洋酒店，决心勠力同心收拾残局。说得难听点，就是要把产生浮亏的基金全都推给企业客户。由行平社长、延命副社长牵头负责。转年 1 月一问结果，说是'彻底失败，又都推回来了'。尽管如此，我和白井想都没想到会让山一证券的皮包公司来承担。"

三木所说的白井，就是当时负责会计工作的常务，后来因总会屋事件被逮捕的白井隆二。

后来，继三木之后白井也接受了嘉本的听证调查。当询问到东京太平洋酒店的秘密会议时，白井主张只有自己持不同意见。

"客户无论如何都不认可的亏损高达1 200亿日元，木下公明带来了一个方案，他解释说：'没办法，只能先把它们埋到山一证券的皮包公司里。'我反对说：'这属于会计问题，需要咨询一下注册会计师。'不过，延命副社长却说：'没必要问注册会计师。因为如果对方说不，那公司就完了。'于是，行平社长最后拍板：'只能这么办了。'"

据白井说，会议结束后曾有过这样的交谈。

"三木，这样办能行吗？"

白井揪住三木问道。

"作为财务人员，承担不起这个责任啊。"

于是三木转过身来。

"这又能维持多久呢？"

他在说隐藏到皮包公司里的账外债务。延命把账外债务称为"潘多拉的盒子"。在希腊神话的潘多拉盒子里，尚有"希望"的存在，但对延命而言，"盒子一打开山一就完了"。三木的疑问是，箱子里的秘密究竟能保守到什么时候。白井当场答道：

"不清楚。也就3年左右吧？既有SESC的检查，又有注册会计师审计。哪个环节出了问题都担当不起啊。"

"但是，没办法。行平都说了，只有这条路了。"

三木的回答让白井感到失望。但 6 年之后，当通过对白井的听证调查了解到这一幕的时候，嘉本更加沮丧。

就算不是白井，其他人也应该很清楚，几年之后账外债务就会败露，公司将会陷入无可挽回的境地。明明知道这一点，白井和其他领导都在干些什么呢！

白井向嘉本这样描述埋下定时炸弹的内幕。

"一直都是这样。会长和社长总是优柔寡断。不管你上报什么意见，上面拿不定主意，底下也没辙。"

当上社长的三木和爬到副社长位置的白井所感慨的"没辙"，是具有象征意义的。事实上，包括白井在内，山一证券总共有 5 位有代表权的副社长。代表权是用来干什么的？在独揽大权的行平之下，他们都成了对问题束之高阁袖手旁观的代表董事。

很多人把公司这一组织比喻成"没辙"的怪物。但让公司变成怪物的，是那些顶层领导以及对他们唯唯诺诺从不说不的干部！

三木就因为从不说不，承担了比最高实力者行平还要严重的罪名。他不仅因为向总会屋输送利益事件被判有罪，还因为账外债务事件同行平一起，以违反《证券交易法》（伪造有价证券报告书）、违反《商法》（非法分红）为由被问罪。

法庭一审判决三木 2 年零 6 个月的实刑。而做假账的始作俑者行平则被判刑 2 年零 6 个月，缓刑 5 年。法庭认为，握有公司权力的不是会长，而是社长，没有实际着手经营改革的三木责任更大。实刑和缓刑的判决向两人下达的瞬间，三木大惊失色，他屏住呼吸凝视着法官。他那呆立在原地的表情仿佛在说："为什么？为什么我判得比行平大人还重！"

三木没接受记者的采访就提起了上诉，被捕3年半后终于被判为有期徒刑3年，缓刑5年。那个时候，由于民事索赔以及同原山一公司的和解，他已经失去了所有的财产。

2个小时的听证调查结束时已经是下午5点半了。

走出新宿的酒店，外面冰冷的小雨正在变成雪花。

"开车送您到车站吧。"

嘉本对三木说。

"不，不，我没事儿。"

三木轻声说着，朝新宿车站的方向走去。他现在已经没有资格再乘坐公司的车了。为了躲开旁人眼目，三木是乘电车来到酒店的。他即将踏上归路，混迹在上班族乘坐的电车中。前社长的背影正渐渐远去，飘落的雪花，纷纷扬扬。等待他的还有账外债务事件的调查和股东代表的诉讼。嘉本在酒店门前伫立良久。三木是个好人。但作为经营者，又该怎样去评价他呢？

——不，不，不能再想下去了。

嘉本摇了摇头。还是让事实去判断吧！回过神来时，三木那矮小的背影，已经淹没在新宿的人群之中。

第九章

倾注心魂的报告书

1 离开的人们

一张记录着山一证券董事会的照片被保留了下来。

"这很可能是最后一次了。给董事会拍张照吧！"

3月中旬，拥有代表权的常务董事饭田善辉拿出买来的一次性全景照相机，小声念叨着。总部15楼的董事会议室里的百叶窗几乎从未拉开过，但眼前的隅田川两岸，想来用不了两周便会樱花盛开，游客云集。那些樱花开始凋谢之时，便是山一员工集体解雇之日。

一位员工手拿饭田的全景照相机，透过取景框从一端开始拍摄。在椭圆形的桌子中央，他看到社长野泽正平微微地歪着头望着镜头，目光茫然，阴郁感伤。他的对面是脑袋很大的饭田。饭田挺直腰板，身体前倾。几乎所有与会者呈现出的表情都是意外的柔和。

三木社长时代有40位董事，到了野泽的时候就削减到27位。其中，破产大约1个月之后就有3位年轻董事辞了职，停薪后的转年1月又有2位，3月又有7位，相继离公司而去。有些董事的离去比部下还要早，这招致了员工们的反感。再到6月的股东大会召开时董事就仅剩下了三分之一——9位。

嘉本是那种任何事情都要讲求道理的人。他认为："至少常务以上的董事都必须在股东大会上接受批判才行。"董事们的最后一班岗就是面对股东和员工的谩骂。

不过，董事和员工一样，善后工作告一段落时也会迅速离开公司。3个月，董事没有任何报酬，实在是无法维系生活，从4月开始重新支付少许工资。这也是不养冗员的理由。

调查委员董事堀嘉文和杉山元治3月底双双辞职。西首都圈本部部长堀之前一直辗转各支店督促清算业务，参与干部们的听证调查，很早就表示一旦工作有了眉目就会卸任。他已决定去富士银行系列的大东证券（现瑞穗证券）担任大阪支店长。据说一些被解雇的支店员工投奔到了他的麾下。

"嘉本，就让我回关西吧。国破山河在，今日成败军，当归去重整旗鼓。我跟家人也有7年没一块儿生活了。"

听了堀的一席话，嘉本倍感孤寂地说：

"这样，那就没办法了。"

当然也是因为堀的家里已经弹尽粮绝，但毕竟面子上不好看，便难以启齿。

这样一来，7位调查委员中就少了2位董事。之后，两根顶梁柱竹内和横山，也按照"解雇全体员工"的方针请辞了。剩下的就只有董事嘉本和桥诘，以及暂时被返聘回来的助理长泽。"基地"里飘荡着一股寂寞冷清的空气。

另一方面，本来计划3月末整理好的调查报告始终没有完成。内部会议上，甚至还立过军令状"2月份之内会告一段落"。负责修改报告的律师国广正一直心无旁骛地反复修改、补充。

"报告真的能公开吗?"嘉本每次看到墙上贴着的日历，都会感到内心隐藏着的沉重的焦虑和不安。

嘉本和桥诘还有更为沉重的烦恼。一部分购买山一证券股票的股东结成"受害者联盟"，正准备向公司高管提起赔偿诉讼，指控山一隐瞒2 600亿日元的债务，持续在有价证券报告书上作假，导致股东蒙受巨大损失。

有干部心怀不满，称:"行平和三木被起诉是理所当然的，难道我们这些毫不知情的董事也非得跟着受牵连被起诉?"嘉本又向他们抛去一块巨石。嘉本在董事会上再次宣布内部调查结果会按计划公开发布。3个月前，在部长店长会议上，嘉本曾夸下海口，"将向员工做如实准确的报告"。

"承蒙诸位鼎力协助，内部调查不断推进。调查报告书当以面向各位员工及股东公开发布为前提。尚祈理解海涵。"

但是，可以预想到的是，内容翔实的公司内部调查报告书一旦发布，股东们会将报告书作为违法的"证据"，提起诉讼赔偿请求。一部分新老员工都认为嘉本等公司内部调查委员都在民事诉讼对象之外，所以才进行调查的。但7位调查委员中，嘉本、桥诘、堀和杉山等很可能以未履行提醒完善管理之义务、不忠实履职为由被提起诉讼。嘉本、桥诘是常务董事，几乎可以肯定会成为诉讼对象。实名公开披露报告书无异于扼住自己的咽喉。

公开披露不过是在部长店长会议上的一个口头约定，况且当初也没说要实名发布。公开发表的方式本身，实际上是嘉本自己说了算的。但嘉本始终坚持要公布事实真相。所谓事实也就是调查委员会得知的真相，他要将真相公布于众。

——或许像公司这样的组织里是需要一些傻瓜的。事到如今即便调查了，公司也不可能复活。在就要被起诉的时候，为了搞清楚一文不值的事实并将其公之于众，白白搭上周六周日，无限制地加班加点。在聪明人的眼里，这简直就是模范傻瓜。但如果没有这样的傻瓜，公司何以能咽下最后的一口气。

打定主意的嘉本就是这样想的，他向国广和长泽一脸愁苦地说道：

"这就是我们的自我斗争。事已至此也就不再为自保想这想那了，唯有坚持到底罢了！"

但是，害怕公开发表的董事们所担心的事，正一点一点地成为现实。

3月27日傍晚，干部们看到"向大阪地方法院提起诉讼"的电视新闻后一片哗然。来自12个都道府县的25位股东要求损害赔偿，他们将山一证券及该公司董事、监事法人等作为对象，向大阪地方法院提起诉讼。嘉本自然也包括在被告当中。

"该来的还是来了……"

尽管已经做好了心理准备，嘉本还是难掩失落的心情。之后，嘉本手头收到了4份诉状，最终诉讼案件达到了5起。其中一份诉状就是以《公司内部调查报告书》为证据提起的。将嘉本等人告上法庭的其他诉讼如下所示。

1998 年 5 月 1 日　大阪地方法院　原告　14 位　被告　山一证券及 11 位董事（常务以上）

同年 6 月 5 日　京都地方法院　原告　1 位　被告　山一证券及 11 位董事（常务以上）

同年 6 月 18 日　大阪地方法院　原告　5 位　被告　山一证券及 12 位董事（常务以上）

同年 7 月 7 日　大阪地方法院　原告　1 位　被告监事法人、山一证券、法务大臣及 17 位董事（部分旧管理层成员及一部分新管理层常务以上成员）

自 3 月末提起诉讼前后开始，旧管理层成员和一部分干部开始公然批判调查委员会。作为外部调查委员的国广正的证言表明，监事们也提出了强烈的异议。在他的著作《修罗场的经营责任》（春秋新书）中列数了嘉本和自己所遭到的诋毁。

　　"史无前例"。"山一证券自己有必要去调查事实吗?!""公开发布后若被人以损害他人名誉罪起诉，责任由谁来负?""不应该被大众传媒的论调牵着鼻子走。""发布的是问心无愧的报告书吗？如果是调查不充分的报告书，发布了也是给山一丢脸，倒不如不发表为好。""日本这个社会并不倾向于法制的处理方式，过分强调追究法律责任是得不到大众普遍的理解的。"

国广自然不是一位甘于沉默的律师。他进行了强烈地反驳，并在自己的日记里这样写道：

"像往常一样，董事会上的讨论让我感到气愤。员工们要求查明真相。对员工们（事实上是对社会）夸下海口'由调查委员会追查真相'，究竟意味着什么？"

国广作为观察员时常会出席董事会，嘉本和桥诘的苦恼他都看在眼里。并且，他在董事会之外同一些头脑顽固的监事也发生过激烈的争论。

不光是嘉本，就连长泽也曾对这种争论做过评判。长泽的记事本上就留下了这样的记录：

"3月6日（星期五）　新川总部　国广与某监事　争论"

嘉本倒并不记得在董事会上遭受过多么强烈的批判。就算真相只有一个，从山梨县看到的富士山和从静冈县看到的富士山是不同的，看待事实的方法也会根据不同的人不同的立场而改变。国广非常果敢，人们甚至在背地里称他为"野心家"，他有着年轻律师特有的清高。

有一次，国广曾在山一证券的工作室里，嘟囔着董事会上的险恶气氛。

"那气氛好像在说，你这家伙又不是董事，跑到这儿来干什么。就因为我是神田的一个小律师，被他们看不起。在企业里的人看来，真是无足轻重啊。不过，明明有人在捣乱，野泽社长和五月女会长却保持沉默，实在不可原谅。"

另一方面，嘉本已下定决心，不去理会那些个异议，报告书是绝对要公开的。

在这股逆流中辞职的堀和中坚力量竹内透比嘉本还要愤怒。竹内从国广等人那里听到消息后，立刻就发火了。

"干部们说什么呢！调查、公布真相不是山一员工的义务吗！"

同竹内想法一致的堀决定直接去提醒顶层领导。

1998 年 3 月 31 日，退职当天，堀以告辞打招呼为由，去了同在一个房间的野泽和五月女那里。

"今天我就要卸任了。承蒙关照了。"

鞠了一躬之后，堀便表情异常严肃地一口气说了一通。

"目前正推进的调查委员会的工作，请务必将调查结果公布。尽管我只能坚持到现在，但希望能够公之于众。"

社长们什么也没有说。只听到堀的一席话在社长室里回响。

"如果发生了把报告书当废纸的情况，我还会回来的！"

2 大藏省是否知情

　　为了独自一人离开东京的堀，嘉本必须要对一个事情做了结。那就是堀一直以来追究的对大藏省的怀疑。堀一直断言"大藏省应该从以前就知晓山一证券转移账目、隐藏债务的事"。

　　关于对大藏省的怀疑，前社长三木淳夫在 1 月的听证调查中对嘉本做了如下证言：

　　"围绕山一证券和东急百货之间的交易，大藏省证券局局长参与过账目转移。"证言的详细内容证实了堀的推测。

　　这笔问题交易始于 1990 年 2 月。山一证券向东急百货承诺了 10% 的利息回报，不久后就遭遇了泡沫崩溃，别说利息回报了，甚至产生了巨额亏损。

　　这笔亏损究竟是由山一证券承担，还是由东急百货接盘？在一直没有清晰定论的情况下，山一证券在 1990 年 7 月末、1991 年 1 月末和 7 月末配合东急百货的决算期，将这些亏损的有价证券转移到其他企业名下以期苟安一时。在交易后的一年半，也就是 1991 年 8 月，山一与东急开始交恶。原因是在新大谷酒店的那次秘密会议上，山一证券决定"亏损属于东急百货，山一没有理由承担"。山一没有兑现给东急利息回报的承诺，但不能说这个判断是错的。

但是，双方的交涉陷入了僵局。翌年，即 1992 年，东急百货一方于 1 月发来催告函，"要求归还包括利息在内的 318 亿日元"。该催告函还写道："万一得不到偿还的话，将以诈骗受害者的身份向东京地检特搜部报案，控告行平社长等人，并向新闻媒体披露全部情况。"

关于这个问题，嘉本在那次新宿旅馆里的听证中曾经问过。

"三木，引发问题的东急百货的催告函一事，是怎样应对的呢？"

于是，三木开始边回忆边说：

"那时我虽然是副社长，但也被大藏省证券局的松野局长叫到了大藏省。我记得那是 1992 年 1 月。谈话时，局长问我：'东急百货那边要求转移账目是吧？打算怎么处理呢？'我回答说：'不是我来负责的，所以不太清楚。'"

三木在担任企划室室长时，就被誉为忠诚的 MOF（大藏省）事务对接负责人。这个松野局长就是从那时候起熟悉的老相识松野允彦。大藏省当时对其监管下的证券公司拥有绝对的指导权，证券公司的一举一动都要按其旨意行事。证券局局长的每一句话事实上都是行政指示。

三木记得，松野曾说了些让人意外的话。

"听说大和（证券）把账目转到海外去了"。

松野的这番话内含猛烈的毒药。东急百货在和大和证券的交易中也产生了亏损。据说大和证券就是把损失转移到了海外来回避纠纷的。松野的话听上去像是在暗示：山一接下东急百货那380亿日元的有价证券，转移到国外去如何？至少三木是这样理解的。

"我回答说：'海外恐怕会很困难。'松野局长说：'我们的审议官了解一些，可以问一下他。'"

吃惊的三木迅速从大藏省回到了总部。在副社长延命的房间里向行平等人传达了松野的意思。在场的所有人都理解为，有关东急百货的事情，大藏省给的暗示是通过转移账目来解决。行平等人在听取了那次汇报之后，推翻了既定方针，来了一个大转变，不再同东急百货争吵，而是采取将损失承担下来的办法。

"向法人营业本部部长等人通报此事时，他们很是高兴。"

因为不用跟客户东急百货争吵，问题就解决了，而且还得到了监管机构的认可。此外，三木还说道：

"在那之后，我去见过证券局松野局长。我说：（东急百货的海外转账事宜）'资金周转方面没有把握，所以还是决定在国内处理。'松野局长当时好像回了句，是'谢谢啦'还是'辛苦了'，记不大清了。"

"后来再去拜访大藏省时，局长还说过：'对山一来说这个数目算不了什么。来一波行情就解决了。想办法早点解决了吧！'"

调查委员会不能无视东急百货的账目转移问题和三木的这些证言。与东急百货的这笔交易损失，后来成了山一证券转移到皮包公司里去的大约 2 600 亿日元的账外债务的一部分。

但是，三木证言的问题在于，其真伪是很难确认的。这个问题在国会上已经追究过了。松野尽管承认了会面的事实，但却矢口否认暗示过"转移账目"。

——无法取证的三木证词，该如何处理为好呢？

这一烦恼似乎在挑战着嘉本等人的决心。嘉本与国广、长泽继续商议这个问题。

"这个问题必须得写进调查报告书里。但现在证券局局长否认，也没有询问过大藏省，如果写进调查报告书里的话，难免会被认为是内部调查委员会单方面认定的事实。"

嘉本对国广的说法做了回答。这是一番大胆的发言。

"身为监管机构的大藏省很可能一直对山一证券隐藏债务的问题视而不见。我认为毁掉公司的犯人之一是旧管理层，除此之外，还有一个犯人。"

嘉木没再多说些什么。如果说犯人一词言重了的话，那可别忘了大藏省对债务隐藏这一罪行是一直放任自流的。

继松野之后担任大藏省证券局局长的长野庞士，在山一证券决定自主废业时曾断言道："市场的运行给我们展示了问责过度经营的趋势，这正是想要进行大爆炸式的金融大改革的人们所期望的。"

"但是，作为一个堂堂的监管机构，是否已经成功到可以如此大言不惭的地步了？还是反思一下自己的行政方式，说话谦虚一点为好。"

嘉本的这些想法与堀的很相近。有提议说:"给大藏省去封信如何?"但国广直接提出了异议。

"大藏省不会回复的!就算有,也只会是一些千篇一律的回答,行不通的!"

"不管有什么后果都应该写进去。"

长泽属于强硬派。嘉本说道:

"写明山一证券公司内部调查委员会,将质询书寄到证券局吧!"

"那只能留下寄送过的事实,回复的话就别指望了。"

"但是,寄送过的事实不也是必须的吗?"

最后,国广想出了一个主意。

"就把我们认定的事实平淡地记述下来,不过要加上一条:并未向第三方当事人大藏省方面询问过此事。"

"好!就这样办!"

大家都点头同意,取得了共识。

"死了的企业什么都不怕。"

"基地"里的委员们听了嘉本的话,一致点头赞同。国广也在考虑同样的问题。

"确实是,倘若公司还活着,绝不会去干冒犯大藏省官僚的事情。"

正因为是即将消失的企业,所以能做很多事情。嘉本还对长泽说了这样一席话：

"迄今为止，针对企业丑闻的公司内部调查都被认为是社长开记者会时的工具，所以从一开始就不被信赖。但是我认为，在一定条件下，它能够发挥与外部调查委员会不同的优势。内部调查的最大武器就是，它是从员工出发为员工而做的证词。破产的现实提供了一个更容易吐露真实证词的环境。"

不过，调查委员中有些人还要留在大藏省指导下的金融界，他们必须在这个领域重新就业才能继续生存下去。考虑再三，国广决定在调查报告书中，用 5 页篇幅辟出名为"东急百货之问题"的另一项目，并加了这样的注释：

"证券局原局长松野在参众两院均承认曾会见过三木副社长，但却表示'只是就有关账目转移行为在证券交易法中的解释进行了一般性的说明'。

"这就意味着，很难断定三木副社长有关松野与自己面谈时的记忆是否符合客观事实。"

乍看上去，这种措辞似乎考虑到了大藏省方面，但文章最后却有挖苦之意：

"然而关于这件事情，大藏省此后并未进行任何问询或检查。"

3 镜头与抵制

摄影用的升降机俯视着椭圆形会议桌。

在这间董事会议室里，27 位董事表决通过了自主废业的决定。强烈的聚光打在社长野泽曾经坐过的椅子上，升降机上高高架起的摄像机凝视着那束圆圆的光。

嘉本曾经的秘书郡司由纪子，呆呆地坐在董事会议室的角落里，她在想："公司破产时，社长在想些什么呢？"视线的另一端是 NHK 的拍摄监视器。

董事会议室，这个曾经属于董事们的圣地，如今却被 NHK 经济部记者和摄像师所占据。现代特写节目摄制组把这里选为了节目录制现场。

"除了自主废业之外，山一就没有别的选择了吗？这间会议室里也曾讨论过转移账目的问题吧……"

虽然只是来到拍摄现场而已，郡司的思绪却总是停不下来。这是一场宣告山一证券就此结束的拍摄。被摄像机侵入的圣地现在是拍摄现场了，这让郡司切实地感受到"公司没有了"。

郡司知道，就 NHK 的拍摄一事，嘉本同山一宣传部之间进行过交涉。宣传部以规定做挡箭牌，强烈反对摄制组的进入。嘉本想的是，要让山一消亡的样子被影像记录下来。

前一年11月山一刚破产，消极的新闻和影像如洪水般袭来。

"真希望能够系统地记录下真实的状态。"

一天，嘉本对来自己家里做深夜采访的NHK经济部记者发牢骚道。很快节目组导演就前来拜访："请允许我们做跟踪采访。"

嘉本跟野泽交涉此事。

"我想让NHK摄制组进入公司采访。不能光是负面的新闻，我们还需要如实的记录。社长您肯定也有话想要对旧管理班子说吧。把应该说的向媒体表明也很重要，不是吗？说出来吧！"

野泽还是老样子，没有说是也没有说否。可是，又有背地里嚼舌根的干部出现了。"嘉本，又要出风头了。"他就是原山一经营企划室的一位部长石井茂。在他的著作《毫无决断的经营》（日本经济新闻社）中就有对此的强烈批判。

感觉就算超出权限，只要想法正确就会被允许。例如，在山一证券走到尽头的形势下，NHK的摄像机进入了山一证券总部。电视摄像机原则上是不允许进入的。宣传室直至最后还一直坚持这个立场。但是，依照负责业务监管的常务的判断，摄像机最终还是进去了。即便不是宣传负责人，就因为觉得这样做对就去做了。

诚心诚意的主张未必就是正确的。这大多表现在当我们只看到事物的一个侧面的时候，以及信念只不过是良好愿望的时候。并且，如果本人一心认为是正确的，就会对自己的主张毫不怀疑。这其中有时会有一些自以为是的成分，认为不同于自己的主张就是错误的。

3月底全体员工均被解雇。

有一种冲动驱使着郡司想要向摄制组大声呼喊。

——寿命已尽的公司还有什么可隐藏的？最后就别再隐瞒包庇了，都说出来吧！

4 执着的成果

重达 2 公斤的木质招牌，光泽鲜亮的黑色漆面上刻着鎏金的企业名号"へー"，下面是"证券业 山一证券股份有限公司"，左侧写着支店名和地址，也是漂亮的鎏金字体。那是证券行业还是许可制的时代特有的招牌，是令人感伤怀旧的金字招牌。

1998 年 3 月 31 日是全体员工被解聘的日子。坚持到最后的 40 家支店关闭了，招牌被拆除了，证券公司的标配神龛和供具也不知不觉就消失了。

统管营业本部的常务仁张畅男向所有支店传真了一份充满感情的慰问信。善后工作由菊野晋次带领的清算业务中心接管。

> 今天所有支店的门都将关上，此情此景令人百感交集。各位身处极其恶劣之环境，孤独痛苦，空虚彷徨，经历了长时间的清算业务，认真严谨地坚持到了最后，完成了全部工作。对各位的努力和责任心，作为生活在同一个时代，共同经历了严酷现实的营业本部的同事，我感到无比的自豪、巨大的感动，内心充满了感谢之情。（中略）
>
> 我们一定会有美好的未来。让我们把艰辛的过去转变成

光明的未来，相信我们自己的未来，相信我们拥有这个能力……去开辟新的征程。

"有员工偷偷把鎏金招牌拿走了。"

这样的说法在东京的员工间不胫而走。

"破产企业的招牌，到如今还有什么用？"

"不，有人想着有朝一日高举起那块招牌，复兴山一证券。"

"家族复兴？那军旗确实是必需的。"

一些女职员全然不屑他人的质疑，将制服、徽章和象征军旗的山一社旗一起，带回了家。那是一面1.2米长90厘米宽的旗子。一尘不染的白色旗面，印着红色的"ヘ一"字样，十分耀眼。

负责人事的女职员一边小心翼翼地叠起旗子，一边对同伴说道：

"每年公司忌日这一天，让我们相约在这面旗子下。永远不要忘记公司破产的痛楚。"

她的意思是，每年都要在公司破产的11月举行同窗会，把这面旗帜装饰在会场中央。

在员工一个个离开总部和支店时，嘉本的表情很痛苦。由于睡眠不足，眼睛下面的皱纹堆积，出现了眼袋。连续几天，整理听证调查笔记，相互讨论至凌晨，结果报告书还是没有如期完成。这让他无颜面对即将离开的员工。3 月底前完成内部调查报告书已成为了他的人生目标。这是一次毫无回报的调查，这个目标纯粹只是他铭记于心的使命，当知道无法完成时，他为自己的束手无策差一点掉下屈辱的泪水。

看到嘉本低垂着头，长泽主动搭话道：

"很遗憾，但没办法。员工们知道了个中的缘由，会理解我们的。"

长泽并没有再找工作。他跟谁都没提起过。他清楚在调查的同时，嘉本和桥诘他们很担心伙伴们的再就业，所以有意回避这个话题，过一天算一天。妻子也会心生怨气，但他始终不想离开"嘉本一族"。

"嘉本，我新换的工作地点离这很近，所以每天都会过来帮忙！"

竹内决定到业界团体日本证券业协会去工作。距山一总部只有 15 分钟的步行距离。他下班后就会到"基地"来。

郡司由纪子的话也令人钦佩。"我会一直待到 6 月的股东大会！"她主动承担起了清算业务和调查委员会的文秘工作。

内部调查报告书已经大体完成。但诉讼却成了非常现实的问题。可以设想报告书里记述的大藏省和旧管理层成员一定会出来反驳，现在到了容不得出差池的时候了。负责修改报告书的国广则雄心勃勃地要留下划时代的东西。

"嘉本，开头把一些词汇解释和背景情况也加进去吧！"

"需要那些吗?"

"这份报告书,公司员工、媒体和普通人都会读。现货、期货交易、营业特款这类说法一般人不理解。加上吧!"

得到嘉本的同意后,国广让长泽和竹内负责解释,然后凝练解说文字。他们花时间集思广益,使得报告书的记述方式简单易懂,出现了以前的会计专业用语词典里没有的内容。例如,"营业特款"是金融界想出来的一个俗语,他们是这样解释的:

"所谓'营业特款'是一种俗称,它采取的是特定资金信托的形态,实际上由证券公司营业部代替投资者或投资顾问公司进行资金运作。"

"握手基金""转移账目""账面价格""浮动亏损""账外债务"……像这样煞费苦心整理出来的词汇讲解就达 8 页之多。

在所有的店铺关张一周后,报告书的初稿新鲜出笼。竹内也参与校对的修订版,提交到了 4 月 13 日召开的董事恳谈会。因为备受股东和媒体的关注,为避免日后有人再提出不满,嘉本让长泽朗读了全文。

"那,我就开始读了。第一章,公司内部调查委员会……"

长泽读得稍快,跟着长泽的朗读快速浏览内容的董事中间,不时传来"嗯,嗯"的轻声惊叹。报告书长达 106 页,涉及账外债务的山一公司的干部均以实名记述。

"山一证券有义务查明导致此次停止营业的最大原因的'账外债务'的相关事实。这既是对蒙受严重损失的股东、客户、交易方、失业的全体员工及其家人的义务，同时，鉴于事件给社会带来的影响之大，这也是对社会的义务。"

账外债务发生的原因、隐藏和管理的手法、海外债务隐藏的实际情况以及由于账外债务导致停止营业的详细经过……报告书实名查证了自 1985 年起大约 13 年间山一违规操作的历史，谴责了原社长横田良男、行平次雄等掌权者的经营作风和理念。

"不错！调查得很仔细，面面俱到！'法人山一'的内幕原来是这个样子！他们是干什么吃的！"

面对调查委员会查明的内容，仁张难掩惊讶。

"面对突如其来的自主废业，不是有一些员工愤懑地问'为什么破产的是山一'吗？虽然也有人说'事到如今查找犯人也无济于事了'，但就报告书的内容而言，估计没人能鸡蛋里挑骨头。"

报告书的朗读用了将近 2 个半小时。没有一个人中途打断。全场都被震惊了。

据负责执笔的律师国广说，在现场的监事曾提出以下意见。

"这是内部调查委员会的报告，只向社长和董事们汇报就够了。不应该公开发布。"

"内容本身过于庞大，无法现场评价。"

不过，仁张和嘉本等人感觉那只不过是形式上的反对。董事们什么都没有说，他们以默认的方式对报告书表示了赞同。

调查委员会为了这份报告书，与上百位山一证券相关人员进行了面谈，嘉本参与了其中 70％的干部听证调查。所以他对证词的真实性和报告书的完成情况有充分的自信。对旧管理层成员的听证，是在考虑到上下关系和对方性情的基础上决定负责人的，同时也借助了 SESC 的权威。

董事恳谈会的最后，嘉本叮嘱董事们说：

"这份报告书里如有与事实相左的地方，请向我提出来。如有需要订正的地方，我们会依照客观事实进行修改。"

恳谈会结束后，嘉本正要走出会议室时，有人迅速凑到他旁边。就是那位同国广激烈争论的监事。嘉本不知他要说些什么，瞬间紧张起来，结果他在嘉本耳边小声说：

"受教了，了解了很多不知道的情况，辛苦了！"

报告书的内容得到了认可。

另一边，国广一直在工作室里等候着。他以为来要求修改报告书的干部或许会排起长龙。但是，只有两三个人表示希望修改一些表达方式。在工作室里国广这样描述当天晚上的情况。

"我还以为对哪里有意见了，其实就是些类似'我的名字不会出现吧？'之类的狭隘问题。就是些希望不要连累到自己之类的鸡毛蒜皮的意见。"

电话里的声音非常严肃。

"我们抗议。"听到话音，长泽的身体僵硬起来。

4月16日，公司内部调查委员会迎来了公布报告书的日子。

长泽和嘉本等人取得了董事会的认可，再过 2 个多小时就必须前往设在山一证券兜町大厦讲堂的记者招待会现场。就在这时，SESC（大藏省证券交易监察委员会）打来了电话。

"山一证券的公司内部调查报告书里，随意引用了我们的检查结果通知书。这是个很大的问题。"

"啊?"

长泽有点假装糊涂。到了这个日子他们才把调查报告书递送到大藏省和 SESC，因为太早送过去的话，政府部门会向野泽社长提出不满造成混乱。考虑到这些，报告书递送的时机才故意延后的。不过 SESC 还是在嘉本的记者招待会之前把它读完并匆忙地提出了抗议。

"《公司内部调查报告书》的第二部第三章第三款，'平成五年大藏省检查'的部分公布了大藏省检查通告书和我们的检查结果通知书。这些都是具有不可公开性质的东西。你们应该是知道的。"

"……"

确实，嘉本在调查报告书中引用了大藏省的通告书和检查结果通知书。SESC 的抗议表面上将此作为问题提了出来。但是长泽却不这么认为。

——政府是对我们的报告书本身不买账。

长泽紧握着听筒，回想起大约一个月前，被传唤到 SESC 时的情形。SESC 的干部给了他一番忠告。

"山一的调查报告书有公开发表的意义吗？说到底那只代表个人意见。"

嘉本没理这些，又闯过了董事会这一关，才走到了今天这一步。眼看就要到公开发表的这一刻了，监管机构却提出了抗议。

长泽很清楚招致政府方面不悦的原因。

账外债务事件的谜团之一，就是为什么大藏省和 SESC 在过去一直定期对山一证券进行检查，但没能发现债务隐藏方面的问题。

嘉本等人想要解开这个谜团，在调查报告中详细叙述了官员们最不想触及的事实。用一句话来说，就是政府的检查太不严谨，被山一证券的债务隐藏团队欺骗了。

内部调查委员会通过请求列席 SESC 的听证调查，从他们那里谋得了方便。在 SESC 方面看来，内部调查委员会利用了政府机关，之后又突然将枪口对准了政府机关。

但是，不管 SESC 提供了怎样的方便，内部调查委员会也不能对政府机关长期以来过于宽松的检查避而不谈。正是由于这种宽松的检查，才使山一证券得以长期隐瞒债务。这一事实与大藏省证券局局长暗示东急百货的"转移账目"问题一样，是山一员工们最关心的事情，也是媒体一直抱有的疑问。

成为焦点的是 1993 年 2 月至 3 月大藏省金融检查部和 SESC 曾执行过的定期例行检查。在那次检查过程中，大藏省要求山一证券提供债券交易额前 20 位的公司名单。

名单首位是交易金额达到 1 兆 8 538 亿日元的皮包公司"N·F 资本"；第二位的是没有实体的"日本元素"，其交易额是 1 兆 4412 亿日元。第五位、第七位都是山一证券的皮包公司，这些公司全都背负着因"转移账目"而来的账外债务。

如果将如实记录这些的交易额前 20 位的公司名单提交给大藏省或 SESC，那结果会怎样呢？——

（这些交易）极其不自然，很明显会引起大藏省的关注。其便是结果，只要进行深入的调查，山一证券利用皮包公司转移账外债务的事实就会大白于天下。

于是，山一证券决定在提交给大藏省的名单中删掉这些皮包公司，他们交给大藏省的是一份剔除了皮包公司的手写伪造的"前 20 位公司名单"。

山一证券利用皮包公司转移的"账外债务"，最终没有被发现。

嘉本等人的《公司内部调查报告书》的这番表述，让人觉得所谓的大藏省检查竟是如此荒谬草率。提交伪造名单的山一不可原谅，但作为官方的检查机关居然草率地相信伪造的名单，这便使得检查不能被称为检查了。报告书更进一步地暴露了检查的实际宽松状况。

事实上大藏省金融检查部和 SESC 在 1993 年的检查中，已经抓住了山一的账外债务的端倪，并将疑点记录在了通告书和检查结果通知书上，直接摆到了山一证券的面前。可追查不知何故，就此戛然而止。就政府的工作作风问题，嘉本等人在报告书中这样写道：

在"检查结果通知书"和"改善指令"中，将与"账外债务"直接相关的交易指为"不公平、不恰当"。大藏省除了指出"不公平、不恰当"以外未进行进一步追究，以致未能发现"账外债务"。针对大藏省的意见，山一证券在"改善报告书"里做了虚假陈述，以期掩盖"账外债务"。

当然，可恶的是山一证券。负责公司内部监管的嘉本和长泽也被山一的债务隐藏团队所欺骗，并没有资格去高声指责政府方面。

——但即便我们自己如此地不堪，把通过长达 4 个月的公司内部调查了解到的情况毫无隐藏地公布出来，难道不正是我们应尽的义务吗？

长泽深信这一点。所以并未向 SESC 突如其来的抗议低头。

"好的！尊意明白。"

长泽挂掉电话，笑着向周围正担心地看着自己的同伴们说：

"反正已经全部写进报告书里了，马后炮喽！"

这句话让大家一下子松了口气。

记者招待会现场聚集了近百人的记者队伍。在发放的 A4 纸大小的文件封面上，赫然印着《公司内部调查报告书——以账外债务为中心》这一略显夸张的题目。

坐在正中的嘉本夹在国广和深泽两位律师中间，长泽和竹内分坐两端。竹内虽然已经是日本证券业协会的职员，但只有他能解释海外债务隐藏的骗术。前山一证券的这 3 位员工自不用说，律师们也是第一次面对聚光灯和照相机的闪光。国广感到头晕目眩。

"记者会上我要不要大哭一场？"

在山一总部时嘉本开玩笑说。他是 1 个小时之前进入休息室的，每隔 5 分钟就去一趟洗手间。嘉本没有事先准备好的问答材料，全靠临场发挥。国广实在看不过去，问道："没问题吧？"不过，下午 4 点记者会开始后，嘉本像是满血复活了一般非常流利地回答了提问。

"真是现场发挥型啊。"国广不禁佩服起来。

郡司由纪子拿着话筒在记者席间来回跑动。她满脸兴奋紧张，脸颊泛着红光，高昂的情绪溢于言表。原山一员工是调查委员们的坚强后盾，现在他们终于第一次也是最后一次，一一站到了舞台的中央。

但记者们根本没有多余的时间去感受调查委员们的紧张和激动。除了提前拿到了调查报告书的 NHK 记者以外，其余的记者都对报告书里的全新的事实和详尽的分析感到惊讶，无不折服。况且这还是长达 106 页的重磅文件。其中穿插着横山制作的账外化流程路线图（图表）等机密文件，信息量多得甚至需要开设临时专版来报道。招待会现场不断有记者直接向总社主编请示。

赶到记者会的社会部记者们都惊呆了。因为涉案的公司首脑级人物全都被点了实名。报告书从债务隐藏的原因说起，将之前不为人知晓的海外账外债务、记者们所期待的大藏省对账目转移的干预，以及大藏省检查的姑息放任全都抖了出来。甚至连导致自主废业的经过以及管理层成员的详细发言都包罗了进去。

"真行啊，这都是非专业的普通员工调查出来的东西。我们之前都查了些什么？"

"内容太重要了。怎么总结出来的？"退场时，记者中有人发出这样的感叹。

NHK 在正午新闻中报道了报告书的部分内容。NHK 无疑已经拿到公司内部调查报告书的一部分，甚至是全文。在快讯的报道竞争中，其他媒体都完败了。

很多报社都把心思放在了对旧管理层成员的直接采访上。让导致公司破产的旧管理团队成员开口吐露实情是需要花时间的。记者们终于意识到，他们一直以来小看了这 7 位调查委员的使命感和他们的力量。

所谓报道竞争，多数情况下是一场找出有勇气、有胆量公开秘密的人的竞争。因此，采访者的工作热情是很重要。但是对于那些绞尽脑汁找辩解理由的当事人、内心源泉干涸的干部，往他们家里跑多少次也不可能抓到事实。

调查报告书彻底粉碎了记者和主编们"公司内部调查不过是形式而已"的成见。他们像是看透了记者们的心思似的,在报告书的开头部分这样写道:

本公司内部调查报告书必将不同于以往我国常见的那种不公布结果的调查、不同于不进行自主事实认定只罗列抽象的"反省"词藻的报告书,在此决心之下,调查委员会进行了以目的达成为导向的调查。

记者招待会结束后,嘉本他们步行回到了"基地",又加印了 200 册报告书。3 月底公司辞退了全体员工,现在已经没有人了。他们要把报告书送到作为员工代表的支店长家里。嘉本用订书机装订着报告书,现在终于能松口气,放下心来了。

没有参加记者会的桥诘一直在工作室里等着他们归来,他的脸上浮现出平静的笑容。从不激动的这个男人的微笑该给人多大的鼓舞啊。

长泽打开一听冰镇啤酒。

"告一段落啦。"

没有人提议"干杯",没有欣喜涌上心头。嘉本和桥诘只是完成了调查委员会的工作而已,2 个半月之后还有最后的股东大会等着他们。大家都很疲惫困倦,装订好报告书后瘫坐到椅子上。那天晚上,会长五月女事先未打招呼就来到了工作室,放下一瓶红酒后离开了。这就是公司仅有的犒劳。

嘉本是坐公司的车回去的。国广搭了一段路的便车。

"唉……"嘉本长长地叹了口气，在昏暗的车厢里沉重地嘟囔了一句，

"还算可以吧……"

原来的那些员工和干部们会怎样看待这份报告书呢？

对公布事实的不满必然会一涌而至，失去了公司作为后盾的嘉本和桥诘还有民事诉讼在等着。没准儿还会遭到一顿猛揍。

接下来会怎样呢？昏暗中，从兴奋中醒来的嘉本的脸披上了一层昏暗的疲惫与孤独。

5 另一份报告书

已入职大东证券担任大阪支店长的堀第二天早上在大阪北滨事务所打开了 5 份报纸，目不转睛地读起来。"所有的报纸都登啦！"报纸高度评价公司内部调查报告书，说它"必将作为内省资料而载入日本企业发展的史册"。

"报告书终于出炉啦！这下我也用不着回东京啦！也不必跑到野泽那儿大闹去啦！"

——如果将这 4 个多月比作一场战斗，那肯定是自己这一方胜利了。虽然这只不过是昙花一现的胜利。

而妻子礼子只是扫了一眼报道的标题，就把报纸抛到桌上了。关于山一破产的事情，她再也不想看也不想听了。生活费都没了，一想到一根筋的丈夫，内心便感到阵阵不安。

"欲哭无泪，狼狈不堪。父母不济孩子们就得吃苦。回想起来，那段时间就是这样子，破产的事儿我再也不想提了。"

竹内住在东京的郊外。竹内一人在伦敦的 3 年里，妻子那果敢的性格和独立的意识充分地得到了锻炼。她把精力转移到打短工和独生儿子身上。联系夫妻二人的就只有对西洋音乐的兴趣爱好了。以前每当桑塔纳、斯汀恩、埃里克·克莱普顿等喜爱的音乐人来日本时，他们都会一起去听音乐会。

如今她已经练就了对竹内装作漠不关心的技艺。妻子肯定已经读过了记者招待会的报道，但依旧什么也没有说。

上班途中，与儿子在山一拍纪念照当天的那一幕又浮现在竹内的眼前。

竹内的独生儿子说过："我要当检察官！"这似乎是由于儿子原本就非常痛恨冤假错案，但也有可能是由于父亲专心投入调查的身影打动了他。"我不想活得让儿子觉得丢脸。"这种心情在支撑着竹内。

竹内在调查委员会没日没夜忙着听证调查时，儿子和朋友两个人来到了没有人气的公司总部。他们见到了支持调查委员会的律师国广，然后在摘除招牌之前的山一总部前拍了张纪念照。

在公司里不求任何回报地完成某项工作，这对竹内来说还是第一次。如果被问及"你这么做觉得好吗？"虽然不想正面回答，但他还是会小声地说上一句："我干得很好！"

儿子虽然没成为检察官，但在那之后，通过了司法考试当上了一名法官。虽然是一对鲜有语言交流的父子，但竹内的心声该是传达给儿子了吧。

对于竹内而言，《圣经》里的一切都是人生智慧。其中有一句一直留存在他心间。

"……患难生忍耐，忍耐生老练，老练生盼望……"①

嘉本刚一上班，一位曾任公司董事的后辈从再就业的公司打来电话。

"干得不错呀！昨天记者招待会很棒！关于山一证券，一直净是些负面的、消极的记者会和新闻报道，这下心情好些了。"

原来有人在注视着我们。一阵喜悦温暖了他的心。那张快要忘却的笑容浮现在眼前。有人因为报告书的公开发表心中不快，相反也一定有前员工和退休人员称赞这群边缘员工的志气。

嘉本在想："这或许……能让那些对公司怀着极度不信任而离开的员工产生一点点微弱的自豪感。"

记者招待会过去一周左右，一家律师事务所给嘉本家里寄来一份撤诉书副本和一封律师函。那位律师是来自 12 个都道府县的 25 位山一证券股东的诉讼代理人，大约在一个月前的 3 月 27 日，他们以山一证券和包括嘉本在内的董事、监事法人为对象，向大阪地方法院提起要求损害赔偿的诉讼。现在是要撤回诉讼中针对嘉本等人的部分。撤销日期是在调查报告发表 5 天后的 4 月 21 日。

律师的信上这样写道：

"收悉本函后，恳请电话一报为盼。"

---

① 出自《圣经·新约·罗马书》。——编者

嘉本不明所以，但还是打电话到事务所，那位律师说道：

"辛苦您了。今后也一定要坚持做好调查工作。"

"好的，谢谢……"

嘉本遭到股东起诉的案件总计 5 起。包括已撤销的大阪地方法院的案件在内，有 3 起案件后来撤销了针对嘉本等人起诉的部分。律师们对嘉本等人的苦劳表示理解，只是嘉本等人并不会因从事过对账外债务的调查而获得免责。在其余的 2 起案件中，嘉本作为董事之一，也支付了和解金。即便不了解账外债务的实情，既已位列董事，就已构成了对提醒完善管理之义务的懈怠。

调查报告发布后不久，一天桥诘开口说"非常抱歉……"他少有地低垂着头说出了自己的想法。

"请允许我 5 月底就辞掉吧。我找到新工作了。"嘉本惊讶不解地抬头望着桥诘的脸。

"不能待到股东大会吗？6 月 26 号开，股东大会！"

好友仁张畅男 4 月底也刚刚递交了辞呈。仁张和桥诘都是常务。

"常务以上的干部应该等到股东大会通过山一解散的决议。"嘉本的想法坚定不移。

——连你也要走了。

嘉本注视着桥诘的脸。

"我也想那样，可那边也有他们的想法。我还会带一位山一证券的董事走。"

桥诘再就业的地方是东京日本桥的一家汽车零件商社，是一位长野县老乡发起成立的公司。企业创始人聘请桥诘任专务，欲委以企业重建的重任。这虽然算不上匆忙辞职的理由，但桥诘没有找其他的借口。

至此，担当山一证券殿军的"嘉本一族"就只剩下嘉本、长泽和清算中心负责人菊野3位了。他们被甩在了后面，孤寂感越来越强烈。好在还有郡司在陪伴。

嘉本已经不再是调查委员长了。股东大会临近，嘉本等人在制作问答模拟集的时候，就这一点，发生了一件具有象征性的事情。

之前，嘉本以董事和旧管理层为对象进行了长达4个月的听证调查，这次自己却要接受听证调查了。听证方是律师国广正等人。

"嘉本，你是真的不了解账外债务的实情吗？"

"这您是知道的吧，我长期担任主管支店营业的职务，不在知情的位置上。"

这是山一证券兜町大厦的一个房间。这里是山一的新的调查组织"山一证券法律责任认定委员会"进行听证调查的地方。作为董事，是否要承担损害赔偿责任和刑事责任？嘉本从调查方一下子转换到了被调查一方。国广旁边是曾经的外部调查委员深泽直之等人。嘉本觉得："不论对方多么熟悉，一旦被围着接受听证调查，真是非常紧张。"国广虽然态度恳切有礼，但公事公办的口吻却咄咄逼人。

"那，你是什么时候知道存在账外债务的呢？"

"临近自主废业的 1997 年 11 月 18 日。从藤桥常务那里第一次听说。"

"什么内容呢？当时有没有出示什么材料？"

法律责任认定委员会由 4 位与山一证券业务无涉的资深律师和注册会计师组成。当初成立山一内部调查委员会，其目的是在彻查破产原因的基础上，依照调查取得的资料锁定导致破产的责任人，来追究他们的刑事和民事责任。因为真相调查同法律责任的认定原本就被认为是一体的。法律责任认定之后，"有责任"的管理层成员将会被提起刑事和损害赔偿诉讼。但是，就在 3 月份前后，内部调查委员会的调查进入最后阶段时，嘉本这样说道：

"国广，我也是参与经营的人。调查报告书无论如何都会完成。但在那之后，像我这样的应该承担破产责任的人，是不能去判定包括自己在内的管理人员的责任有无的。"

因此，国广和深泽将结束了公司内部调查工作后的嘉本剔除出"法律责任认定"程序，5 月份又开始了新的追查。

他们对现役董事和退休人员进行了追加听证调查后，作为之前《公司内部调查报告书》的补充，又向野泽提交了这两份报告书。

一份是在召开股东大会前不久的 6 月份完成的《法律责任认

定第一次报告书》，共计 13 页。还有一份是在 10 月，追究山一监事法人的责任及 1997 年 3 月期间的非法分红的《法律责任认定最终报告书》。

围绕报告书的公开发布，山一董事会上再次引发了争论。"这个……"社长野泽、会长五月女以及成为民事诉讼当事人的监事们读过后，发出惊讶的声音。文章措辞比公司内部调查报告书还要犀利，令野泽目瞪口呆。

第一次报告书的开头这样写道：

"认定委员会在法律面前必须谨慎，即便是以前从我国企业的'常识'来看曾经是允许的行为，一旦从法律的角度认为有问题，就会认定为有责任，绝不姑息。

"认定委员会不认可类似'为了公司'这样的抗辩。一直以来，在我国做了违反法律行为的人，当其辩称'是为了公司的行为'时，公司通常就不会再追究那个人的法律责任了。

"但是没有任何理由允许这种背离法律的企业内部规范（双重标准）的存在。因为基于这类双重标准的行为会招致'市场'的严厉制裁，给企业生存带来危机。"

这样的"国广腔调"，摆出的是一副挑战打架的架势。内容观点很正确，但"绝不姑息""不能容忍"之类犀利的措辞激怒了一些监事。

国广后来透露："他们甚至说，你拿着山一的报酬，写出来的报告书就像是把枪口指向公司，这是要干什么！"

法律责任认定委员会进一步向山一证券提议，在迅速公开这份《法律责任认定报告书》的基础上，履行法律手续对以下持续参与隐藏债务行为的 10 名人员提起损害赔偿申请：

横田良男（代表董事、会长）、行平次雄（代表董事、社长）、延命隆（代表董事、副社长，已故）、石原仁（代表董事、副社长）、三木淳夫（代表董事、副社长）、高木真行（顾问及原专务代表董事）、小西正纯（常务董事）、白井隆二（常务董事）、礒守男（董事）、木下公明（企划室室长）。（以上人员 1991 年 12 月时均在任）

6 泄密

"事情闹大了！"

五月女下意识地感叹道。野泽感到为难的时候总是沉默不语。必须要对提携过自己的前辈们提起诉讼了。对旧的管理层成员提起诉讼的话，作为民事诉讼部分，原告们要告的不是现任代表董事，而是监事。那些监事们发出了强烈的反对之声。他们不仅仅是吓坏了，甚至说："之前没有说好要公开发表（认定报告书）啊。"

在《公司内部调查报告书》公开发表的问题上，嘉本痛下决心，排除一切阻力终于开成了记者招待会。但是，这一次嘉本不在法律责任认定委员会委员之列。国广等人主张"公开发表是一开始就约定好了的"。对此，野泽又聘请了顾问律师"掺沙子"。这导致了律师之间的论战，认定报告书便被晾在一边了。按照认定报告书的说法，应该在 6 月股东大会召开之前向旧的管理层成员提起诉讼，以此形成公司死亡的明确证据。但野泽和五月女以这样需要花费高额的诉讼费为由，决定将提起诉讼延迟进行。

但是，事后想想，这并不是国广等人最伤脑筋的事情。因为，认定报告书最终还是见了天日，以一种意想不到的方式。

"听说还在打着呢？"

菊野晋次说道。半年前因为肾小球肾炎还以为再也干不了了，而如今他又每天在小酒馆里喝上一杯，松口气再回家了。今天晚上他叫来了酒友长泽。

"是呀！这次是法律责任认定报告书。这阵势感觉像是公开不了。"

长泽几乎每天都喝酒，体形却没什么变化，这令菊野甚是羡慕。

"野泽他们为什么不能痛快地发布报告书呢？那可是拿出公司最后的资金才写出来的。"

"没这个胆量呀！社长他们。起诉对象很多，都是些提拔过自己的人，肝颤吧？"

"我倒认为应该摆到面上。"

"我也这么想的。"

菊野早就知道长泽会这么说。听到这话后，他皱起了那浓密的长寿眉。

"不能假装不知道！"

闷热的天空垂下丝线般的细雨，像是在宣告梅雨季节就要到来。长泽还没开始找新工作。梅雨季节结束时股东大会就到了。

到那个时候估计就没法固执己见了。

长泽摇摇头，手里拿起《朝日新闻》的晚报，他发现其中一版有"山一证券"的字样，盯着看起来。他回想起被菊野邀出去那天的事，脸颊上浮现出淡淡的微笑。

"山一证券，旧管理层被提起赔偿申诉 行平、三木原社长等约 10 人"

巨大的标题迎面映入眼帘。上面写着，针对 1991 年 11 月决定隐藏债务的约 10 位原董事，法律责任认定委员会建议提起损害赔偿诉讼申请。长泽当场就明白了，有人把认定报告书的内容泄露给了报社。那天是 6 月 9 日，17 天后就是股东大会。

第一次报告书只发送给了董事会和监事会成员。菊野虽然不是董事，但也绝不是一般的员工。公司的工会主席、秘书长干到 3 月底就走了，清算工作负责人菊野被视为员工的总代表。他是山一最后的谏净之人，他若搞到什么绝密文件，谁都不会觉得意外。报告书是如何被利用的，10 年之后的今天才被搞清楚。

《朝日新闻》的报道让国广成了众矢之的。因为他一直坚持说，"就算凭一己之力也要将它公之于众"。

第二天早上，认定委员会的 4 个人在山一兜町大厦同配合调查的律师们一起开了一个内部会议。桌上放着前一天的《朝日新闻》晚报。

"国广，这样办事成吗？"

其中一名律师打破了沉默。这句话在国广听来，意思是：不会是你干的吧?

"不是我……呀。"

国广小声地挤出一句。盟友深泽紧接着说"好了,好了"。

"国广都说不是他了,我们信了吧!"

——什么?信了吧?深泽,你是怀疑我吗?!

国广把到了嗓子眼的这句话咽了回去。他向野泽和山一证券顾问律师正在等候着的房间走去。之后就报告书的公布问题进行了交涉。

不过,那哪里是什么交涉,纯粹是接受山一方面的辩护律师的强烈抗议:"泄漏认定报告书的到底是谁?!"关于公开发布的话题就此被抛到九霄云外。

会议结束后,国广面红耳赤地回到认定委员会的房间里。郡司由纪子碰巧也在,国广向她大声喊道:"真的不是我!"

"山一的那位女律师呼啦啦地甩着那张《朝日新闻》,冲着我说什么,'是谁呢?能干出这种事儿!'。肯定她在心里骂我:这是哪来的那么块料!她还说'泄密的人没准儿就在这儿呢!'。"

"国广,你不必那么大声喊叫,我能理解!"

郡司露出了笑脸。可国广还是挥动着手臂,扭动身体表达着自己的愤怒。

"他们甚至说,'怕是有个别律师拿倒闭的公司当垫脚石出风头,那就成问题了'。我就差被叫成沽名钓誉的律师了!"

"管他谁呢！"郡司想。

——即使不通过记者发表，在报纸上公开了难道不行吗！难道要彻底封杀了不成！这样感到义愤填膺的人，山一证券里还是有的。

—

第十章

殿军战士的后续人生

1 最后的工作

　　嘉本从山一兜町大厦仰望着梅雨季节的天空，像是突然间想起了什么。那是 1998 年 6 月下旬。清算过程中的山一证券从新川的高层大楼搬到了位于兜町的自己的大楼。

　　"对了，股东大会结束后，你打算怎么办？"

　　嘉本透过略带彩色的镜片注视着长泽。长泽一直都在回避再就业这个话题。

　　"……"

　　长泽一直认为，遇事慌张的男人是最丢人的。两个孩子虽然都已经工作了，但在千叶县前桥市购置的房产贷款还剩下 1 000 万日元左右。他跟妻子商量了一下，没想到妻子的回答竟是意外的达观。

　　"你在山一已经做过一次清算了，山一谢幕后你想干什么就干什么吧！你才 51 岁，总会有办法的。"

　　这番话让人觉得只要够吃的就行了。长泽莫名地安心，周围人都以为他自己正找着工作呢。嘉本也一直是这么认为的，但总觉得有些奇怪，于是问道：

　　"你 6 月底也要辞了吧？就还有半个月呀！"

"嗯。"长泽不知该如何回答。

"你有什么打算吗?"

"没有。股东大会之后再考虑吧!"

"别说这种胡话了!"

嘉本一边小声嘀咕着"没时间了呀",一边匆忙地开始打电话联系。他是在跟成为汽车部件商社干部的桥诘和大东证券大阪支店长的堀等人商量。

"这次是长泽项目!"嘉本自己也还没开始找新工作,但他和菊野等人却分头一个接一个地替参加内部调查和清算业务的同伴找到了新的工作。他们把这种事情称为"项目"。之前一个项目就是通过桥诘的朋友,让郡司由纪子进了一家房地产开发公司。

——嘉本觉得暂且不管董事们,至少那些因为调查活动和清算业务推迟再就业的员工们应该得到相应的待遇。他们在公司最后咽气的时候,一直守护在公司身旁,为彻底解决公司的"后事"问题而工作着。这也是为公司尽了全力。

不过,项目可不是装样子的。离退职还差 8 天的时候,嘉本他们给长泽介绍了一家证券公司。

"还是干营业! 年薪有 600 万日元,能干吗?"

"嗯,那拜托了。"经嘉本这么一介绍,长泽马上就接受了。理惠子也答应了,她觉得,"小点的证券公司也没关系"。给证券公司回话之后,转天上午就要去登门拜访表示感谢。可就在当晚,嘉本给长泽的手机打来了电话。

"现在在哪儿呢？回趟公司行吗？"

"我在电车上。什么事呀？"长泽正在回家的路上。

"好事！"

匆匆忙忙赶回公司，嘉本正笑眯眯地等着他。

"你的新工作地点，不是证券公司，财产保险公司怎么样？"

嘉本这样说着，接着又说出了一家大型财保公司的名字。是曾来过"基地"的代表董事兼常务饭田善辉带来的消息。

"我跟饭田商量了一下，让他帮忙推销了一下你。你这边马上就要去证券公司了，我就又让饭田帮忙打听了一下，他刚给我回话。"

一股暖流流遍了长泽的全身。他真心"不想再跟证券公司有任何瓜葛"了。或许这一点嘉本他们已经体会出来了。

——我是一个不大会为别人做些什么的人。是一个冷漠的男人。一直都没有信任过别人，连真正的朋友都没有。为了这样的我，他们在千方百计鼎力相助。

长泽的眼泪就要夺眶而出。

"祝贺你！去干一杯！"看到长泽点头，嘉本邀他去了对面的中餐馆。

那天长泽喝了个痛快，醉意蒙眬中他想："这是我一生都不会忘记的一天。"

第二天，长泽赶到之前要就职的证券公司道了个歉，顺路就去了财保公司面试。长泽和郡司都离开之后，6 月 30 日，股东大会结束后的第 4 天，嘉本等人聚在一家靠近日本桥永代大道的天妇罗餐馆，一场告别宴会开始了。那时候，永代大道在兜町一带被称为"破产大道"。因为永代大道上的山一证券、三洋证券、北海道拓殖银行东京支店，在前一年的金融危机中相继倒闭。但对长泽来说，这里是一条值得怀念的大道，一个值得怀念的街区。

"破产大道，我要跟你告别！"他打算再也不回到兜町了。

"辛苦了。长泽君干得棒。小郡也不错！"

嘉本说着，用温柔的目光注视着长泽，长泽感到全身充满了自豪。

"终于杀出了黑道世界。嘉本你怎么办呢？"

"我还要再坚持坚持。还有些事在等着我。"

眼前是绿色的山坳。阳光炙烤着大地，丝毫感觉不到已是晚秋，嘉本终于爬到了劈山而建的墓地前。白衬衣已被汗水湿透，胳膊上的汗水滴落在手里的绢花上。

"还行吗？够呛了吧。"

同行的饭田喊道。这一天是 1998 年 10 月 9 日。把长泽等人送走后又过了 100 天。嘉本等人在拥抱着四万十川的高知县中村市（现为四万十市），终于找到了冈村真苗的坟墓。

真苗是山一证券以前的顾问律师冈村勋的妻子，这天是她的忌日。整整一年之前，她在自己家中被一个仇恨山一证券的暴徒刺杀，现在她就静静地躺在这里。

她没有任何理由成为暴徒的目标，只是因为丈夫作为山一的代理人负责处理客户纠纷而已。就因这一点，她被一个做股票亏钱的男子入室杀害了。或许是因为企业消失了，一年之后的现在，连发生过一起不合情理的凶杀案这件事本身也好像被淡忘了。

嘉本最后的工作就是来到去世的冈村夫人灵前，汇报他们的调查工作。

因为没有找到卖鲜花的地方，所以就决定供奉上绢花。不过这炎热的天气，绢花或许更好。祭拜结束后，嘉本拜访了在老家省亲的冈村，表达了谢意。

嘉本忘不了刺杀事件之后这位老律师所展现出的强韧的意志力。冈村办完妻子的葬礼后马上就拜访了山一，重新开始为总会屋事件中被捕的山一干部进行辩护。那愤怒而凛然的姿态让人感觉不到不幸的阴霾。之后，他还成立了全国犯罪被害者协会。嘉本被他的行动所感动，也加入了该协会。

"长期以来，承蒙先生照顾了。我打算明天就辞去山一的工作了。"嘉本向冈村深深地鞠了一躬。

他在山一证券业务监管本部部长这个职位上的时间，只有公司消亡前的最后 9 个月。这期间，除了冈村夫人之外，业务监管本部还失去了客户咨询室室长樽谷统一郎。嘉本在山一池袋支店工作期间，樽谷曾经指导过他。杀害樽谷的犯人最终也没有抓到。

樽谷的坟墓在富山县的高冈市。嘉本在拜祭冈村夫人的坟墓之前，也到樽谷的墓碑前献了花。同样是炎热的一天。

人终有一死。但死别并不意味着丧失了所有。只要有人还记得那个人，那个人就能在别人的心中活着。有人悼念，就能超越生命，让故去的人继续活下去。

祭拜冈村真苗墓的第二天，嘉本便提出了辞呈。

清算业务中心的工作由返聘的 186 名临时员工向前推进，从 11 月份起规模开始缩小，名称也改为了"清算业务事务局"。至于嘉本等人追查的债务隐藏的责任人，最终决定只对其中的 9 位前董事提起损害赔偿诉讼的申请。

面对嘉本的辞呈，社长野泽什么也没说。"再多干些日子……"五月女会长的话尾有些含糊。或许他有些诧异，为何在 10 月 10 日这种不当不正的日子辞职，何不等到 10 月最后一天？

但是，拜祭这两座坟墓是工作了 38 年的嘉本所要画的一个句号。走出公司门，人生怅寂寥。

"樽谷和冈村夫人，他们是何等的和善，竟连他们都被牵连了。他们是谁，我的人生又是什么？今后容我细细思之。"

2 各自的"后来"

过去，每家公司都有两类人。毫不怀疑终身雇用，像嘉本那样一生只从事一种行业，或是在一家公司终其一生，此为一类人；想要有朝一日摆脱这个职业、跳出这家公司，此为二类人。

不过，这个世界是在惯性和惰性的力量下运转的，很多公司职员如今都想要保持现有的某种状态。随着就业后时间的流逝，第二类人会越来越少，就是这个原因。

但是，公司的破产不容分说地启动了山一全体员工转变的引擎。尤其是那些内心没有安装启动开关的年轻女性，她们把这种转变化作了向上的动力。

例如，山一吉祥寺支店的 3 位女员工参加了航空公司的面试，成了梦寐以求的空中小姐。也有人成为地勤接待人员。还有去电台工作的、做 IT 公司社长秘书的、进美容事务所的、转行到房地产和公益法人组织的。还有去留学的职员。进公司一年的藤泽阳子转行做了一心向往的出版社编辑。

她从明治大学商学院毕业后，成为山一证券吉祥寺支店的柜员，负责店内销售。她一直觉得，自己"本来是不想做这个工作的"。

藤泽是两类人中的后者。被分配到吉祥寺支店后不久，她曾想悄悄转行出版业，还拿到了一家中坚出版社的录用通知，只是没有迈出那最后的一步。人一旦待在某个地方有了舒适感，面对转变时就会产生出恐惧。但是，在藤泽放弃出版社的录用3个月后，山一证券就破产了。

"我这是做了多么愚蠢的选择啊。"那种后悔比任何人都强烈。不过虽然没能进入之前获得录用通知的中坚出版社，但她还是进了别的出版社再就业。

现在，她已经跳槽到了第二家出版社，至今亲手参与了大约100册图书的出版。后来她同一位体育报刊的记者结婚，生了一个男孩儿。

"船到桥头自然直。"这是她通过破产，总结下来的一个最单纯的事实。

"人的能力会根据处境绽放。突如其来的失业没什么大不了的。人生没有过不去的桥。"这成了藤泽的人生格言。

换工作之后大约一年，她才终于适应了新的工作。这时，嘉本已经在群马县高崎市重新开始了单身赴任的生活。嘉本自1998年11月开始在一家拥有80名员工的软件开发公司重新就业，做了一名营业员。

嘉本感到脚丫冰凉，不由得瞅了瞅鞋底。鞋底磨得已经裂开了。穿破了的鞋子吸进了泥水，嘉本的心沉了下来。

"我在这求的是什么呢？不过，绝不能言败。"

从山一辞职之前，有两家证券公司跟他打过招呼。其中还有一家提到了让他做董事，但就在最后一刻，他拒绝了与对方干部的面谈。

——自己曾经是一个决定自主废业的董事会的成员，也是被山一的股东们起诉的对象之一。这样的人能平级进入另一家证券公司吗？

"事到如今还要去证券界……"嘉本想着，内心深处浮现出几分青涩的憧憬，"这次要在实业界干它一番。"

证券界是通过将客户的资金从一个口袋放到另一个口袋的运作，来孕育催生出新的资本的世界。在从事制造业的人看来就是没有实体的"虚业"。嘉本曾在这样一个虚业里打拼，被见都没见过的 2 600 亿的账外债务戏谑玩弄。

嘉本之前也并非绝对想要在山一证券一直干下去。但如果没有经营破产事件发生，已经 55 岁的他应该也不会想到要从证券界转行。在嘉本因"接下来想靠销售实际的东西来赚钱"的想法摇摆不定的时候，一同去扫墓的饭田向他介绍了朋友的软件开发公司。

"跟我一起去高崎吧！"饭田说。

但是，主动邀请他的饭田中途受到一家地方证券公司前田证券（现为福冈证券）的邀请，对方希望他去掌管经营。于是饭田便去了该公司总部所在地福冈。即便如此，嘉本还是选择了实业的梦想。

最初嘉本花了 30 万日元买了笔记本电脑。之前他连文字处理机都不会用，所以从 Word 到 Excel，再到 PowerPoint，都是向年轻员工学的。他在这里的职务虽然也是"常务"，但在年轻员工们眼里就是一名下岗的大叔。虽然有些寂寞冷清，但工作起来倒也轻松自在。

嘉本住在公司附近的公寓，向从北海道到山梨县的行政机关和公共团体销售地图软件，目标客户有自治省和都道府县厅、经济团体联合会、各地消防局等。他对上门推销已经驾轻就熟。可就算是入了行，也没少吃年轻职员的不待见。不过嘉本已经习惯了低头行礼点头哈腰了。

那个时候，"嘉本一族"的最后一位也要离开山一了。他就是菊野晋次。他最后的职务是"清算业务事务局局长"。

"官府很快就要入驻，就让我跟合同工一起辞了吧！"

递交了辞呈时菊野对野泽这样说道。"官府"指的是由法院选任的破产管理人。信奉故乡的豪杰西乡隆盛的菊野，说话时常会用一些古风的措辞。一介草民的他也有引以为傲的东西。

那是嘉本辞去山一的工作 7 个月之后的 1999 年 4 月底，经营破产后的第二个春天。

到了山一不得不再次缩小清算业务事务局规模的时期。顾客没有来认领的资产相继委托给了各地法务局，破产管理人很快就会入驻了。菊野召集了以派遣制被返聘的全体员工，淡然地说道：

"清算业务已经接近尾声了。很遗憾，必须进一步裁员，这是我们的宿命。"

清算业务事务局的规模缩小就意味着要裁去一些尚未找到再就业岗位的员工。

菊野1999年1月就60岁了，他觉得自己已经不能再拿山一的薪水了，再加上肾小球肾炎的慢性病。"替部下们找找工作，自己就算啦!"那心情就像是即将沉没的"清算丸"号的船长一般。

可是，就在他去意已决时，有人来见他了。

"请务必来我们公司。"来人是一位跳槽到二线大型证券公司劝角证券（现为瑞穗证券）的原山一的干部。

"让我这么个老头子干什么呀?"

"监察部门。上面也表示，务必要把您请来。"

劝角证券当时废弃了监察部门，计划将监察业务委托给全资子公司劝角商业服务公司。但另一方面，由丁全面重组导致人才流失，找不出合适的人选。

"上面是哪里?"

"核心层。"

"怎么讲?"

"就是我们社长。前几天电视上报道了你在清算业务中努力工作的情况。我们公司的董事看到了，于是向社长建言，'想办法把他请来'。"

所谓社长，就是第一劝业银行派过去的沼田忠一。

"这样的话，就让我见一见社长。"菊野想直接听一听社长的说法后再做决定。同时也想提出自己的条件。不久，菊野给已经到财保公司工作的长泽打了个电话。

"劝角证券的社长邀我食饭，一个人去怪寂寞的，你陪我走一趟?"

"我……跟着一起去?"菊野这是估计对方是社长，怕吃饭咽不下去吧? 于是长泽就爽快地答应了。会餐地点是人形町附近的皇家花园酒店。

"听说我们公司董事看了电视节目非常感动。经营破产本就很艰难了，再加上清算业务，真是辛苦啦!"

沼田先犒劳了一番，然后温和地说："能否在我们公司再效力一段时间呢?"那个时代"合规风险"① 这个词还不为人熟悉，沼田就已经注意到了组织秩序和内部监察的重要性了。菊野不禁为他的经营思路感到些许惊讶。被敬上绍兴酒的菊野，只清楚地说了一条。

"山一证券还有很多人才，如果符合您的眼光，能否一并召来?"

---

① 在公司的内部控制和治理流程中，因未能够与法律、法规、政策、最佳范例或服务水平协定保持一致而导致的风险。——译者

几天之后，菊野又给长泽打来电话。

"劝角证券叫我过去，拜托你跟我去吧!"

"又陪你? 一个人不是能去吗?"

"哎呀哎呀，拜托啦!"

菊野说出口，长泽总是不能拒绝。再一次前往皇家花园酒店，在菊野旁边听着劝角证券干部的谈话。

"菊野，不是挺好的事嘛! 应该接受呀!"

长泽这样劝说菊野再就业，自己起身准备离开。这时，负责人事的干部按住了他。

"还有些话呢。长泽先生，这个事也有您一份。"

"啊?"

"菊野先生说的是，如果能招您进劝角证券做董事，那他自己也来我们公司。所以能否请您务必也一起来呢?"

菊野提出的就职条件是，要来就要带着在清算业务中一起流过汗的员工一起来。其中也包括长泽。

菊野深信: "在山一业务监察部门积累下痛苦记忆的长泽和在清算业务中辛苦工作的人们是一定会发挥作用的。"

长泽吃惊地把目光转向旁边，菊野正奋拉着眼皮。菊野所谓的"陪我过来"就是想把他也拽过来的一个借口。

在再就业的大型财保公司，长泽就任的是长期保险业务部课长一职。从这家财保公司跳到劝角证券，年收入会减少 150 万。但是，长泽觉得自己是"嘉本一族"的干部，同时也是嘉本的兄弟菊野一组的成员——也就是"嘉本一族菊野小组"的成员。长泽就此决定"跟着老头菊野组长走！"

长泽向大型财保公司说明了情况，和菊野同一时期辞职。菊野任劝角证券顾问兼劝角商业服务公司副社长，长泽出任劝角证券监察部副部长。

劝角证券向媒体宣布了菊野跳槽过来的消息并发表评论说："本公司想充分发挥菊野氏在违规调查和清算工作中积累的经验。"这则新闻被各大报纸报道。连董事都不是的人物，其工作调动竟上了报纸，这是没有先例的。

另一方面，长泽来劝角证券2个月后，被晋升为董事、法务室室长。

"我原以为让我当董事是开玩笑呢！"

1999年6月开完董事会会议之后，长泽把菊野约到茅场町的小酒馆。

"不，你当之无愧！"

"你把我看得太高了。"

菊野面带笑容地补充道：

"倒闭的公司是禁忌，不要再提了，一切都已经过去了。比山一那会儿加倍工作就是了"。

菊野和长泽不问男女，把拥有特殊能力的原山一员工陆续招进了劝角证券，全都安排在了监察部门。

在内部调查委员会里制作表外化流程路线图的横山淳被猎头

相中，他从山一跳槽到富士证券，又被挖角到了施瓦布东京海上证券。施瓦布公司要从日本撤资，横山正考虑接下来该怎么办的时候，被菊野和长泽邀了出来。

"下一步去哪儿决定了吗?"

突然被长泽这么一问，横山以一副悠然自得的口吻回答:

"没，还没特别考虑……管理和监察部门都干过来了。接下来的事还没想。"公司的破产让横山懂得，公司不能够守护自己，只有自己才能够守护自己。他有一个优点，就是从不把沧桑感挂在脸上。同以前的兄弟见面让横山倍感轻松，笑容满面。

"怎么回事?"

"公司多给了我不少退职金，所以想悠闲地待一段时间。"

长泽立刻怒吼道:

"你这家伙! 大伙都在苦干! 怎么能让你一个人轻松!"

"算啦，算啦。"菊野笑容可掬地说道。

"要么，来劝角丁呗!"一个绝妙的游说。

此外，个性要强的郡司由纪子、能把做清算业务文员的女性团结在一起的年长的木户美音子、原清算业务部长、清算业务中心总务……最终从山一召集来的业管伙伴达到了十几位之多。

隶属于"旮旯"组织的他们，当然不是什么公司精英。他们当然也不能通过推销股票和债券为公司营利。但是，组织的健全完善是在市场中生存下去的正道。他们是些流着眼泪学会如何让员工拥有上进心的人，并且，他们在最后一刻也不放弃陷入最恶劣状态的公司。

这些人拥有一种值得传承的精神，一种被经验所证明的说服力。"所以，聘用他们是自然的。就算是公司倒闭了也会有人在某个地方守护着。没什么可担心的。总会有办法的。"菊野说道。

长泽之后还被邀请到其他证券公司做讲师。换工作的第二年，即2000年，长泽应西格玛贝斯基础资本出版社的要求，出版了《合规风险管理入门》一书。那本书中有一句话反复出现：

"合规风险管理并不难，它是一种常识。"

3 "来我们这儿吧"

　　郡司也是被菊野和长泽在小酒馆里挖过去的。从山一辞职后，郡司去了一家房地产开发公司。三个人一起喝酒时，郡司便开始抱怨，"我真不适合干这份工作"。

　　"社长一言堂。员工们下班明明能回去，没事干可就是耗着。"

　　很多在山一工作的女员工都不会抱怨。破产的记忆逐渐淡薄，于是愈发达观。不少人是在山一证券的摇篮里成长起来的。说难听点，就是温水煮青蛙。

　　但是，曾在殿军待过，尤其是已经过了爱做梦的年纪的女性却并非如此。日晴了经营破产、内部调查和清算业务的惨烈，郡司会清楚地表达不满，愤懑地希望能从事辛苦但有价值的工作。

　　"那，正好！小郡也来我们这儿吧！"菊野说道。

　　劝角证券正在寻觅一名负责女性员工引发的纠纷和证券事故的人，职务是"法务室调查员"。工作内容是就内部监察等部门发现的问题，完成要提交给大藏省的事故报告书，讨论惩戒方案等。这不单纯是因为工作对象是女性就安排女性来负责，而是出于这样一种想法：善于处事的女性的存在会给全是男性的监察部门吹来一股新风。

不过，在劝角没有人会教你工作方法。或许是因为大家觉得一个从大公司来的人，这点活应该知道怎么干吧！抑或是觉得被一个女的抢了工作感到不爽。说好听了，"想看看你有什么真本事"，直截了当地说就是"你是凭什么来这儿的？"这也是原山一员工在各个地方会遇到的壁垒。

曾在被称为"人文山一"的公司里待过，让郡司觉得非常自豪。即便如此，她还是接受现实，听从了菊野的话。"不要提过去山一的事情，比以前加倍努力干吧！"眼看快50岁的人了，郡司就像是一个备考学生一样刻苦学习。她取得了内部管理责任人资格证、外务员证，保险、年金、组合保险销售员资格证，以及法学检定、经济筹划师等资格证书，证书多得让人记不全。

随着拿到的资格证的增加，经验的积累，那些曾经无视她的人如今也开始听她的话了。

一次郡司让引发事故的支店提交详细经过。那位支店长却坚持说："凭什么我非得写情况说明书？"

"支店长有监督管理的责任呀！"

这种情况说明书，要是由男性调查员发话的话，对方应该是会乖乖地提交的。

"这次的情况，需要那个吗？"

那态度分明在说，我怎么能向你这么个傲慢的女人提交情况说明书！郡司非常懊恼，但她努力冷静地反驳。

"那，不交也没关系。那我就把您的想法报告给社长。可以吧？"

员工被发现出了事故，被称为"给挂起来了"，会交给法务室等待处分。调查结果和惩戒方案会影响当事人的人生。因此，大部分人都会找借口辩解。将证据置于手头、听其解释、决定惩戒方案，是件困难棘手的事情。有时事件甚至会发展为诉讼案件。郡司会在法院旁听，将结果用电脑整理出来向社长汇报。每到这时，想到他们的家人，郡司都会感慨"真令人痛心"。

"Yes，we can（是的，我们能行）"这句话是巴拉克·奥巴马在 2008 年美国总统大选中用过的一个流行语。但早在 30 年前，郡司在山一证券工作时曾到英语培训班学习，那时候就记住了"Yes，I can"这句话。尤其是从山一辞职后，她就像念魔咒一般反复念叨这句话。

山一破产之后，母亲曾对她说："那我就来照顾你一段时间吧！"为了和母亲一起生活下去，她只能激励自己发奋努力，对自己说"我一定能行！"

做了 6 年的法务室调查员之后，郡司成了一名检查员。同过去竹内和横山从事的工作一样，也是业监部门的一员。她一开始和山一出身的另一位女性两个人一起工作，几个月后她成了唯一一名女性检查员。

检查员的工作就是对总部或支店进行突击监察，检查是否存在借名交易、私自买卖、循环买卖（过度买卖）等违规操作。每四五个人一组。劝角证券有四个组，对于大的支店会两组一起出动实行突击监察。

　　监察对象在市内的话，他们会乘坐始发电车到某车站碰头。上午6点半一过，他们就在支店门口等候了。为了不引人注目，服装会选择黑色或灰色西装。同事会迅速地向第一个来的店员出示一张A4大小的类似搜查令的文件，让其打开支店的门。他们会事先彻查总账，然后同支店保管的各种管理台账进行核查。那场面让人想起了电影《马尔萨之女》中的入室搜查。

　　去池袋支店搜查时，他们会在东京艺术剧场周围的池袋西口公园集合。那里曾是流浪汉和黑社会聚集的昏暗场所。那个地方令人难以靠近，所以郡司印象深刻。转乘上始发电车，直到碰到检查员同事才会松口气。检查员的世界里有"过去、现在、未来"的说法。完成要监察的支店的报告书是"过去"，正在进行中的监察案件是"现在"，接下来要监察的部门的事先调查是"未来"。因为同时活在三个次元里，日子过得飞快，时间过得比在山一的时候快多了。

4 工作的意义

有数据表明，山一的员工不愁找不到工作。

破产一个多月之后的 1998 年 1 月 1 日，山一员工总数是
7 491 人（男性 4 596 人，女性 2 895 人）。截至同年 10 月底，
5 608 人（男性 74.4%，女性 75.4%）实现了再就业，约占总数
的四分之三。剩余人员的绝大部分都在失业保险领取期满前确定
了再就业单位。据媒体报道，山一员工"九成以上都成功地实现
了再就业"。除了普遍认为四大券商之一的山一的员工都很优秀
之外，还有其他的原因，如山一退出后留下的市场空白有美林等
外资券商进入，另外彼时平成萧条只是刚刚开始，当然还有记者
会上野洋的号哭。

不过，山一员工真正的再就业是从这里开始的。

据原人事干部讲，员工的再就业途径主要分成 6 类。其中最
多的就是以美林为起点辗转各处的人。

第二位是美林之外的证券公司，包括地方证券公司在内，如
旧东海丸万证券（100 人）、旧通用证券（91 人）、日兴证券（80
人）、大和证券（52 人）等。去的都是些想要留在同行业里
的人。

第三位是旧住友银行（81 人）、旧樱花银行（46 人）等金融机构。看准了 1998 年对银行解禁投资信托柜台销售的契机，金融机构大力招募人才。去金融机构的这部分人看起来就业稳定率较高。

第四位是离开金融界的人。他们讨厌按业绩论英雄的实力主义，想要在另外的行业一显身手。第五位是回到地方的人。第六位是从山一退职后没有找到固定工作，靠打零工生活的人。剩下的一部分人杳无音信。

长泽和郡司到劝角证券工作已经是第二次跳槽了。横山被菊野劝说进入劝角证券时，已经是第三次换工作了。他已经开始抱有"跳槽并不可怕"的信念。

在长泽调职到劝角证券时，他曾经的部下竹内透也再次准备好了辞呈。

竹内再就业去的是日本证券协会监察部，他对那些由政府官员退任后空降过来的上司心怀不满。协会监察部就是一个杂牌军。协会土生土长的元老级职员，外加证券公司出身的人，还有大藏省财政局检查课的退休返聘人员。监察部部长是大藏省出身的，所以从大藏省退休返聘的人员颇有势力。

竹内曾任山一调查委员会委员，大家都很清楚，内部调查报告书中指出了大藏省的监管软弱无力。或许是因为他们想借机报复，或许是不善谄媚的竹内显得太傲慢了，总有大藏省的老家伙给竹内下绊。竹内在监察现场明明一直保持沉默，可一到监察部会议上，他们却指责是竹内的错，说一些挑衅的挖苦刺激的话。

"一个屁大的官，没办法。"竹内强忍下内心涌动的轻蔑，屈服了。但听说要空降一位新的退任官员，他提出了辞职。新监察部部长曾是调查山一账外债务的 SESC 的室长。

依据证券行业协会规则，协会监察部应该自主地对协会加盟证券公司进行独立的监察工作。但事实上连监察部的人事都受到大藏省的干涉。"协会监察部居然成了退任官员的再就业地盘。"这苦涩的想法，加上想起新监察部部长的样子，让竹内的心情变得更加沉重了。

新的监察部部长是一个沉默寡言的领导。竹内曾在账外债务事件调查快要结束的一个星期日，被这个人单独叫去过。

休息日，霞之关的大藏省副楼 SESC 的房间里，一个人也没有。寒暄之后，"坐那儿！"对方示意竹内在办公桌前坐下。

"我现在说一下我们的调查情况。你记录一下吧！"

"啊……"

他的意思是说，我会告诉你一些 SESC 在账外债务事件中调查的内容，给我做好记录！

——这就是官员的告知方式吗？

他看了一眼室长的眼睛，对方丝毫没有要解释的样子。室长坐在自己的座位上开始了独白。竹内急忙动起圆珠笔。他集中精力埋头记录，生怕漏下了一字一句。他觉得自己就像是在老师面前受罚的小学生似的。

SESC 能提供信息本是件难得的事情。但是，若是要告知调查内容，把室长的报告给我们不就行了吗。是觉得专门为调查委员会总结一份报告太麻烦了，还是怕留下信息泄漏的证据呢？

——确实有那样一种傲慢的亲切。不过，官方将信息透露给企业，这的确有些诡异。

"这样的话，就来高崎吧！"就在竹内左思右想犹豫不决之际，嘉本的声音传来了。

嘉本把软件开发公司的社长带到了东京，热情地邀请竹内。

"在实业界工作很棒哦！"公司在东京开设支店的计划让竹内心动了，当然最让他欣喜的还是曾经的老领导说话了。没有过多地考虑将来，他就决定换工作了。

可结果仅仅短短的两个月，竹内就和嘉本讨论起前途来了。

"一块儿加油吧！"套餐店里两个人相互鼓励。但是公司的业绩一直上不去。

"政府机关对地图软件的需求不是现在马上就有的。"

竹内的看法引起了嘉本的共鸣。设立东京支店的事也没有眉目了。

"公司倒是很热情地欢迎咱们来。但现在融资太难了。很难说这公司能一直付得起咱们的工资。"

"这东西不是立马能卖得出去的。"

"你还年轻，或许还是尽早做好下一步的打算为妙。我一定得给你找个下家！"

嘉本这么说了，便联系起菊野等人。他感到是自己把竹内叫到高崎，所以负有责任，便想问问有没有合适竹内的工作。

竹内不曾有过"山一要是没破产"之类的消极的想法，妻子倒偶尔会悔恨。不过有多少人会认为山一原本就什么都好呢？就算没有账外债务，山一能够在证券界胜出并继续生存下去吗？——竹内实在想象不出取得最后胜利的山一会是什么样子。

并不是因为基督徒的缘故，在他内心深处住着另一个自己。特别是在山一破产后，那另一个自己就好像要抛开他一样在盯视着他。另一个自己站在高处这样说道：

——如果山一有很多优秀人才的话，那么他们应该正各自在不同的地方施展才华大显身手。这不也很好吗？没什么可后悔的。

7月，竹内跳槽到了银行系证券公司监察部。他自言自语地感慨道：

"你又回到证券界了！从虚拟产业转向实业，现在又转回来啦！"

看着竹内完成了工作调换，嘉本也回到了东京。高崎和东京的两地生活使他备感疲惫。之后，他就任东京的企业并购经纪公司"乐国富"的管理职务。公司经营者吉田允昭这样对嘉本说：

"你这家伙在那儿搞什么呢！要干的事还有的是呢！"

吉田是山一证券曾经反对过行平的原董事、营业企划部部长，1996 年三菱重工 CB 事件之后，被排挤出了山一证券。

"吉田要是在，山一或许就不会破产了。"让大藏省的官僚发出这番感慨的吉田，在山一自主废业之后，接收了原常务国际本部部长等大约 10 位山一员工。

被吉田质问"在那儿工作的意义"何在，嘉本开始感到还有没完成的事情在等着自己。

5　十年之后的追踪

　　2006 年春天，嘉本开始为原山一证券的副社长青柳与曾基撰写评传。青柳是一位传奇的销售，嘉本在宫崎支店做次长的时候，曾辅佐过这位当年的支店长达 3 年零 3 个月之久。

　　青柳被告知患上了恶性前列腺癌。嘉本到九州大学医院探望他的时候，青柳突然委托道："我想请你帮我写一下悼词。"

　　"不是想在葬礼上读。而是想让我的孙子们了解我所从事的工作。"

　　青柳用沙哑的声音补充道。嘉本凝视着青柳穿着的那双大凉鞋。

　　——晚年患病，想要留下自己的过往似乎是人的一种本能。因为是老领导的委托，嘉本自然不能拒绝。

　　嘉本已经到了花甲之年。历任"乐国富"的专务理事和人才派遣业顾问之后，又应已是前田证券社长的饭田之邀，去了总部设在福冈的前田证券做了顾问。

　　"山一破产已经 7 个年头了。差不多了吧？回来吧！"被对方这样一劝，便又回到证券界，到现在又过了 2 年半。平时嘉本都待在东京支店，根据青柳的病情变化往返于东京和福冈之间。

青柳出身福冈市的一个农民家庭，是一个身高 1 米 9 的男子汉。他从福冈工业高中毕业后在富士电机工作 2 年，又重新考上了九州大学。他看上去磊落豪放，会紧紧地握住对方的手，笑着说"我不会说谎的！"因此，他在客户中很受欢迎。

山一证券以前会公布支店营业员的月手续费收入业绩，青柳作为营业次长到福冈支店赴任后不久，月手续费收入就创下了超过 3 000 万日元的纪录。区区一个支店营业员创下的这个数字，无疑是惊人的，当然也是全国第一。8 年之后，1983 年，青柳被派去担任新设的宫崎支店长。他同嘉本等人在 3 年时间里吸揽了超过 600 亿日元的委托资金。

嘉本自九大医院的会面之后，就往返于东京和福冈之间。他把青柳家当作旅舍，每次都会采访青柳夫妻和当地的朋友、山一以前的同事，复印家里的相册、文章和剪报，到处搜集相关报道。评传计划整理成 9 章，但是在写到第 8 章时碰到了问题。

那是 1995 年 3 月的一场人事变动，作为社长第一候选人的青柳突然被左迁。在反复阅读报道此事的《日经金融新闻》的相关报道过程中，嘉本清晰地记起了当初山一公司内部的震惊。

"下一任候选相继调离 干部人事 看不透的'后三木'"。

3 月 18 日的该报，在这个标题下是整版的报道，对那次的人事变动表示出强烈的怀疑。

31 日山一证券有 7 位董事退职。其中包括被认为是三木淳夫社长（1960 年东大法学毕业）候选接班人的青柳与曾基副社长（1963 年九州大学法学毕业）、石川弘道专务（1961 年茨城大学文理专业毕业）。越来越多的人认为，后三木时代难以开启，1960 年进公司的干部所受待遇令人唏嘘。

青柳是拥有代表权的董事，是专务以上的董事中最年轻的一位。他掌管着法人营业本部和企业法人本部，统率着"法人的山一"。在被委派到宫崎支店之前，曾任第十代社长横田良男的秘书，列属于核心人脉。

因此，《日经》的记者将青柳过早的调离，描述成"正因其担任下一任社长的呼声很高，所以对此感到意外的人很多"。这也是理所当然的。

青柳被调往山一集团下属的山一土地建筑任社长，负责管理山一的不动产。人们很容易想象山一公司内部是否发生了政变或丑闻，但员工们的疑虑并没有从东京的兜町扩散开，因为各电视台和报社的注意力都被 1 月的阪神大地震和 3 月的奥姆真理教引起的地铁沙林毒气事件吸引去了。

这次事件中还有《日经新闻》的报道里都未触及的情况：就在青柳被调离的同一天，其直属部下专务董事、企业法人本部部长被降为"大阪店长"。其中的内幕，青柳在接受嘉本的采访时才第一次透露。

据青柳所说，干部人事发布前一天，他被社长三木叫了过去。青柳进了社长室，三木示意他坐在沙发上，然后面无表情地用平时的细小声音说："你卸任吧！去当山一土地建筑的社长。"除此以外，没做任何解释。

关于左迁的人事安排，青柳能想到的是大约1个月之前的事件。青柳与同时期调离的专务董事兼企业法人本部部长发生过激烈的口角。

在专务旁边的还有常务董事兼企业法人本部副部长，所以是一对二，也就是副社长对专务和常务的联盟。青柳当时掌管着募集企业资金的企业法人本部和运作企业资金的法人营业本部两个方面。

激烈口角的契机是对交易中出现亏损的企业，负责法人业务的员工进行了违法补偿。损失补偿在修订的《证券交易法》中是被明令禁止的，所以必须在把事实汇报给大藏省和SESC的基础上，讨论公司给予当事人公司内部处分问题。况且，就在1年半之前的1993年7月，山一证券为了杜绝丑闻和证券事故，刚刚成立了以业务监管本部部长为委员长的内部管理改善团队。

在这样的形势下，自己的部下仍然在持续进行损失补偿，为此青柳异常愤怒，向当时的业务监管本部部长做了通报。

"我自己也甘愿受处分。请好好调查，作为证券事故来严加处置。"

法人部门一片哗然。向大藏省报告了的话，不光是当事人，就连上司也不得不被处分。获得补偿的客户肯定也不会保持沉默。很快，法人部门的头儿专务和常务就跑到青柳这里大闹起来了。

"副社长您在想什么了？"

"青柳！您本应守护部下，却把部下当成责难的对象，这算是什么事呀！"

被部下痛斥的青柳反驳道：

"这是违法行为！业务监管本部部长已经知道了。我不会说谎的！提高职场的透明度，就是想让大家堂堂正正地工作！"

但是，专务和常务却面红耳赤，一步也没有退让。

"部下们可是拼了命地在干呀！"

青柳是在1年前就任的代表董事副社长。但是行平等人并没有让他接近债务隐藏等机密。青柳就任3个月后，在企业法人营业会议上，对员工们说过："希望大家去干堂堂正正的工作！"当时的记录中，记录下了一些严厉批评法人营业部门工作方向的内容。

"最重要的就是对顾客、对上司、对同事绝对不能说谎。绝不掩饰任何信息，诚心诚意地在工作中始终贯彻这一王道。我相信，内心的清爽感就是力量的源泉。"

员工的损失补偿行为是在这次会议之后被发现的。意识到必须将此事作为"法人改革"的突破口的青柳与法人营业部门的干部们形成了绝对的对立。

专务和常务的行为是对法人部门最高领导的叛乱。当时的业务监管本部部长已经知道了此事，处分实施补偿损失的员工势在必行。但最终，没有做出任何处分，一切被暗中隐藏过去了。业务监管本部部长之后也没再提过此事。

而且，反对法人部门统治的社长候选人还被左迁。此事当然也没有向大藏省做汇报。

有一个词叫做"不归点（point of no return）"，也叫"返回临界点"。一旦跨越这个点将不可折返，会造成不可挽回的后果。它形成的是一条临界线。青柳是能够同法人部门统治相抗衡的代表董事。失去这样一位下任社长候选人、最后的反抗者之时，山一便越过了那个不归点。

青柳的评传在 2009 年夏天自费出版，题为《钓鲫之诗——青柳与曾基年谱》，该书共 375 页，硬封精装。青柳去世时，嘉本会将这本书亲手交给青柳的子孙。

自九大医院的会面起又过去了 3 年，数了数，总计 5 次拜访青柳所在的福冈，都是自掏腰包。嘉本也曾想过："是什么会那样地吸引我呢？"

人世间有许多不想见到的东西。自私算计、明哲保身、冷漠傲慢、阿谀奉承、霸道欺凌、无耻背叛……无疑，这些东西自己身上也有。公司职员的丑态，在山一破产时，嘉本一下子全都看到了。因此，在采访中能说出"内心的清爽感就是力量的源泉"的青柳，让嘉本不知不觉在他身上融入了自己不断追求的理想形象。

在采访的最后，嘉本意外地了解到，面对失控经营，青柳曾以一己之力挺身而出。不论结果如何，在了解到问题的那一时刻，的确有那么一位代表董事做过应有的抗争，想过要改变组织体系。

而且，青柳在经历不合理的谪贬之后，转任山一关联企业中央证券（现为千叶银行证券）的社长，在那里，他挽救了该公司的经营危机。当山一破产、关联企业倒闭的大潮向中央证券袭来时，青柳当机立断，决定将公司整体并入千叶银行，以此捍卫了中央证券的全体员工。

"左迁不是终点，它只是一个节点。"

这样的人就在山一，就在自己身边。嘉本发现这一点时，顿觉阴霾尽散，云开月朗。他觉得自己一直未完成的调查终于该结束了。

——我们并没有做什么了不起的工作。但至少在那个时候我们没有做逃兵。所以，在子孙面前，我们挺起了胸膛。

就在这一刻，妻子千惠子笑着说道："这本写青柳先生的书很厚呀！你干得真不错！"

嘉本似乎感觉到自己坚持走过来的那些日日夜夜终于有了回报，一种不可名状的感慨油然而起。那是在完成内部调查报告时都没有过的感觉，那是一种飘飘然的满足感。

尾声　你是否仍在战斗?

"山友会"是在山一证券工作过的人们的联欢会。

定期会员大会每年都会举行,在东京、大阪、名古屋会举办联欢会以及高尔夫、围棋、麻将的同好会。山友会的主页上有参加者上传过来的数百张联欢会的照片,会员们还会定期收到登载讣告和新闻的《山友会之音》。这些基本上跟大企业的旧友同窗会差不多。

这个团体的不可思议之处在于,尽管它已经失去了公司这一母体,但截至 2013 年 5 月仍拥有 1 366 名会员。山一经营破产之前,入会资格限定在连续工作 20 年以上的员工。会员中老年人居多,所以每年都会减少数十人。即便如此,如今的会员人数仍占原职员人数的近两成,入会比例相当高。

至今每年都还有新入会的人员,这一点也是不可思议。当然,人数只在几人而已。就算花上一万日元的入会费和四五千日元的活动费也要聚到一起,这一定有它的理由。

事务所位于茅场町一座大厦的四楼,从旧山一证券总部大楼步行约十分钟。那里有专职的事务员,还备有很厚的会员名册和已故人员名单。自主废业时,有人呼吁分配掉山友会传说中的 2

亿日元资产，解散山友会。但在退休老员工的强烈要求下，它作为原职员的向心点被保留了下来，资产也原封不动地被接管了过来。"山友会"现在仍持有大约 8 700 万日元的资产。

有会员说："与其称之为同窗会，更像是檀越①的集会。"檀越们要悼念的是突然死去的山一。山友会的聚会就像是做法事。如此想来，它为何拥有不可思议的凝聚力，也就不难理解了。

嘉本等人的小聚也选在山一"忌日"的当月，即宣布自主废业的 11 月。因为每年都会举行，看上去的确像之前说的"法事"。不过，按照长泽正夫的说法，"我们开的更像是战友会"。参加聚会的只有 7 位山一内部调查委员和支持他们的菊野晋次、郡司由纪子、印出正二、虫明一郎、白岩弘子 5 位，即所谓"最后的 12 人"。

2012 年，为了同时庆祝竹内透的六十大寿，聚会提前到了 6 月。会场选在了日本桥的一家寿司店二楼，从当年的破产大道稍微往里走一点。

拆除隔栅将两个房间并成一大间，当初的调查委员长小个子嘉本端坐在正中央。离开山一证券那年，他 55 岁。之后，从群马县高崎市的软件公司跳槽到做企业并购的"乐国富"，又去了东京赤坂的人才派遣公司"美科利人力资源"做顾问，然后出任前田证券的顾问，在这 4 家公司里又工作了 9 年。其间，还曾在

---

① 施主，即布施寺院、僧侣衣食或捐献香火钱举办祭典、法会等的善信。——译者

家赋闲1年。65岁时，他决定宣布退休，"接下来的日子，不再出卖自己的时间"。

美科利人力资源是一家拥有3万名登录用户的中坚人才派遣公司。是由山一证券千叶支店副店长等人创立的，他们聘请了一些没有找到接收单位的山一员工，还以派遣员工的形式雇用了一些人，力图成为山一人才的缓冲区。当上社长的原千叶支店副店长还一直向专利局申请注册"山一证券"的商标。虽然没有被批准，但一直把"重振家业"当作目标，还聘请了野泽正平担任外部董事。

不管怎样，原山一员工们都在相互扶持，嘉本也是在这个圈子里度过了自己的工作生涯。如今就只靠年金生活，他自称是"正经的穷人"。能算得上财产的就只有大量的书籍和千叶郊外的那所老房子。参透质朴了便可以幸福地生活下去。

红头巾搭配长坎肩的竹内羞涩地坐在嘉本旁边。长坎肩是菊野、嘉本、长泽等人轮流穿过的。

12位成员中，原常务桥诘和杉山两位缺席。在外资投资顾问公司的杉山提前打来电话，说有事来不了。

桥诘则被诊断出骨髓衰竭正在住院。这次战友会的半年后，桥诘白血病发作，在2012年最后一天的晚上去世了。亲朋好友得知他去世的消息时，正是在热热闹闹的正月里。当时，桥诘在年末寄出的2013年的贺年卡已经寄到朋友们的手里了。拿着他的贺卡，朋友们再次感受到桥诘想要活下去的愿望。为了同病魔抗争的妻子，他或许也希望能有更多的时间吧。

噩耗传来，15 年前桥诘离开山一时的记忆，又在嘉本的心中被唤起。

当时，嘉本一直认为"常务以上的干部都应该坚持到最后的股东大会之后再辞职"。但是，桥诘却在股东大会的一个月之前提出了辞呈。嘉本有过"我被甩下了"的感觉。桥诘在辞职多年后，惭愧地坦白了其中的缘由。

"那时候，我就剩下 200 万日元的存款了。原本真是想坚持到股东大会的。"

没钱了。那种悲哀深深地触动了嘉本的心。

——原来如此。为什么不跟我说清楚呢？

桥诘的葬礼早上 9 点开始。嘉本、菊野、长泽、仁张四人出殡之后仍舍不得离开，于是来到立川车站附近的寿司店前等待开门。

"多好的家伙竟先走了。"

"他从不辩解什么。"

"画画得很棒。盛夏问候的明信片上，他还画了水彩呢！"

"他还说，要是有时间想重新学学画画。"

"起灵时，他夫人紧紧地抱着棺材呢。"

"嗯，哭得死去活来的。"

大家你一言我一语地说着，嘉本却孤零零地冒出了一句：

"等我死了，希望有人也那样送我。"

让我们重新回到日本桥的战友会。

"那就趁着没醉，顺时针汇报一下近况吧！"

嘉本想要摆脱伤感似的主动说道。

"今年总算是顺利地聚到一块儿了。大家又都长了一岁。"

嘉本开口说："竹内君都到了花甲之年啦！那时候也就45岁吧。"大家把小桌围成了一个长方形，房间里回荡着欢声笑语。原调查委员现在的平均年龄已经超过64岁了。4位原董事的年龄拉高了平均值。

最年轻的虫明推着平头，一边搔着头一边害羞地站了起来。当年在清算业务中心的事务局时，他看上去很年轻，现在也"知命"了。就是到了知天命的五十。

"我过去往返于小菅（东京看守所）。现在在外资证券公司负责内部管理。努力工作就是想让自己所在的企业不会再有人被捕。"

虫明泛起淡淡的笑容，圆形的眼镜后透着一股温柔。

虫明在破产大约7个月之后，被美林日本证券聘用。美林日本公司是在录用了1 606位原山一员工的基础上诞生的。但到了第4年，却又要对支店关停并转，同时裁员10％。嘉本的伙伴们又分成了裁员的和被裁的。

40岁的虫明作为总部的一位经理，成了实施裁员的公司一方。

公司也是为了在日本市场生存下去。一些从山一转来的前辈也成了裁员的对象。"不是要否定你的业绩和能力。只是公司的期待和你的能力不吻合。与其留在这个公司里坚持，还不如考虑换个工作以发挥你的才干。"

虫明相信，有不适合自己的公司，也有待遇提不上去的企业。与其原地忍耐，不如找到能发挥自己力量的地方。

"没有人单凭运气成功。神灵肯定有，只要努力，总有一天神会帮你。有人在看着这世间，援助之手会伸向那些勇于奋进的人。"

就是在那次裁员中，堀嘉文离开了美林。

堀在大东证券再就业 2 年之后，被猎头公司相中，同 4 位原山一员工一起跳槽到了美林，做了京都支店长。只是那家京都支店在证券市场不景气时被关了。

这一次，他又同在山一和美林结识的 9 位员工一起去了商品期货公司。之后又换了几次工作，跳槽次数高达 7 次。

他的心一直是冰冷的，认为遭到了大藏省的背叛，打定主意"不再信任国家"。他要过一种不隶属于公司的生活。有了这样的心态，就算不稳定也能活下去。

有一次，他直接给干部提意见说，"经营方法有问题"，然后就辞职了。他也曾拒绝过职务升迁。他说过，不能依照自己的职责来做决定的官，谁愿意谁当。

"刚想要就此结束，又会有新的开始。正直地活着是生存的秘诀。总是有公司对我说，'辞职的话就来我们这儿'。我的公司职员生活一天也没断过。"

工资虽然一点点地减少，但就像嘉本经历过的那样，世间总会有援助之手伸过来。

"工资又降啦。真让人担心啊。"妻子经常这样念叨，但他们还是把两个儿子培养成了医生。

现在七十高龄的堀仍在大阪的证券街北滨做投资顾问。在证券公司租上一张榻榻米大小的地方，以个体经营者的身份坚持着。在战友会的近况汇报时，他还亮出了证券中介从业人等3种名片。

"我现在还打着3个名号干着呢！"

战友会成员多半都是将找工作当成"找公司"的终身雇用观念下的那一代人，人生曾和山一同在。但山一破产之后，他们全都开始用冷静的目光来看待公司。

嘉本说过："我们砸开了类似金钱枷锁之类的东西。"他换了4次工作，长泽和竹内经历了3次，杉山是2次。前面提到的堀多达7次。就在这次战友会的不久之前，横山辞去了他第7次再就业的资本运营公司内部监察部部长一职，现在在第8个公司里干。

他打招呼的第一句话是："我就是退休金大盗。"

"我有女儿，因此我在考虑接下来的问题，但我不想再为了钱而工作了。"

现在，年轻人里终身雇用的愿望再次强烈起来了。据 2013 年日本生产性总部调查表明，"想在一家公司工作到退休"的新入职员工，近 3 年均超过了 30%，处于高位。2010 年以前"视情况而定"的人占绝对多数，"想工作到退休"的年轻人占百分之十几到不足 30%。堀和横山等人花了 15 年才摆脱了公司这一桎梏，而现在的年轻人看上去对未来抱有强烈的不安，想要紧紧地抱住公司这棵大树。

但是，"嘉本一族"全体人员却异口同声地说道：

"没什么可担心的。只要拼命努力地坚持下去，总会有幸运之神光顾的那一天！"

郡司由纪子腼腆地站起身来。

"呦！"大家喝起彩来，但郡司的表情却有些严肃，开口道："我一直在关注着你们。"大家一下子静了下来。

"我刚见到'嘉本一族'的各位时，就觉得这是最强的阵容。调查委员会的干部们不计报酬，将被股东代表起诉的担心置之度外，有时连续几天住在倒闭的公司里。我忘不了深夜大家把资料摊得满地都是的样子。我非常感动。"

她现在已经辞去了证券公司检查员的工作，和母亲两个人一起生活。在裁员的逆风袭来时，她提出申请提前退休了。

"人世间不合理事十之八九。但我们不能随波逐流。要做一个敢于直言的人!"

说着,她给长泽斟了杯酒。

郡司说话间,迟到的印出正二赶到了。他是创建清算业务中心的一员,如今在信托银行的政策风险管理室任调查员。山一破产之后,这位印出又和菊野、长泽、竹内、虫明、横山、郡司等业管殿军们一起,在新公司的业务监管部门工作过。即便山一业管被称为"旮旯",但最终他们在那里的工作经验还是发挥了作用。

"是山一培养了我们。所以我不恨山一的任何人。"说这句话的是原营业企划部的店内课长白岩弘子。

"是啊!虽然难以接受,但还是要忘掉过去,重新出发。"坐在一旁的菊野晋次平静地回应道。

"说到这儿,几年前还邀请国广参加过这个战友会呢。"菊野说着,回想起 2007 年秋天的战友会。

那是破产 10 年之后的事。外部调查委员国广坐在战友会宴席的正中央。他刚一落座,菊野就突然一下子坐到国广前面,"国广啊,我敬你一杯!"说着便举起酒壶斟了一杯。

"那个时候的事,是我干的!还记得吗?给了朝日新闻社,就是法律责任认定委员会的报告。"

"抱歉啦!让你背了黑锅。"面对着张口结舌的国广,菊野哈哈大笑起来。

"啊！"国广叹了口气。1998年6月，山一最后的股东大会之前，《朝日新闻》晚报曾透露过国广等人整理的法律责任认定委员会报告书的内容。国广还因此被指责是泄密主犯。现在菊野坦白了，那是他自己干的。

"嗨！就原谅我吧！那也是我的一个责任。为了社会也为了大家。"早就知道这一切的长泽在呵呵大笑的菊野一旁也露出了微笑。

菊野把活着要忠实于自己的信念作为人生的信条。将认定报告书事件那样的早已尘封多年的秘密，告知给以前的员工和家人们，也是他不可推卸的"责任"。

"像我这样的，也能工作到67岁。没什么非分之想了。这个时代不知道什么时候公司就倒闭了，经营者就换人了。只要磨砺出奋斗的能力，即便有些摩擦，别人也是会热情以待的。"

长泽站起身。他以前经常说："高仓健教导了我的人生。非常欣赏那部侠义电影。"所以在场的人都很期待他会说一些有气魄的话语。可是他却开口道："很惭愧，在那件事之前我从未从正面审视过自己的人生状态和活法。"战友会现场再次安静下来。

"我觉得一生就是为了这一刻。我感到这就是我的人生。职员生涯的最后阶段还想在一起干的人，都在殿军里了。"

长泽说着环顾了一下整个会场。

如果山一没破产，长泽或许只知道山一那个小世界。

——那样自己会毫无批判性，无从觉醒地结束工作生涯。在充满羞耻的人生道路上，收获了一群朋友，他们主动去选择坎坷与曲折。是他们教会了我。

"我们已经不再惧怕人生的转变。在座的诸位都是这样的！"长泽小声说着，一口气干了那杯兑水的烧酒。

山一破产之后，竹内换了 3 个地方工作。在其中一家公司，在检查公司经费时，偶然发现了干部的不端行为——出租车费的报销异常多。

公司干部晚上工作结束后是可以乘出租车回家的。那位干部就利用这一点虚报出租车费，甚至有伪造的付款通知单。有报销单上没贴发票的，有报销单上显示某人出国出差时深夜乘出租回家了。他和同事统计了一下，虚报金额多的月份高达 20 万日元。而且，这种不端行为持续了 2 年半以上，总额达数百万日元。

存在问题的干部是社长身边的人。竹内很清楚如果指出不端行为，很可能遭到嫉恨引发争端。可金额巨大怎能轻易放过？干部们的年收入应该远远超过 2 000 万日元。知道虚报的其他员工羡慕道："真不错，不用上税的零花钱，每个月都有入账。"

竹内感到非常悲哀。干部的不端行为正在腐蚀着组织。原本或许只想用虚报的钱稍微奢侈一下、愉悦心情吧。那位干部年轻时如果看到自己现在的丑态，会做何感想呢？

竹内将调查结果告诉了另一位干部，但效果并不理想。他信任公司高层，没有走内部告发手续，就去直接向社长检举。然而，不端行为被束之高阁，他也被晾到一边了。

竹内没有跟妻子提过这些。

他不愿意总被念叨"少惹麻烦"，可比这个还让人痛苦的是公司里的人知道情况后也不生气。

就算不说"不能饶了他""我替你说去"之类的话，至少也得说上一句"加油干"吧。在公司里，大家竟把它看作私人恩怨和吵架。

竹内在战友会上说出了这些痛苦的感受。

"我对不端行为抓着不放，结果却成没人理的人了。"

寿司店座席上立刻回响起一个洪亮的声音。

"竹内啊，了不起！你宁可自己吃亏，你是值得信赖的！"

说话的是嘉本。"你一点儿也没改啊。"他笑眯眯地说。平时的话，嘉本都是叫"竹内君"的，而刚才高声喊的却是"竹内"。

菊野等人也微笑着点点头。在场的人当中没有一个为竹内在职场上受到的不公正待遇而感到愤怒、叹息或惊讶。

我们都明白，你碰上这种事，肯定会这么干。

竹内忘掉了在公司里的孤独岁月，再次露出了笑容。

——大家脸上洋溢着一种羡慕，像是在说"我也想一起去战斗"。

后　记

公司职员是一个有了公司才得以存在的职业。

公司如果倒闭，公司职员就会一窝蜂似的跑去投奔新的公司。倘若有家室，脑子里"时代已经变了"的危机意识再一起作用，那就跑得更玩命了。

但是，这里有一批坚守在已经倒闭的公司里继续工作的人。他们是"山一证券内部调查委员会"。名称倒是很唬人，其实是后来才起的。因为公司已经倒闭了，所以他们不过是一群名不正言不顺，没有被任命，甚至连权限都搞不清楚的人。

在背后支持他们的是另外一群抽到"清算业务"这枚下下签的员工。承担起这方面业务的员工，同时也是一群之前在不起眼的部门里工作过来的人。就是这样一群边缘人物，成了那些败退撤离的员工的坚强后盾。他们无比忠诚地完成了殿军的使命，给破产时代以经验和教训。那些在最后关头发挥力量的人们，与名誉地位无缘，是无所失无惧失的一群。

关于他们加入"殿军"的动机和结局，我一直抱有疑惑。难道那不是毫无回报，受累不讨好的倒霉差事吗？

山一证券的破产发生在 1997 年，那是日本处于金融危机最严重的时期。

我当时是《读卖新闻》社会部的编辑部主任，在报纸和书上介绍过从事山一证券公司内部调查和清算业务的他们的情况，思考过世间的同情和关心都散去之后的事情。

——当愤怒渐渐平息之后，他们应该会迎来痛苦的人生吧。

工作没有了，养老的钱是积攒下来的一张张自家公司的股票，变得一文不值了。甚至就连他们在公司里的坚守，也会推迟第二次人生的起航。

正如我所预感的那样，殿军里的诸位工作一换再换。7 位调查委员当中，没有任何一位在离开山一后的再就业岗位上终了第二次人生。他们所到之处面临的不是裁员就是一些近乎欺凌的行为或不正当的现象。

但是，公司倒闭 15 年之后，在偶尔会碰面的他们中间，我听到了一种不可思议的声音。

那就是，"我们自己抽到的并不是下下签"。

从 2011 年年末，我又重新成为一名记者，一直在采访那些即便离开组织仍无悔地活着的人们。用一句话来形容就是，能遇到那些声称"就算辞职了也幸福"的公司职员、退休人员，于我来说是一种欣喜。他们中间，就有山一证券的殿军战士。

比如，统率内部调查委员会的原常务董事嘉本隆正就曾说过：

"公司破产，所有员工都陷入了不幸吗？不是的。公司破产只不过是人生中的一个节点。作为一名公司职员，我度过了幸福的人生。"

嘉本的左膀右臂，也是清算业务中心主任的菊野晋次曾挺着胸膛表示："我的人生无比幸福。"

破产的骚动逐渐掩埋在对遥远过去的记忆中。都说所有的回忆都是美好的，但究竟是时间的流逝让他们感慨"即便如此也很幸福"呢，还是一直以来我看问题的方式过于片面呢？

我决定请他们允许我参加他们每年一度的"战友会"联谊活动，听一听他们的心声。这就是尾声里写到的"战友会"的情况。此外，还向7位调查委员和支持他们的5人共计12人发送了调查问卷，并在此基础上开始了采访。那是2012年6月的事情。

"为何接受内部调查委员和清算业务的工作？"

"令你感到痛苦的是什么？"

"有没有你觉得不可原谅的事情呢？"

"在再就业单位是如何被接纳的？"

"通过公司破产和再就业，你对人生有何感想？"

"在面临公司倒闭时，应该如何活着呢？"

"对年轻的公司员工想说些什么？"

问卷设置了20个问题。3天后，陆续收到了寄到家里的厚厚的信件和电子邮件。除了埋藏已久的愤怒和对同伴们的感谢之言外，还写满了人生箴言以及前瞻第二次人生的睿智之语。

其中，杉山元治这样写道：

"虽忝居末席，但作为经营决策者之一，确实给山一证券的顾客、职员以及社会大众带来了麻烦。出于自责之念，决意就此事沉默不语。至盼明察吾意，尚祈理解海涵。"

但是，我原本以为这只是其中的一种回答，但12位回答者中有10个人都是这样的想法。回答者中甚至还有像桥诘武敏先生那样，寄送问卷时已经卧病在床，之后不久就去世的人。不得不说所占比例异常惊人。

"如果公司不破产，是否想一直在山一证券干下去？"这个问题的答案几乎所有人都是"想干下去""不能说绝对，但应该会干下去"。

我反复询问的一个问题是："为什么你们会接受大家都觉得是下下签的工作呢？"

"因为必须得有人去做。"这种观点的回答占了压倒性多数。

"是自己的宿命""命中注定吧""容不得愿不愿意，就轮到自己了"——所说的话虽各有不同。但我确实被其中公司职员悲哀的耿直和高洁的操守所打动。也有像长泽正夫那样"当时觉得自己就是为此而存在的"人。

其中，菊野的解释更容易理解。

"如果是照顾自己的母亲会是怎样的情况呢？肯定不会考虑得与失，由孩子们当中的谁来承担起来吧。任何一家企业在临死时，肯定也要由谁来守护。不论什么样的公司职员，内心深处都会沉睡着这样的想法。"

在这里登场的"嘉本一族"的 12 位成员全都是平凡的公司职员。在那之前,他们没有做过什么惊天动地的事情。若没有任何事情发生,他们就是一群不为人知的普通人。偶然间,在企业破产之际,他们担当起了殿军的重任,才把隐藏的能力和内心的本质表现了出来。

他们的生活方式似乎画出了公司职员的人生轨迹,并非与我们无关的。换句话说,在他们身上,你一定能看的正在经历痛苦时期的自己。

通过近 1 年 5 个月采访,我得到了众多山一证券相关人员的鼎力支持。特别是原董事长岛荣次、原人事部副部长小森正之、原债券交易部部长陈惠珍、营业企划部的谷本有香(现经济节目主持人)、竹崎光、世户幸子、木崎藻惠、文野清美、筱原浩美等各位的关照。原山一证券的员工半数都是女性。在本书中少有涉及,但我想有机会的话应该去展现一下她们后来的人生。

我通过书信想约最后一任社长野泽正平面谈。他直接打来电话说:"采访还是算了。我现在每天都往医院跑。"但他没有先撂电话。

当我问及"听说是工会里的年轻人要求你说'员工们没有错'的?"他这样回答:

"我或许也有那样的意识。那就像是运动员,虽拼尽了全力但还是不行,感到懊悔不已,一想到员工及其家人共 3 万人的生活没有着落，我的眼泪便流了下来。"

请允许我在本书中对提及的所有人员，包括这位原社长在内，都省略了敬称。在掌握事件关键的人物中，一小部分虽不是董事，也是按实名记述的。他们虽然对破产不负有责任，但是在债务隐藏中扮演着重要的角色，我认为他们特异的能力值得被记录下来。出版过程曲曲折折，幸赖讲谈社学艺图书出版部的青木肇氏之指导，方得付梓。在此一并表示诚挚的感谢。

平成二十五年 10 月

清武英利

文库版后记

在开始动笔写《殿军》的几个月后，我曾陷入了迷茫的状态。

"事到如今，再写山一证券破产的题材是否还有意义？"

一位出版社的资深编辑这样说道。那是作为独立撰稿人的第二年，当时还面临与读卖新闻集团之间棘手的官司。在那样一个时期，进而被问及"写作的意义"，我少有地陷入了深思。

一天，我拿到一本敬爱的植村直己的《远山在呼唤》。在反复阅读后记的过程中，目光停留在这样一句话上，大意是，登山并不是为了他人而是为自己。与团队登山相比，更喜欢单独行动的他接着这样写道：

"如果是不受任何人左右、单凭自己的意志进行的个人攀登，那就不是为了别人，而是为了自己。越是这样，越有可能承受所有反弹回来的后果，这种后果既有惊喜，也有危险。"

理所当然的道理，但读完之后感觉轻松了许多。从某种意义上而言，我也要为自己而写作。

我的确被山一证券原常务董事嘉本隆正、原理事菊野晋次这样的男人所吸引，他们是作为山一的"殿军"战斗过来的人。我想要了解坚守在即将消失的公司的他们所承受的痛苦、屈辱和喜悦，以及他们埋藏于心的某种坚定。话虽如此，采访他们，聆听他们的讲述是我当时的一大乐趣和慰藉。

　　嘉本先生是一条硬汉，他几乎毫无报酬地承担起查明山一倒闭的真相、完成破产清算的工作。他似乎清楚我内心的动摇，所以不论什么时候都会认真地接受采访。而且，他还对"想要让更多的人了解嘉本这一人物"的我这样说道：

　　"我是丝毫没有这样的想法。不论从哪种意义而言，我都不承认自己有被社会认知的价值。人生固然因羞耻颇多而令人恐惧，但无论好坏都能客观地去看待，这种纪实作家的行动力让我佩服，仅这一点就让我不能拒绝。"

　　山一的倒闭是 1997 年的事情，相关人员的记忆已经模糊，证词和当时的对话存在着出入。就在我发愁的时候，嘉本或将朋友们召集到自己家里，或是和菊野等人凑到一起，为我梳理出记忆的线索。因此，我有自信说这本书里的每一句对话都与事实极其贴近。

　　当时，讲谈社作为新的接手人出现了，还出现了一位颇有个性的编辑。但《殿军：山一证券最后的 12 人》由该社出版之后，嘉本就开始与我保持一定的距离。他表示"已经没有我能做的事情了"。

去年，《殿军》意外地收获了第 36 回讲谈社非虚构文学奖，我第一时间给嘉本打去电话。

"颁奖典礼您一定要来，您能来吗？"

于是，嘉本这样回答道：

"那是清武先生的作品。我的工作在整理完内部调查报告书的那一刻就结束了。我位居需要担当责任的山一董事会的末席，这种喜庆的场合还是免了吧。"

我写的虽然是事实，但是所谓的脱离笔者存在的客观事实是不存在的。嘉本有他自己的"事实"，那些导致公司倒闭的首脑也有他们各自的"事实"，嘉本似乎不愿意再去伤害那些曾经的前辈和朋友。加之，和旅行安排冲突，他最终没有出现在颁奖典礼上。

今年春天，WOWOW 电视台提出要将《殿军》改编成电视剧。导演和编剧提出要和 12 位人物原型谈话。我向嘉本转达此事，不出所料，遭到了明确拒绝。

"不论讲述什么故事，电视剧就是一个电视剧。跟我没什么关系。"

嘉本是一位清廉顽固的领导。我跟菊野提到这些时，他不禁哈哈大笑起来："这的确是他的风格！"菊野赶来出席了颁奖典礼，还拍着我的肩膀说"真棒"。那一刻，我仿佛感觉自己已经成了"山一战友会"的一员。

山一将死之时就是由这样一些软硬兼容的"末位"员工守护

着的。我也是在他们的围绕下，才能够没有中途逃离，一直写了下来。

平成二十七年7月

清武英利

图字：09 - 2019 - 1035 号

图书在版编目(CIP)数据

殿军：山一证券最后的 12 人/(日) 清武英利著；
王家民,王秀娟译.—上海：上海译文出版社,2021.5
(译文纪实)
ISBN 978 - 7 - 5327 - 8635 - 0

Ⅰ.①殿… Ⅱ.①清… ②王… ③王… Ⅲ.①纪实文
学—日本—现代 Ⅳ.①I313.55

中国版本图书馆 CIP 数据核字(2021)第 073442 号

殿军：山一证券最后的 12 人
［日］清武英利/著　　王家民　　王秀娟/译
责任编辑/常剑心　装帧设计/邵旻　观止堂＿未氓

上海译文出版社有限公司出版、发行
网址：www. yiwen. com. cn
200001　上海福建中路 193 号
上海普顺印刷包装有限公司印刷

开本 890×1240　1/32　印张 12.25　插页 2　字数 156,000
2021 年 7 月第 1 版　2021 年 7 月第 1 次印刷
印数：00,001—10,000 册

ISBN 978 - 7 - 5327 - 8635 - 0/I · 5333
定价：55.00 元